ディスタント
ミヤギフトシ
河出書房新社

ディスタント ―目次―

ディスタント

装丁＝木村稔将｜写真＝ミヤギフトシ《Y》2013年

アメリカの風景

変な夢、とニルスが言った。声の調子からは、さほど興味を示しているようにも思えなかった。部屋の隅に立つランプスタンドの光に柔らかく染まる部屋で、レコードプレイヤーが控えめな音で音楽を鳴らしている。煉瓦造りのアパートの二階、暖かな部屋でふたりソファに並んで体を沈めていた。ニルスのルームメイト、サラは友達と飲んでいてしばらくは帰ってこない。夕方から観《み》はじめた『天国の日々』のＤＶＤが終わり、僕は子どもの頃見た夢について、電源を落としたブラウン管ＴＶの黒い画面を見つめながらいくぶん興奮気味に話していた。那覇に住んでいた小学生の頃、クリスが住んでいた泊《とまり》のマンションの部屋、十階のベランダから、眼下に広がる金色の世界を確かに見た。それは、今しがた初めて観た『天国の日々』の風景そのものだった。クリスはこの映画を観たことがあるのだろうか。曇った緑色の瞳を久しぶりに思い出す。

壁沿いのヒーターが時々こんこんと小さな音を鳴らしている。もうすぐ本格的な冬がやってくる、今日は金曜日。いい雰囲気だ。僕は立ち上がって、回転するレコードをしばらく眺め、その横にあったジャケットを手に取り名前を読み上げる。エミルー・ハリス。初めて？と後ろから声がして、名前だけは聞いたことがあると答えた。キッチンから戻ったニルスが栓を抜いたステラ・アルトワの瓶を二本とブリーチーズ、七面鳥のハム、きゅうりが無造作に盛られた皿をテーブルに置いた。あとでパスタも茹《ゆ》でるけど、とりあえずこれで。キッチンに行って戻ってきたニルスがマスタードとはちみつの瓶を皿の横に置く。いい声だねと僕が呟《つぶや》くと、ニルスが頷《うなず》き、アメリカン・スピリットを巻きはじめた。ちょうど一年前の二〇〇四年にブッシュが再選を果たし、友人たちは絶望に暮れていた。通っている大学の雰囲気も重く淀んでいた。選挙権もなく、アメリカの政治のことをまだよくわからず、僕はその様子を戸惑いのなか眺めていた。二十歳でアメリカに来たので、日本で選挙に参加したこともなかった。大学は写真専攻で、課題で反戦デモの様子を撮影したこともある。さまざまなスローガンが書かれた旗やプラカードを掲げた、Tシャツにジーンズ姿の若者たちを正面から撮影しつづけていたらすっかり疲れて、写真には向いていないのかも、と落ち込んだ。ニルスは、声高に声をあげることこそなかったものの、選挙後は何度も深いため息をついていた。首を振りながらアメリカン・スピリットを巻く彼の姿に、そういう名前のもの避けそうなのにフリーダム・フライみたい、とつい言ってしまい、嫌味に聞こえただろうかとすぐに後悔した。このパッケージ見て、このロゴ、ネイティヴ・アメリカンでしょう。売り上げが彼らのコミュニティに寄付される仕組みなんだ。それに、オーガニックでもある。愛煙家であることを正当化するように彼が言い訳めいたことを口にし、つい笑った。あと四年か、長いな。どんどん酷《ひど》い国になっていくのかな。青い瞳が伏せられる。ススキ色の髪と無精髭《ぶしようひげ》、色素の薄い、そばかすが目立つ肌。南部育ちで、祖父の代に北欧から移住してきたらしい。

ニルスと知り合ったのは一年半ほど前、僕が卒業制作として取り組んでいるポートレイトシリーズのモデルに彼がなってくれてからだった。話してみると共通の知人も多く、撮影の日以降もパーティーや展覧会のオープニングなどでも顔をあわせることがあり、じきにふたりで食事に行くようにもなっていた。現代アートを取り扱うギャラリーに勤めており、訪ねるとオフィスから出てきて作品について解説してくれた。年のはじめ頃、ニルスや共通の友人らで連れ立ってニューヨーク州北部に車で出かけ、キャッツキルという小さな村にある友人の山小屋で週末を過ごした。マンハッタンから車で数時間北上すれば、同じ州なのに風景はどんどん雪にうずもれてゆく。山小屋は白い雪に覆われた森を縫うように流れる渓流の脇にあった。その夜、暖炉に薪《まき》をくべて、皆でビールを飲みながらいろんな音楽を聴いた。ビーチ・ボーイズに、レフト・バンク。どれも初めて聴く音楽だった。すごい発見だ！　酔っ払って声を上げると、皆が不思議そうに僕を見た。別に君がビーチ・ボーイズを発見したわけではない。ニルスが言う。アメリカの音楽は九〇年代以降のオルタナティヴロックくらいしか知らないと僕が言うと、彼は大げさに驚いた。本当に？　窓の外では、雪が止むことなく降り積もり、外の世界の音を消し去っていた。生まれ育った南国の小さな島からずいぶん遠いところに来たものだとあらためて感じた。その小旅行の後、ニルスは僕にとってアメリカ音楽の教師となった。ブルックリンのフォートグリーンにある彼のアパートに通い、レコードを聴くようになった。壁一面を覆う本棚の下二段に並ぶいくつかのケースには、無限のレコードが収められているようで、いつ行っても初めて聴く古いアメリカ音楽が流れた。アメリカン・スピリットの香りも気にならなくなった。彼の部屋で過ごす時間は、高校生の頃クリスとともに過ごした日々を思い起こさせた。

渇いた女の心を満たすことはきっと簡単、けれど最低な男の幻を殺すことは困難。いい歌だね、と言いながら、子どもの頃夢想したアメリカを思い浮かべる。あらくれ者とウイスキー……。そして私はぎらついた空高くを飛んでいく、簡単なこと、これからはそれも、簡単なこと。遮《さえぎ》るもののない草原、地平線に沈む太陽、その光に染まる世界。先ほど観た『天国の日々』に引きずられるように、そんなことを口にした。なんだかずいぶん偏ってない、そのアメリカ観。沖縄の田舎育ちだから。僕は煙の薄い幕の向こうに言葉を投げかけた。でも、あの映画のロケ地ってカナダだよ。向こうから言葉が返ってくる。意地悪なこと言わなくても……。それで、どこまで話した？　目を閉じてタバコを吸い、ニルスが答える。沖縄で見た風景について。言葉とともに吐き出された煙が、視界の端をうっすらと覆った。

小学生の頃、僕たち一家は祖父母を残して、実家のあった小さな島を離れ那覇に引っ越した。二年から四年までの間、那覇の中心にほど近い場所にある学校に通っていた。そこでは年に一、二回ほど、基地内の小学校に通うアメリカ人の生徒がやってくる。なんらかの交流会が企画されており、その時は一緒に給食を食べるという幾分華やかさに欠けるものだった。一九九〇年初夏、三年生だった。いつものようにテーブルを四つ合わせて島にする。教室の後ろのほうで固まって居心地悪そうに小声で話していたアメリカ人の生徒たちが、引率の教員に割り振りされそれぞれの島の両端に座った。いつもは四人で島を囲んでおり、六人だととても窮屈になる。日本人の側に英語を話せる生徒はおらず担任すら英語は片言だから、自然と教室は静かになり、食器が触れ合う音ばかりが耳についた。その日のメニューは、ビーフシチューとライス、ミネストローネ、プリン……洋風だった。僕の左側で、アメリカ人の男子生徒がフォークでライスをつついている。反対側に座る女の子は、活発にいろんなことを聞いてくる。隣じゃなくてよかった。僕の右側に座る薬くんは、戸惑いながら断片的な言葉と慎重な両手の動作でそれに答えようとしている。アメリカ人の父親を持ち、薬くん自身もアメリカ人のような見た目だからなのか、女の子は何度か話しかけてみるものの、照れくさそうにもじもじしている相手に少々戸惑っている様子だった。僕はミネストローネのセロリを噛まずに飲み込む。それでもムッとする青臭さが喉から湧き上がるような気がして、ライスを頬張った。

じきに、薬くんがぽつりぽつりと言葉を繋ぎはじめた。他のテーブルでも、少しずつ空気が緩んでいく。隣の島では三角の牛乳の飲み方を教えていて、いつの間にか担任もアメリカ人教師と楽しそうに言葉を交わしている。薬くんがゆっくりと日本語で、ニ・ン・ジ・ン、とシチューの具材を指差して言っている。女の子がＣＡＲＲＯＴ、と返す。薬くんの父親はアメリカにいるらしい。母親は沖縄のひとで、物心ついた頃から薬くんの生活で使われる言語はほぼ日本語だった。親同士英語で話すことはあったけど、僕にはさっぱり。薬くんがいつか言っていた。肩にかかる栗色の髪と、他の生徒より色素の薄い肌。南国っぽい彫りの深さとは違った造形で、すっと尖《とが》った小さな鼻に曇りガラスのような緑色の眼を持っていた。丸顔が多い教室で、細くきれいな弧を描く顎《あご》が目を惹《ひ》く。容姿の割にクラスで目立っていないのは彼が双子で、兄のジョシュが別のクラスにいたからだ。ジョシュはサッカーチームのエースで、顔は薬くんと瓜ふたつだけれど、日に焼けたスポーツ刈りの、薬くんよりもずっと活発な男の子だった。今頃三つ隣のクラスで、アメリカ人たちと言葉の壁を難なく乗り越えて盛り上がっているのだろう。

僕は、薬くんに親近感を覚えていた。クリスという名前だったけど、ジョシュと違って寡黙で病気がちな彼に、クラスの男子がいつの間にか胃薬という不名誉なあだ名をつけていた。よく、お腹が痛いと保健室で休むことがあり、体育の授業は大抵休んだ。僕はクリスと呼びかけていたけど、薬《くすり》という響きが妙に心地よくて、心の中では「くん」をつけて彼を薬くんと呼んでいた。休み時間中も机で本を読んでいるか、ぼんやりしていることが多く、そんな時、彼は眉間にしわを作って机に両手を揃えて置き、窓の外を眺めていた。その姿が僕には大人びて見えた。誰かが話しかけると、そのしわは消えて穏やかな瞳が相手に向けられる。

ス・タ・ア・ト・レ・ッ・ク。か細い声で、薬くんが言った。オー、とアメリカ人が嬉しそうに反応した。薬くんよりも明るい色をした、薬くんよりも短い髪の少女だった。食べ物の話から、映画の話にまで発展していた。スタートレック好きなの？　僕はそっと薬くんに聞いてみた。去年最新作を父と一緒に観たよ。僕はジョシュと観たんだ、と薬くんが嬉しそうに体をこちらに向けたものの、女の子が何か言い、すぐにそちらに向き直ってしまった。給食の後は、それぞれの国の生徒が黒板の前に立って本番に向けて何度か練習した歌を歌った。アメリカ人はたしかカーペンターズ「Top of the World」を、僕たちは、『となりのトトロ』のテーマをカセットプレイヤーにあわせて歌った。

トトロ、ニルスが声を上げる。そういえば、テレビ台の中段、ＤＶＤの列の中にひとつだけＶＨＳの『My Neighbor Totoro』が挟まっていてずっと気になっていた。好きなのかと聞くと、先月サラと一緒に覗いた近くのヤードセールで見つけて買ってみたらしい。五ドルだった！

まだ観ていない。観てみるといいよ、良い映画だから。どんな話？　ニルスが立ち上がり、VHSを手に取る。幼い姉妹が、病院のお母さんに会いに行くんだ。大きなおばけの助けのもと、猫のバスに乗って。我ながら下手な説明だな、と小さく首を振りながら、初めてその映画を観た時のことを思い出す。小学校一年の頃、まだ家族全員で島に住んでいた時期に、村改善センターというかしこまった名前の建物で『となりのトトロ』が上映された。毎年予防接種を受けたのも、ここだった。当時の僕には当分関係のない毎年一月の成人式も村民はみんなそこで祝った。母と一緒にその映画を観た。その数か月後、母が本島の病院に入院すること、家族で那覇に引っ越すことを告げられたけど、子どもたちに病名は知らされなかった。いいね、あんたも都会っ子になるね、と祖母が言った。子どもたちが母親のそばにいられるように、という祖父母や父の考えもあったのかもしれない。父の仕事柄、もともと那覇に出張することが多かったので、仕事もどうにかなっていた。父が島に戻らなければならない時は、代わりに祖父母のどちらかが那覇に出てきた。小さな島で育った僕の目に那覇はずいぶん都会に映った。学校のある泊の町と浦添《うらそえ》の小高い丘にあった病院だけが、当時の世界を作り上げていた。

それで。ニルスがアメリカン・スピリットを巻きながら言う。それが、君とアメリカとの出会い？　僕は隣の彼を見る。その、ランチが。そうではなかった。僕が黄金色に揺れる草原の夢を見るまで、夏休みが明けるのを待たなければならない。

新学期が始まった九月はじめ頃、放課後薬くんが僕の机にやってきた。『スタートレック』

好きなんだよね。言われてすぐに一学期の給食のことを思い出す。薬くんもあの会話を覚えていたようだ。ＳＦは、好き？　『スタートレック』は父親に連れられて行っただけで、実のところ内容もよくわからなかった。でも、薬くんから話しかけられたことが嬉しくて僕は何度も首を縦に振った。ジョシュがアメリカのパパからビデオをいくつかもらってきたんだ、今度うちで観てみない？　ジョシュがもらってきた、という言い方に違和感を覚えながら、僕は行くと返事をした。土曜日、学校のあと、来て。

僕の家族は当時、泊のアパートに住んでいた。父と兄ふたりと僕、母親以外の生活。アパートは、崇元寺《そうげん》石門の脇道を登り、丘の中腹ほど。アパートから徒歩数分でたどり着く丘の頂上には、今では名前が変わってしまったけれど、パレス・オン・ザ・ヒルという名のホテルが建っていた。どういう意味？　引っ越した当初、父に聞いた。丘の上のお城、という意味だ。お城！　当時那覇には城がなかった。燃え落ちた首里《しゅり》城に代わって新しい城が建った、うちのそばに。僕は無邪気に喜んだ。その城の裏手は、フェンスに区切られて入ることができなかった。向こうには広大な土地が広がっていて、そこは開放地と呼ばれるアメリカ軍用地が返還された場所だった。かつてそこにあったはずの建物は取り壊され、格子状に規則正しく伸びる道路で区切られた空き地は雑草で覆われ、道路のひび割れからは草木が背を伸ばしていた。じきに、完全な森になるのかもしれない。木々の上を鳥たちが飛び交う。まるで保護区のような様相を見せていた。

夏休みのはじめ頃、いつもより涼しい朝に父が僕を散歩に連れ出した。兄ふたりは起きようともしない。僕たちは丘を登り、パレス・オン・ザ・ヒルを横目にフェンスの手前まで来た。

お城に泊まってみたいと僕が呟くと、すぐ近くに住んでるからね、と父が笑う。その代わり、お母さん帰ってきたらお城でディナーしようか。無言で頷いて、それからふたりで早朝の開放地を眺めていた。フェンスの向こう側、空の高い位置に薄い雲が筋を作っている。午後は雨かもしれないと隣で父が言い、なぜわかるのだろうと不思議に思う。中に入れないの？　そう聞くと危ないからダメだと即答される。不発弾とか？　いや、ハブにでもかまれたら大変だ。日が高くなり、フェンスの向こうの緑が熱を発し揺らめきはじめたように見えた。帰ろうかと父が言い、僕はその背を追った。背後で、鳥のさえずりが聞こえた。聞いたことのない鳴き声だった。

九月。土曜の午後、薬くんの家に向かう。アパートを出て住宅街の細い路地を進み、丘のふもとからパレス・オン・ザ・ヒルへと続く直線の道に出る。青空を背に白いホテルが丘の上に鎮座している。まだ、ディナーには行けていない。ホテルを背に道を下り、右へ。二年生の頃通い、まったく上達しないままやめたスイミングスクールから目をそらすように道路の反対側を見ると、中高生向け進学塾の立派な建物があって、二階に位置するエントランスへ続く広い外階段の真ん中には、お腹に太陽のマークがスプレーで落書きされ、誰かが太陽の神様であると間違った情報を流したために小学生の間でアポロ像と呼ばれるようになっていた裸のダビデ像の模造品が建っている。それらから逃げるようにさらに進んで右に曲がるとくもんがある。そのふたつ隣にある居酒屋で父と夏休み最後の日に晩御飯を食べたあの夜、父は酒を飲みすぎたようで、帰り道ふらふらと足取りが定まらず、少し怖かった。お父さんもがんばるから、いろいろ手伝ってくれるだろ。僕の両肩に手を置いて、坂道を右に左にゆれる自転車をこぐように、父は僕の小さな体を押した。島にいた頃、車で移動中、他に車が見えないと父はよくジグザグ運転をして僕たちを喜ばせた。ぐわりと車体が揺れて、両脇に座る兄ふたりと体がぶつかり、はしゃぐ。フロントシートの間からは、山の向こうへと真っ直ぐ伸びる道が見えていた。危ないからやめて。助手席で母が言う。お父さんできあがってる、兄ふたりは千鳥足の父を見て笑った。くもんは明かりが消えていて、人気《ひとけ》がない。一度だけサボって、父に叱られた。午後五時、アパートに帰ってきた父がくもんにいるはずの僕を見つけた。病院に行きたいと僕は言った。父はもっともらしい言葉をひとしきり並べた後、ため息をついてテーブルに置いた車の鍵を再び手に取った。塾はどうしたの、病室で母が聞いた。僕は何も言わずに持ってきたZ《ゼータ》ガンダムのプラモデルを組み立てていた。母は少し眉をひそめた後、窓の外の風景を見ていた。ぱち、ぱち、とニッパーがプラスチックを切り取る音が病室に妙に大きく響いていた。泊の直線道路を進むと、潮の香りをかすかに鼻の先で感じる。小遣いがあればすぐに足を向けた薄暗いおもちゃ屋の前を、どうせ小遣いは足りないし今日は大事な誘いを受けているからと素通りしたところで潮の匂いが強さを増す。目の前にひらけた泊港を左手に、歩道橋を渡って国道五十八号線を越え、外人墓地で右に曲がってしばらくすると、赤い屋根のマンションが見えてきた。あれに違いない。十階、十階。思い出すようにそう自分に言い聞かせ、エレベーターに乗る。うちのアパートは低層でエレベーターなどないから、それだけで羨ましい。クッキーの詰め合わせでも父に買ってもらい持ってくればよかった、と気づく。引っ越して間もない頃、友だちの家に遊びに行った帰りに、その子の母親がチョコチップクッキーの袋を渡してくれた。ちょうどさっき焼いたからお家で食べてね。僕はそれを、兄たちに見せびらかすようにひとりで食べ尽くした。都会では、友だちのお母さんが手作りクッキーをくれるんだよと僕が言うと、父は困ったように笑ってグラスに注いだビールに口をつけた。

インターホンを押すと、扉が開いてスポーツ刈りのジョシュが出てきた。僕の顔をしばらく見つめてから振り向き、クリス友だち来たよ、と声をあげた。僕に背を向けたまま体でドアを支えつつ、細長く伸びる廊下の方に顔を向けてじっとしている。日に焼けた彼のうなじを眺めていた。首の真ん中に小さなホクロがある。そういえば、薬くんのうなじは長めの髪に隠れていた。入って入って、と声の方に目を向けると薬くんが足早にやってきた。ジョシュが体を離したドアが閉じそうになり、僕は慌てて玄関内に滑り込む。扉は背後でがちゃんと大きな音を立てた。薬くんと同じクラスでよかったと思いながら、子ども部屋に戻ってゆくジョシュの後ろ姿を目で追った。今日は親が夜までいないから、とリビングに通されてから麦茶とビスケットの載ったお盆がテーブルに置かれた。花柄のソファ、ふたり掛けのものとひとり掛けのものがガラスのテーブルを囲んでいる。大きな窓にはレースカーテンがかけられている。しばらく迷って、ふたり掛けソファの端に腰を下ろした。きっとレースカーテンを開けば開放地がよく見えるのだろう。ジョシュは子ども部屋から出てくる気配もない。どれがいい？　薬くんがいくつかのビデオテープを持ってきてテーブルに並べた。どのケースにもアルファベットが並んでいる。『Back to the Future』、『E.T.』、『Tron』、『Blade Runner』、『STAR WARS: THE EMPIRE STRIKES BACK』。『E.T.』と『STAR WARS』は見たことがある。なんとなく『Back to the Future』を指差して、薬くんがそれをデッキにセットする。映画が始まって間もなく、僕は気づく。英語だ、字幕もない。アメリカから持ってきたんだから、と薬くんが隣に座ると、ソファがかすかに波打った。英語わからないはずでは、と聞くと、映像を眺めているだけで楽しいのだそうだ。本当に映画が好きなんだろうと納得し、チラチラと横顔を盗み見しながら、画面を眺めていた。面白そうだけれど、さっぱりわからない。

『バック・トゥ・ザ・フューチャー』か、ニルスが呟く。懐かしい。僕は、はちみつをかけたブリーチーズときゅうりと七面鳥のハムをフォークでひと刺しにして口に運んだ。青臭い香りの後、まったりとした甘さが口の中に広がる。南の島にはこんな食べ物なかったな、はちみつすら違う味がする。切って盛っただけだよ、とニルスが笑う。そっちはそっちで美味しいものがあるんでしょ。それで、どうなったの。彼に促され、意識を泊の一室に再び向ける。英語がわからず内容は何ひとつ理解していないから、結局映画の途中で眠ってしまった。クーラーが効いて涼しくて、ソファも座り心地が良かった。その時だった、夢を見たのは。

何かに額をくすぐられて、目を開いた。黄金色に輝く細い穂のようなものが、瞳の前で揺れている。ススキにしては、細い。視界がゆっくりと焦点を結び、目の前のテレビを認識する。そうだ、映画を観ていたのだ。薬くんの肩に頭を預け寝ていたようで、体を元の位置に戻した。薬くんは動かない。同じように寝ていた。レースカーテンの向こうでは世界が黄金色に染まりはじめていて、薄暗い部屋の中もその光で柔らかく満たされようとしていた。薬くんの長い髪が、光を受けてきらきらとクーラーの静かな風に揺れていた。その向こうのひとり掛けソファに、いつの間にかジョシュが座っている。花柄のソファ、金色の刺繍糸がジョシュの呼吸に合わせてかすかに光を反射し、彼のまわりを無数の埃が金色の粒子になって浮かんでいた。体育座りのジョシュの輪郭はオレンジ色にうっすら縁取られている。綺麗な形の、短く刈られた後頭部からうなじにかけての稜線に見とれていると、じっと画面を眺めていた彼がこちらを向き、ふたりとも寝ていた、とはっきりとした声で言った。その声に反応して薬くんが顔をあげた。部屋を満たしていた金色のきらめきが消えてゆく。面白い映画なのに、とジョシュが再びテレビに顔を向けて言う。映画は終わっていて、エンドロールが流れている。前にも見たの？　うん、アメリカでパパと。誇らしげな彼の表情とは対照的に、パパという言葉が不釣り合いでおかしかった。ジョシュは毎年夏をパパのところで過ごしてて、薬くんが目をこすりながら言うと、少し！とジョシュが声を上げる。とっても、と薬くんが訂正し、目頭をぐっと抑えた。そして、薬くんとジョシュが示し合わせたように背伸びをした。ふたりの広げられた両手、その指の間を、いくつか残った金色の粒子が舞い消えてゆくような気がした。一瞬のあと、何事もなかったかのようにふた組の腕は下され、僕は彼らの語りに耳を傾けた。

ふたりが幼稚園に入園した春に、父親はアメリカに戻った。夏休みはこれまで通り、父親と祖父母がいるアメリカの家で過ごすこと。お酒は飲みすぎないこと、子どもたちがいる夏休みのあいだは飲まないこと。両親は合意した。小学校入学後すぐに母親が英会話教室に兄弟で通わせようとしたところ、薬くんはそれを拒んだ。夏休みにアメリカへ行くこともなかった。両親が離れて暮らしはじめる前、父親は酒を飲みすぎることがあって、決して乱暴はしなかったけれど、その姿に薬くんは過敏に反応し怯《おび》えた。母親のいないアメリカに行ったら、ますます酒飲みがひどくなると思っていた。飲まないという約束なんて、信じていなかった。そんなことない、祖父母がいたから安心だったし、夏のあいだは絶対に飲まなかった。そう言っても、あいつは聞く耳を持たなかった。ずっと後にジョシュが寂しそうに首を振った。

ずっと後？　三本目のアメリカン・スピリットに火をつけてニルスが僕の言葉を遮る。僕は彼が持ってきた二本目のステラを傾けていた。十九歳の終わり頃だったかな。キッチンでは、パスタが入れられた鍋がふつふつと音を立てている。

那覇の高校を卒業後、僕は大阪にある二年制の外語専門学校に通っていた。二〇〇一年、夏も終わりに差しかかり、あと半年ほどで卒業、その後はアメリカに留学予定だったものの、進学先は決まっていない。堂山のクラブは初めてで、僕は連れてきてくれた男の後を追ってカウンターに身を乗り出し、大きな声で飲み物を頼むことすらおぼつかない。持ってきたバックパックを煩《わずら》わしそうに胸の前で抱えていると、ロッカーに入れてきたらとつっけんどんに言われ、彼が指差した方向を目指した。地下の小さなクラブで、数十センチほどの段差しかないステージ上でドラァグクイーンがジャネット・ジャクソンの「Doesn't Really Matter」に合わせて口を動かしている。彼女の動きに合わせて、暗いホールにフラッシュライトが焚《た》かれる。人ごみをかき分けロッカールームにたどり着くと、そこだけ人影も少なく、ほっと息をつく。聴き覚えのある曲に変わり、客が歓声をあげる。リズムに合わせて、フラッシュライトが数回。光が、向こうからやってきた背の高い男を照らした。四回目で目が合って彼が立ち止まる。僕は驚き、音楽が僕の耳からフェードアウトしてゆく。ハイスピードカメラで撮られた映像のように妙にゆっくりと光が消えてゆく様子を、宇多田ヒカルのＰＶみたいだと妙な感想を抱きながら見ていた。戸惑う彼の表情が残像となって暗闇に浮かび上がる。僕も同じような表情をしていたのだろう。そのまますれ違えば一瞬のことで、この場でのことはなかったことにできる。でも、もう一度フラッシュが焚かれ、彼の顔が再びくっきりと照らされ、僕の耳は再び音楽を認識する。僕は意を決して叫ぶ。クリス！　すでにビールを半分ほど飲んでいたことも僕をいつもよりほんのちょっと大胆にしていた。向こうの顔がほころぶ。澄んだ目が嬉しそうに細まり、こういう目の表情をするようになったんだな、と鼻の奥がつんとした。すぐわかった！と僕が叫ぶと、彼がはははと笑って何か言う。緑の瞳が煌《きら》めいた。人生は不思議、誰もがひとりきりで生きる。君が私の名を呼んで……音楽と歓声で聞こえない。夢のよう、終わりもはじまりもない。君が私と共にいる……。髪長くしたからわからないかな！と彼が声を張り上げ、やっと気づく。ジョシュのほう？　そう、ジョシュ〝のほう〟。彼が両手の人差し指と中指で引用符を空中に描いた。そういえばメガネもかけていないし、髪の毛の色も高校時代のクリスのように明るくない。僕は、頭の中で数年前に那覇で会っていたクリスの姿を組み立てながら、リズムに合わせてゆっくり首を揺らしカウンターに向かうジョシュの後を追う。そのうなじには、あのホクロが確かにあった。でも、僕はそういえばクリスのうなじを見たことがない。そして、荷物をロッカーに入れ損ねてしまった。

一緒に来ていた男はフロアで誰かと踊っていた。本当にひさ……と言いかけたところで音楽に僕の声はかき消される。移動しようかとジョシュが言い、僕は男をフロアに残して外に出た。クラブの中よりだいぶ明るい世界。あらためて向き合うと、あの頃より髪は長くなったけど、うなじを隠すほどでもない。僕が知っている高校生のクリスより一、二センチほど縦に大きく、彼よりも健康的な肌の色をしていた。腕にはタイメックスの時計、大きめなサイズの白い無地Tシャツと低すぎない位置でベルト止めされた太すぎないジーンズ。ハイカットのナイキ。金曜の夜、輝く通りは人で溢れていた。夏も終わりに近づいており、涼しい。堂山で遊ぶのは初めてなんだと僕は言った。俺も、とジョシュが少し照れたように左手で首筋をかいた。そのような仕草は、子どもの頃見たことがなかった。

へえ。タバコを灰皿に押し付けて、ニルスが体をこちらに向ける。で、どうなったの。彼が手にしたグラスの中で氷が崩れ、水に溶けたウイスキーが琥珀《こはく》色にゆらいだ。作ってくれたパスタを食べて、すっかりお腹いっぱいになった。レモン果汁とニンニクだけのシンプルなパスタだった。学生時代にイタリアンレストランでアルバイトを続けていたニルスは、時々イタリア料理をふるまってくれた。とても美味しいけど、君の出身地の南部料理が食べてみたいと僕は繰り返す。感謝祭までもうちょっと待ってとニルスがたしなめる。その時には、たっぷり作るから。ジョージア出身の彼がいつか話したフライドグリーントマトやフライドチキン、グリッツやドーナツを食べてみたいと何度か頼んでいた。ああ、約束する。そのたびにニルスが答えた。この彼の口癖を聞いたのは何度目になるだろう。今のところ、約束が守られたのは三割ほど。守られなかった約束について、特に悪びれるふうでもない。その適当さが心地よいと言えばその通りだった。少なくとも今は。レコードが変わり、しゃがれた渋い声の男性が歌いはじめる。タウンズ・ヴァン・ザントというカントリーのシンガーソングライターらしい。その音楽も、初めて知った。と言うか、話まわりくどい？　いえいえ、時間も酒もまだまだありますから。ニルスがグラスを掲げて、壁の時計を指す。十時ちょっと前。レコードは、四枚目だった。小学生の頃僕の心に焼き付いた風景。それは先ほど初めて見たばかりの『天国の日々』の風景にとてもよく似たものだった。その偶然の一致に感情はいまだ高ぶっていて、かつて見た夢の中に引き戻されたような気持ちになっていた。移り気な白昼夢にとらわれ竹林は気だるそうにうなだれる。そして孤独な子どもは帰る場所を探すだろう……。ヴァン・ザントの歌声と僕の思い描いた風景が酔いの中で緩《ゆる》やかに繋がってゆく。あの場所で、再びクリスに会えたら素敵だろうな。そこに広がるのは沖縄でもアメリカでもない風景、ひとつの物語、未完の状態で棚上げされた物語の終わりにふさわしい風景だ。僕はまとまらない思考を整理しようと、とりあえず頭に浮かんだことを言葉にしてみる。小説とか、もちろん映画でも、時々、アメリカの風景が、それまで語られてきたはずの暴力とか絶望とかそういうのを飛び越えて、とても美しく語られることがある。暗い物語世界が最後に突然輝きだして、それはひとつのものごとの終わりであり、もうひとつのものごとの始まりを象徴するような。例えばどんな小説？　ニルスが立ってキッチンに向かう。僕もウイスキーに変えようかな、その背中に投げかける。例えば、『アラバマ物語』とか。へえ、という声。氷をグラスに入れる音が聞こえた。それならサラが持ってたはず。そこの本棚にささってるんじゃないかな。彼が氷とウイスキーの入ったグラスをふたつテーブルに置き、本棚に向かう。一番上の段に目当ての本を見つけて、ソファに身を投げた。グラスをひとつ僕に渡し、もうひとつを手に、片手でペーパーバックの最後のほうまでパラパラとめくる。古本屋の匂いがかすかに立ちのぼり、手元のウイスキーの匂いによく合っていた。僕はできるだけウイスキーが薄まるようにグラスをゆっくり回しつづけた。せっかくだから読んでみて。ニルスが僕に開いた本を差し出す。朗読は苦手で。練習だよ、英語の。ニルスが、本を僕に押し付けた。ところどころつかえながら『アラバマ物語』の最後の数ページを朗読する。残酷な事件を経験したきょうだいがその後、穏やかな日常の中、遊び、けんかし、それぞれの悲しみや喜びを経験し、めぐる季節のなかにいるふたりを見守る父親と、彼らに降り注ぐ太陽の光。私の中で、夜が薄れていった……。不思議だよね。アメリカに来てこれを初めて読んで、アメリカ的な風景への憧れが強くなった。旅をしたくなった。ウイスキーに口をつけると、まだ濃かった。グラスを揺らす。それは初めて英語で読んだ小説で、当時僕はワシントン州の短大に通っていて、大陸のずっと向こうにはこんな風景があるのかと期待に胸を膨《ふく》らませた。物語が、美しい風景の向こうに霧散していって心地よい余韻を残すというか。なるほどね、でも僕がこの本を読んだのは中学生の頃だったから、どうしても教材っていう感じがして……。ニルスが言った。そういえば、僕も『こころ』の断片を教科書で読んだ後、夏目漱石が好きになるまで何年もかかった。でも、君の言いたいことは理解できるかもしれない。ニルスが立ち上がる。恥ずかしながら、十代の頃『路上』に強い影響を受けていた。あれを読んで、高校を出たらニューヨークに出ることを決意した。ひとり、車でジョージアから中南部を回る旅をして、ニューヨークまでやってきた。『路上』なら僕も読んだし、その箇所の見当もつく。ハドソン川沿いから主人公が見たニュージャージーの景色。そう、まさに。ニルスがベッドルームからボロボロになった『路上』を持って出てきた。リビングの本棚に置いておくのは恥ずかしいから、部屋に置いてる。読んでよと僕が要求すると、演技めいた咳払いを二、三度した後、深々と頷き朗読しはじめる。ハドソン川の河岸に腰をおろして、眼前に広がるアメリカ大陸の風景と、共にその大陸を旅したディーン・モリアーティを思い出す主人公。そして、誰ひとりとして、誰ひとりとしてこの先何が起きるのかなんかわからない、自分たちがボロ切れのように孤独に年老いていくこと以外、そして私は思うのだ……。

ジョシュはニューヨークの大学に通っており、夏の休みを利用して沖縄に帰っていたそうだ。それにしても、なぜ大阪に？　沖縄からニューヨークへは関空での乗り換えで、せっかくだから大阪に数日滞在することにした。来たことなかったしね。それを聞いて、彼がひとりでクラブにいたことに思い当たった。あいかわらず活動的だ。そしたら、君がいるなんて！　僕は自分が外語専門学校に通っていて、来年の春からアメリカの学校に編入するのだと伝えた。どこに行くの？　ニューヨークの大学に行きたいと考えているところ。じゃあ、向こうでも会える。だといいね。大学では、何を？　まだ決めてなくて。そろそろ決めたほうがいい時期だね。ジャーナリズムを勉強したいってもっともらしいことを親には伝えてるけど、今の英語力だと難しいかな。最近は、写真にも興味があって……。写真！　カメラは何を使ってるの。僕はバッグから、ＬＯＭＯ ＬＣ－Ａを取り出す。おもちゃじゃないか、ジョシュが笑う。それでも結構色っぽい写真が撮れるよ。へえ。今度見せてよ、写真。俺、ニューヨークで美大に通ってるんだ、美術史の専攻。意外な答えに声を失った僕に、彼がはは、と笑う。あれから俺も変わったから。俺、君が思ってたようなただのサッカー馬鹿でもないんだ。

そういえば、クリスはどう？　ニューヨークでの暮らしについて聞いたあと、二杯目のビールが届いたところで、僕は彼に尋ねてみる。あいかわらず沖縄を出ることなく、大学に通ってる。今になって英語も勉強しはじめて、彼なりの方法でアメリカに対峙するつもりらしい。それなら、ひと思いにアメリカ行っちゃえばいいのに。それが難しいのだろうね。ジョシュはフェイクレザーのソファに体を沈めた。

四年生の時も薬くんと同じクラスになれたことを、僕はそっとひとり喜んだ。『バック・トゥ・ザ・フューチャー』の日以来、毎月一、二度、彼の家に遊びに行って映画を観ていた。時々ジョシュもいて、ひとりがけのソファに座って画面をぼんやり眺めていた。いつの間にか所定の位置がそれぞれに決まっていた。サッカー帰りのジョシュは、気がつくと寝息を立てていることもあった。映画がつまんないからだ、目を覚ました彼は決まってそう言い訳をした。ジョシュが不在のこともあれば、薬くんが具合を悪くして部屋で寝ていることもあった。そんな時は、僕とジョシュは言葉を交わすこともなくテレビ画面を見つめていた。居心地の悪さはなかったように覚えているけれど、どんなふうに過ごしていたんだろう。うまく思い出せない。ジョシュがアメリカから持ってきた映画をすべて見てしまったあとは、三人でレンタルビデオ屋に通いはじめた。選ぶ映画はいつも適当で基準なんてものはなく、タイトルやジャケット画像、知っている名前の俳優などで決めて、当たり外れも多かった。三人の好みが一致することは少なかったけど、例外的に三人とも好きな映画が『トップガン』だった。二年の間に三回借りたはず。三回目で、真面目そうなビデオ屋のおじさんが遠慮がちに、これ子ども向けじゃないんだけどね……と言いながらビニール袋に入れた。ジョシュが、青いベッドシーン！と店内に響き渡る声で叫んだ。苦笑いする店員を背に店を出て、けらけらと笑いあいながら、黄色のハイビスカスに囲まれたペリー提督上陸記念碑を脇目に赤い屋根のマンションに向かった。三度目を見終えて、俺、ケリー・マクギリスが好き、とジョシュが言った。こんな人に憧れるなあ。薬くんはメグ・ライアンが好きだと呟いた。誰？　グースの奥さん。目ざとい！　僕とジョシュがからかう。でも僕はやっぱりグースかっこいいと思う、僕が言うとジョシュが急に大きな声で笑った。だって、かっこいいじゃん。薬くんは困ったようにテーブル越しに双子の兄を見つめていた。

五年に上がると同時に、僕たち一家は島に戻ることになった。母親は入院したままだった。大丈夫、お母さんももうすぐ帰ってくるから、と祖母が言った。

僕たちはしばらく、無言でビールを飲み続けた。まだ、それほど酔っているわけでもない。ジョシュもあの頃のことを思い出しているのだろう。彼が顔を上げて、ぐいとビールをあおった。ジョッキを置き、左手、四つの第二関節でテーブルを優しく叩く。テーブルにできた薄い水たまりが跳ね散った。初めて君がうちに来た日。彼の言葉に僕は頷く。俺は子ども部屋でひとりゲームをしていたんだ。でも、リビングルームから人気を感じなくて、様子が気になりはじめて……勇気を振り絞って部屋のドアを開いてリビングを覗いてみた。そしたら、ふたりとも眠っていた！　ソファに座って、麦茶を飲みながら映画を観ていたよ。内容なんて本当は何ひとつ頭に入ってこなかった。君とクリスが、肩を寄せ合って眠っていて、クリスが穏やかな表情でその肩に君の頭を載せて、そして君の頭に自分の頭を寄りかからせて。美しいな、と思ったよ。大げさかな。映画も上の空でその様子をちらちら見ていたら君が起きて、慌てて画面に視線を戻して。視線の横で、君は戸惑いの表情で僕を見つめていて、おかしかった。それでもクリスは穏やかな表情で眠っていて、それが何だか悔しくて俺は声を出した。クリスを起こした。あいつ、家ではいつも面白くなさそうな顔をしていたんだ。僕たちはそれからしばらく黙って、すっかり泡がなくなったビールを見つめていた。それにしても、なんで俺たち『トップガン』にあんなにも夢中になったんだろう。トム・クルーズのブリーフ、ダサかった。タオルの位置も高すぎた。くだらないことを言い合って笑う。あの映画のミグって、どこの国の戦闘機なんだろう。

ソ連だろうね、とニルスが言う。あの時代なら。

あの時代。那覇に引っ越した年に、薄い不安を子どもながらに感じていた冷戦が終わり、何も変わらない日常に奇妙な思いを抱きながらテレビのニュースを見ていた。しかし、三年生の終わり頃に湾岸戦争が勃発した。沖縄は緊迫していて、不穏な空気のなか、戦争がどこかで起きているのだと子どもながらに実感していた。でも、ひと月ほどでいちおう戦争は終結した。僕の中に根を下ろした恐怖心はなかなか消えることはなかった。僕以上に薬くんは動揺していたようだ。時々、どこかから聞こえてくる戦闘機の音に怯えるような様子を見せた。空を横切ってゆく戦闘機を目で追いながら、爆弾が落ちてきたらどうしようかと半分真剣にふたりで話していたこともあった。もしそんなことになったら、開放地に逃げ込もう。何もない場所に爆弾は落とされないから、きっと。病院も狙われたりするのかなあ。どうだろうね。できるかぎり明るい調子で言葉を交わしながら、僕たちは不安を和らげようとした。薬くんは、怒っているようにも見えた。パパが加担したベトナム戦争が、巡り巡ってあの戦争を引き起こしたんだよ、きっと。薬くんはそんなことをいつか口にしたけど、僕にはよくわからなかった。映画を観ることで平静を保っていた。

ウェイトレスが三杯目のビールジョッキを僕とジョシュの前に置いた。酔いで耳の周りが少し熱くなっているのを感じる。あの『バック・トゥ・ザ・フューチャー』の日、夢を見ていたんだ。どこまでも広がる草原が夕日を浴びて風に揺れて、すべてが金色に輝いていた。マジックアワーっていうのかな。さらさらと、まだ背が低かった僕の腕や顔を柔らかな葉が撫でて、気持ち良かった。その夢とまったく同じ風景が、あの日、窓の向こうにも広がっていた。輝く開放地の風景を、クリスと一緒にベランダに出て見ていた。ベランダから？　ジョシュが不思議そうに言う。あの日、彼はすでに子ども部屋に引っ込んでしまっていた。僕とクリスは、黄金色に優しくうねる広大な開放地に目を奪われていた。それから目を合わせて、ふたりとも同じ夢をついさっきまで見ていたのだとすぐに理解した。開放地がそんなふうに見えたことはないな。ジョシュが眉をひそめる。沖縄でそのような風景が見られるはずはない。金色の草原なんてないし、開放地にそれがあるはずもない。夢を見つづけていたのかもしれないね。あの金色の風景の中に君もいたのだとは伝えずに、そうかもね、と頷く。金色の草原か、綺麗だろうな。その様子を想像しているのか、天井を見上げながら両手をギュッと握り、親指をぽきりと鳴らして、続いて両手首を鳴らした。今度、クリスに覚えているか聞いてみたい。それはやめて。僕は、再び開かれたジョシュの細く骨ばった指を見つめながら言う。なんで？　いや、なんとなく……。なにそれ。最後にあいつに会ったのは？　三年くらい前、僕は答える。クリスに再会した日のことはよく覚えている。

一九九七年。高校進学に合わせて再び那覇に、今度はひとりで引っ越してきて初めての夏がはじまろうとしていた。放課後、校門を出て松山から県庁に向かって坂道を下る。沖縄銀行本店の脇道に入って、国際通りと並行するように裏道を直進して、緑ヶ丘公園を抜け、ニューパラダイス通りを通って、沖映通りで右に曲がる。右手に那覇タワーを仰ぎながら、国際通りと交わる、人で溢れたスクランブル交差点で落ち着きなくあたりを見回しクラスメイトがいないことを確認する。ひとりで行動しているところを見られたくなかった。立ち止まると、途端に身体中から汗がふき出してくる。焦《じ》らすように長い赤信号の後、青に変わり横断歩道を渡る。ＯＰＡビル——小学校の頃はフェスティバルビルだった——に入って、エスカレーターで六階へ。二階にあるパスタ屋ピエトロに時々クラスの女子グループが来ていることを知っていた。そこを過ぎれば、もう同級生に会うこともない。タワーレコードの自動ドアが開き、冷たい空気が体を包み、ほっと深呼吸をする。邦楽コーナーを素通りして、奥の洋楽コーナーへ向かう。心待ちにしていたレディオヘッドの新譜が聴けるはずの試聴機の前にはすでに先客が立っていて、ヘッドフォンを耳に当てていた。夏なのに長袖のシャツを几帳面に黒いスラックスに入れている。どこの高校だろう。足元は白いスタンスミス。ベルトの位置は高くもなく低くもない。斜めがけしたシンプルな黒いメッセンジャーバッグの肩紐が、彼の腰回りの細さを明らかにしていた。肩にかかりそうなウェーブのかかった明るい金髪に、よく学校で注意されないものだなと僕は感心した。ヘッドフォンから流れる音楽に合わせて、試聴機が置かれたテーブルに添えた右手の細長い人差し指が一定のリズムを刻んでいる。僕はしばらく近くの試聴機ですでに何度も試聴して購入もしていたＣＤを聴いていた。男がヘッドフォンをはずし、ＣＤを手に取る。横顔が見えた。メガネをかけていたけれど、クリスであるような気がした。だいぶ背が伸びていたし、髪の色も記憶より明るい。そして、目の表情が違う。あんなに冷めた目をしていただろうか、メガネのせいだろうか。彼はレジに並んでいる。声をかける勇気も彼であるという確信もないまま、僕は棚から『ＯＫコンピューター』を一枚取って彼の後ろに並んだ。もともと買う予定だったのだ、試聴しなくてもいい。そう自分に言い聞かせた。目の前で男が店員と言葉を交わす。すっかり声変わりしているはず。しかし、声の表情、そのか細さはクリスのものだった。そして彼が振り返る。気づくだろうか、僕から声をかけるべきか、一瞬のうちにいろいろ考えた。あれ、もしかして……久しぶりだね。とクリスが言った後、照れくさそうな笑顔を見せて、右手を中途半端な位置まであげた。彼の目は、僕が覚えているクリスのものになっていた。穏やかな、少し曇った緑色。

エレベーターで一階に降りて、国際通りを安里《あさと》の方に歩く。誰かとふたりで歩いていると気が楽だった。国際ショッピングセンターのＡ＆Ｗでアイスティーとカーリーフライをそれぞれ頼む。クリスがシャツの袖を几帳面《きちょうめん》に二度折り、アイスティーにガムシロップをいれストローで混ぜる。ちらちらと窓の外、ショッピングセンターのピロティに目を向ける僕に、誰かいるのかとクリスが聞いて振り返る。地下のゲームセンターにクラスの男子がよく来るみたいで。見られたくないの？　いや、そういうわけでも……。那覇に戻ったんだね。そう、島の高校には行きたくなかった。聞くと、クリスも国際通りから徒歩圏内の場所にある高校に通っていた。今でも、泊のあのマンションに？　住んでる。でも、ジョシュはアメリカの高校に進学した。僕は松山のアパートにひとり暮らしをしていた。住んでいるところも、近所といえば近所だ。もっと早く気付いていてればよかったね。一通り情報交換をして、お互い無言でカーリーフライをつまんではアイスティーをすする。ずず、とふたりのアイスティーが底を尽き、お店を出たところで、うちで聴く、とクリスが黄色いビニール袋を両手で胸の位置まで持ち上げて言った。長身の彼には不釣り合いな、小動物を思わせる動作だった。今のは誘いだろうか、宣言だろうか。とりあえず僕が頷くと、行こう、と彼が歩き出した。ＣＤをメッセンジャーバッグに仕舞い、また夏だあ、と間延びした声でクリスが言い背伸びをした。風が吹き、彼の髪を揺らす。長い両腕が持ち上げられ、腕、肘《ひじ》、手と僕は視線を上げていき、開かれた細く繊細な指に見とれながら、その隙間を流れる空気を想像しようとした。このまま濃さを増すと黒くなってしまいそうなほど深く沈んだ青色は、ささやかにちらつくきらめきをも吸い込んでしまいそうだった。途端に、また夏かと憂鬱な気持ちになる。夏は嫌いだった。短い冬には雪も降らない。もっと北へ、大きな街へ、寒い場所に行かなければならない。小さな頃は無限に広がる都会だと認識していた那覇は実際にはとても小さな地方都市だった。なんだか、息苦しい。もっと大きな都会を目指さないと。冬には、ちゃんと雪に覆われる場所。知っている人間が誰もいない街。

そこに行けば、自分らしく生きられるような気がした。

ずいぶん背が伸びたんだね。どんよりとした思考を振り払うように、前を歩くクリスに当たり前の言葉を投げかける。百七十八センチ。もう少しで百八十なんだけど。僕は隣に並ぶ。制服姿がよく似合っていて、白く輝くシャツの折られた袖口からは細長い腕に明るい色の産毛《うぶげ》が輝いている。几帳面に第一ボタンまで閉めているのは僕と一緒だけれど、ずっと洗練されて見えた。クリスは視線を空から道路へと戻し、左手の人差し指でメガネの位置を調節する。バス停の前で、ちょっと暑いけど歩いてもいい？と彼が聞き、僕は頷いた。国際通りを脇に逸《そ》れて小道を進み、安里川手前で信号に引っかかる。数年後に走りだすらしいモノレールの高架建設工事が始まっていて、川沿いは騒々しさを増していた。モノレールができたら、どうなるんだろう。風景が一変してしまいそうで自分はちょっと。信号が変わって安里川を越えて、崇元寺通りを左に曲がる。彼は一人称が自分になっていた。いいなと僕は思う。記憶のままに伸びる泊の道路を前にして、懐かしいと自然に声が出る。小学校以来？　ほぼそんな感じ。スイミングスクールはまだ営業していた。アポロ像も。あ、お腹の太陽が消えてる。僕は気づく。そういえば消されたみたいだね、とクリスが像を仰いで言う。じゃあ、今の小学生はアポロ像って呼ばないいんだろうな。父親といつか行った居酒屋は潰《つぶ》れていた。そういえば一緒に通ってたくもん、まだあるのかな、とクリスが路地を覗くように首を伸ばした。あれ、いたっけ？　僕は驚いて彼を見る。クリスが立ち止まる。毎週一緒の日にいたから。そう言われてみれば、そんな気もした。忘れるはずもないことを、僕はいくつか忘れはじめている。英会話教室に通いたくなかったから、代わりにくもんに通っていたんだ。

おもちゃ屋は電気が消えて、棚にはプラモデルの箱が積まれたまま色あせていた。潮の匂いがした。泊高橋《とまりたかはし》の歩道橋に上がり目の前を見渡す。だいぶ、泊港の風景も変わったんだ。ずっとここに住んでいると意識することも少ないけど、でもさすがにこれはちょっと。クリスがそう言って、目の前にそびえ建つ豪華客船の中央部分だけを切りだしたような泊港の巨大なターミナルビルを見上げた。でも、本屋とかコンビニとかあって便利で結構使ってる。そんなもんだね。そうやって変化を受け入れていくんだ。モノレールは嫌だな。……また言ってる、と僕は笑う。歩道橋を降りたところで、あの金色の風景を思い出した。開放地がどうなってるのか見てみたいとクリスに声をかけ、五十八号線の坂道を上りかつて広大な空き地だった場所の前まで来た。もうすぐ那覇中環状線が開通し、通り抜けができるようになる。来年、あの中に新しい高校ができるんだって。新しい高校に入学するって、どんな気分だろう。上級生がいなくて楽そう。他愛のない話をしながら、開発が進むかつての開放地を眺めていた。背後の路地から、聞き慣れたメロディが風に乗って流れてくる。ゴミ収集車が鳴らす、オルゴール調のベートーヴェン「エリーゼのために」だった。僕は、あの金色の風景を覚えているかクリスに聞いてみたい。でも、どう切り出せば良いのかわからない。問いとその答えによっては、あの記憶が書き換えられてしまうのではないかと不安を抱いていた。なんで、ゴミ収集車の音楽がベートーヴェンなんだろうね。代わりに僕は前から不思議に思っていたことを口にしてみたものの、それに意味はないことはわかっていたからすぐに話題を変える。そういえば小学校の頃にも開放地を見ながらベートーヴェンについて話さなかったっけ。うん、覚えている。クリスが横で呟いた。

アメリカ人の小学生と席を並べた給食から一年ほど経った六月、慰霊の日前日の音楽の授業で教師が持ってきたプレイヤーにCDをセットして再生した。この曲わかる人、教師が質問する。誰も手を挙げない。これはベートーヴェンの交響曲第九番、第三楽章。有名な第四楽章はみんな聴いたことあるだろうけど、それ以外の楽章を聴いたことある人は少ないんじゃないかな。ベートーヴェンの音楽は、戦争中、いろんなところで演奏されて、時に利用されてきた。当時日本では欧米の音楽は禁止されていたけど、ドイツとイタリアの音楽はもちろん演奏しても大丈夫。だから、日本でも演奏はされていたんだ。ただ、多くのひとは西洋音楽を一緒くたにしていた節《ふし》もあったけれど。ドイツでは、フルトヴェングラーという有名な指揮者が、ヒトラーの誕生日前日に行われた演奏会で交響曲第九番を演奏している。もしかしたらそこには、純粋に音楽を必要としていた人がいたのかもしれない。そしてアメリカでは、イタリアから来たトスカニーニという指揮者が、同じように人びとのためにベートーヴェンを演奏して、そのコンサートの場で出身国の現状を批判した。音楽は時にプロパガンダとして利用され、慰めとして必要とされていた。そしてこの作曲家の音楽はどちら側でも演奏された。それは、とても重要なことではないでしょうか。戦後、日本でもこの音楽が平和への希望を込めて演奏されることがあった。二年前の年末、ベルリンの壁が崩壊して、バーンスタインという指揮者が、六つの楽団を合わせたオーケストラを指揮して、この第九番を演奏した。テレビで見た人もいるかもしれないね。でも、もしかしたら第四楽章は賑《にぎ》やかすぎるし年末の印象が強すぎるかもしれない、だから、この静かな楽章を聴いて、ちょっとでもいいから明日、戦争について考えてみてください。

慰霊の日。レンタルビデオ屋でジョシュと薬くんと三人で選んだ映画を観た後、僕たちはベランダから深緑色の木々に覆われた開放地を眺めていた。慰霊の日にこんなふうに遊んでいることに罪悪感を覚えた僕は、開放地を前に、昨日のベートーヴェン、綺麗な音楽だったなと声に出した。元米軍用地が返還された場所を前に、あの音楽について考えるのはふさわしいことのように思えた。薬くんは無言のままだった。数秒後、ジョシュが言う。ベートーヴェンはうちでも時々聴くよ。パパが好きだった。

ママに聞いた話だけど、と前置きして薬くんはジョシュの語りを引き継ぐように話し出した。ベトナム戦争中、パパが沖縄にいた頃、よくジャズバーに音楽を聴きにいっていたみたい。そこには変わり者の沖縄人ピアニストがいて、時々、クラシックを演奏した。ショパン、ベートーヴェン、バッハ。レパートリーはそれほど多くはなかった。彼の音楽は、パパの不安を一時的ながら和らげた。沖縄に戻ってきたのも、きっとその体験があったから。でも、バーの場所を聞いてもはっきりしなかった。松山のどこかにあったはず。結婚してふたりで何度探しても、見つからなかった。ベトナムに向かう前の、あのわずかな時間は、彼にとって天国のような日々だったみたい。私たちは、よくレコード屋に行ってクラシックの棚を行き来しながら長い時間を過ごした。買うものは大抵決まっていて、ショパンの前奏曲集、ベートーヴェンの後期ピアノ・ソナタ、バッハの平均律クラヴィーア曲集だった。すでに持っているものとは別のピアニストによる演奏が出れば、それを買ってふたりで聴いた。クラシック好きな人からすれば、ささやかすぎる趣味だったかもしれない。でもそれは彼にとって大事な音楽だった。あなたたちが生まれてからは、そういう時間も少なくなってしまった……。そんなことを、ママが言っていた。時々、大抵日曜日だったけど、夕食の後にパパがレコードをかけた。時には、缶ビールを片手に。パパは穏やかな表情でゆっくり缶を傾けて、その時だけは一緒にいてもいいと思えた。その薬くんの言葉に、ジョシュが顔を上げた。レコードかけてみようか。薬くんが頷きながら、僕に言った。子どもたちに、とパパはレコードを残していった。

日が落ちかけていた。大きな雲の底が茜色《あかねいろ》に染まっている。すっかりアスファルトとコンクリートに覆われ平坦になった開放地が暗く沈んでいる。早く聴きたいな、とクリスが『OKコンピューター』が入っているメッセンジャーバッグを右手で優しく叩き、僕たちは来た道を戻って軽食屋で右に折れる。この軽食屋、昔からあるけど入ったことない。そう？　がっつり食べられるから自分は好きなんだけどな。クリスから出たがっつりという言葉が、なんだか不釣り合いだった。

レディオヘッドは僕も少しかじった、とニルスが言った。タウンズ・ヴァン・ザントのアルバムはすでに終わっていて、部屋は静かになっていた。ウイスキーもすっかり薄くなって、ほとんど飲み干していた。どの曲が好きだった、僕は聞いてみる。「Subterranean Homesick Alien」かな。ニルスらしい答えだ。僕とクリスは「Exit Music (For a Film)」がお気に入りだった。病んだ高校生の典型だとニルスは苦笑する。CDがまだあるはず、と立ち上がって間もなくそのCDをプレイヤーにセットする。お前なんか窒息してしまえ、窒息してしまえ……。確かに暗い。高校のお昼の時間にこの曲かけたらクラスの女子に怒られた、こんな暗い曲かけたの誰だって。ふたりで笑っていると、ドアが開いてサラが入ってきた。ずいぶん陰気に酔っ払ってるね！　そういう彼女も、ほろ酔い状態で上気した顔をしていた。ああ、寒い寒い。時計は、二十三時半を指していた。もうすぐ日が変わる。『天国の日々』のＤＶＤ、『となりのトトロ』のＶＨＳ、『アラバマ物語』と『路上』のペーパーバック、いくつかのレコードとＣＤがテーブルを覆い、それらの隙間には、数本のステラのボトルと、ウイスキーボトル、グラス、重ねられたお皿が点々とちりばめられている。文化的な金曜の夜だね。コートを脱いだ彼女はグラスにウイスキーを注ぎ、僕に向けてボトルを掲げ、飲むかと聞いた。まだ、大丈夫。彼女はさっそくストレートで飲みはじめ、『となりのトトロ』に目を留める。観たの？　厳しい視線がニルスに投げかけられる。一緒に観ようって約束だったのに。いや、まだ。これから観ようかと話してたところ、とニルスが言いＣＤを止めると、あぁ、ありがとう！と大げさな仕草でサラが声をあげる。ニルスが立ち上がって、ＶＨＳをデッキにセットした。

『ＯＫコンピューター』を買ったあの日、数年前とそれほど変わっていないように見えるリビングに入り、同じ花柄のソファに腰を下ろした。すっかり日が落ちて、部屋はほの暗い。そっちじゃないよ。麦茶とお菓子の載ったお盆を手にしたクリスがキッチンから出てきた。ＣＤプレイヤーは僕の部屋にあるから。そう言って、廊下を進む。半分開いていたドアを肩で押し、振り返ってどうぞ、と僕を振り返る。大きな二段ベッドと、学習机ふたつ。ドアのそばには腰ほどの高さのタンスがあって、その上にテレビが置かれている。入り口で躊躇《ちゅうちょ》する。そういえば、子ども部屋に入るの初めて。子ども部屋って言葉久しぶりだな、とクリスが微笑《ほほえ》む。二段ベッドは、どっちに寝るの？　昔は上で、今は下。足が収まらなくて困ってる。タワーレコードの黄色の袋を開き、もどかしそうに包装フィルムを剝《は》がして、クリスがＣＤをプレイヤーにセットした。歪んだ弦楽四重奏のような音が鳴り響く。ふたりともスピーカーをしばらく凝視している。次の世界大戦で俺は転生する……。そして、それぞれ買ったＣＤケースからライナーノーツを引っ張り出して、読む。随分とエモーショナルな解説文だな、とクリスが呟いた。エモーショナル、僕はその言葉を胸の中で繰り返し、膝の上に置かれたジャケットの真っ白な風景を見つめていた。雪に覆われた世界、高速道路。結局、窓の外がすっかり暗くなった頃、僕は「Karma Police」で眠りに落ちてしまう。自分は「Climbing Up the Walls」で寝たとクリスが告白し、僕は負けた！と悔しがった。だから、僕たちが「No Surprises」を発見するのはしばらく後のことだった。

テーブルに置かれた『ＯＫコンピューター』を手にとる。あれ、これって雪……？　久しぶりに見たそのイメージに違和感を覚える。雪なの？　サラが眉をひそめて僕が持っていたジャケットを凝視する。どっちだろうね。ニルスがあくびをした。そもそもなぜ雪だって思ったの？　ずっと雪景色を見たことがなかったから、そうだとばかり。どこ出身だっけ？　沖縄、日本。ああ、そうだったね。出会って何度目かのやり取りをまた交わす。生まれ育った場所もこんな感じだったの、とサラがテレビに視線を戻して僕に聞いた。土手の上の未舗装の道路を、家具を満載した三輪トラックが走っている。土手には白や黄色の小さな花が揺れ、山は緑の木々で覆われている。夏でも冷たそうな清流の上にかかる石の橋を父親と娘ふたりが渡って、丘の上に建つ洋館付き住宅を目指して駆け上がる。いや、これは日本。幼いころは、こういう沖縄とは違う外国みたいな風景に憧れてた。君のいう日本と沖縄の違い、いまだによくわからないな、とニルスが首を振る。それで、ニューヨークで雪を体験して、どうだった？　大阪よりもたくさん降ったけど、正直期待外れだった。綺麗だけど、まだまだ物足りない。寒さも雪の量も。十分寒いよ、ニルスがため息をついて頭を振る。もっとこう、心臓が縮まる感じを体験したい。北の方に行かないと無理でしょうね。モントークの方でも結構寒いのかも。年始のキャッツキルは、どうだった？　ああ、あの雪景色はいい感じだった。寒さも心地よかった！　南の島からわざわざ凍《ここ》えに来るなんて、変な趣味。そういえばこの間、モントークに行こうって話したね、僕はニルスに向かって言う。瞼《まぶた》を閉じていた彼が顔を上げ、不思議そうに僕を見つめる。ああ、そう、そうだ。でも、来年の夏に、ね。寒い海とか無理だよ、絶対。大西洋に降る雪……海に雪が降る様子を、そういえば見たことがないな。それはどんな風景だろうか、僕は想像してみる。ブルックリンに住んでいるなら見たことあるはずだよ。ニルスが面倒くさそうに言う。イーストリバー、川って呼ばれてるけど海峡だから。どちらの端も大西洋に繋がっている。だから、大西洋みたいなものじゃないかな。え、そうなの。僕とサラが同時に声をあげる。それじゃあ、水もしょっぱい？　だろうね。ボトルにメッセージ詰めてウィリアムズバーグブリッジから落としたら、アトランティスに届くかも。僕が言うと、はは、とニルスが乾いた声をあげてもう一度あくびをした。

月に一、二回、クリスとタワーレコードで待ち合わせして、お互いが気に入ったＣＤがあれば、そして予算があれば買ってどちらかの部屋で聴いた。クリスの部屋で聴いた後は、ふたりで五十八号線沿いの軽食屋に行って夕食を食べた。クリスはＢランチ、僕はＣランチ。薄いクリームスープと、甘いアイスティーはどちらにも付いてくる。店内に同世代の女性がいることは稀だったけど、時々女子高生グループがいて、彼女たちはクリスの方を時折控えめに盗み見た。もてるのだろうな、と僕はあらためて気づく。なんというか、憂いのある感じ。やめてよ、クリスの緑色の瞳がメガネの向こうで揺らぎ、眉間に細いしわが寄る。一年半ほど、いろんな音楽を一緒に聴いた。ベック、ウィーザー、ベン・フォールズ、ビョーク、クーラ・シェイカー、ＰＪハーヴェイ、ウィルコ、フィオナ・アップル、エリオット・スミス……。何度も聴いた音楽もあれば、よく理解できないままの音楽もあった。

映画にも行った。一緒に観た最初の映画は、ジョディ・フォスターが出ていた『コンタクト』だった。そういえば、昔うちでよくＳＦ映画観ていたね。昔、というクリスの言葉が大人っぽく感じられた。『ブレードランナー』、さっぱりわかんなかった。島に帰ってから、『バック・トゥ・ザ・フューチャー』シリーズは全部観たよ。そういえば三人で『トップガン』も三回くらい観たね。そう言ってひとしきり笑う。メグ・ライアンが好きだったね。ああ、でもこないだの戦争映画は良くなかった。あんな彼女は見たくなかった。僕は今ならミシェル・ファイファーが好き。聞かれてもないことを口にしてしまったけど、クリスは気にしていない。ジョディ・フォスター、ちょっと無理のある役だった。シガニー・ウィーバーでよかった気がする。それだと『エイリアン』になってしまうね。始まりそうで始まらないまま終わってしまう沖縄の秋空のもと、映画館を後にして、ふたりで日が落ちた那覇の街を歩いた。最近考えるんだけど。クリスがこちらに顔を向けた。何で自分はこんなにアメリカ文化に傾倒してるのかなって。お父さんの影響じゃないの？　彼の目からすっと表情が消える。いつかタワーレコードで見たあの目が、メガネの向こうにあった。二年前の暴行事件で再認識したんだ、嫌だってこと。かつて米軍属だった父を持つことが。その父がアル中だってことも。その事実にいてもたってもいられなくなって、初めて母と抗議集会に参加した。父のことが怖かった。かわいそうな人だと母は言うけど、それでも結局離婚したんだ、最近。母が妊娠する前はひどかったらしい。でも、子どもができて若干改善した。それでも家庭はうまくいかなかったんだから意味ないよね。離婚したんだ、という言葉を飲み込み、お父さん、ベトナム経験してるの？と聞く。終わり頃に。現地で実戦に参加する前、沖縄に数か月短期間滞在した後にベトナムに渡り、パイロットとして実戦に参加した。いくつかの作戦にも加わった。だから人も殺しているんじゃないかな。それでも。うつむくクリスのメガネを、金色の髪が隠した。自分はアメリカの映画に、アメリカの音楽に心を奪われ続けている……。そういえば。僕はどう答えて良いかわからず質問をする。お父さんのレコードコレクションは、まだあるの？　ある。しばらく聴いていないけど。今度、また聴きに行って良いかな。いつでもどうぞ。

僕たちは緑ヶ丘公園の小高い丘の上、ガジュマルの樹の根元にあるベンチに座って、泡盛を飲みながら言葉を交わし続けていた。一本だけ立っている街灯のまわりを無数の虫が飛んでいる。私服姿のクリスは、すんなり酒を買うことができた。土曜日で、彼の私服を見るのはその日が初めてだった。見慣れたメッセンジャーバッグとスタンスミスに、アイロンをあてたようにしわひとつない中途半端な丈のボーダーシャツと細身のブルージーンズだった。それでも野暮《や》《ぼ》ったく見えなくていいな、と僕は心の中で無邪気な無い物ねだりをしていた。彼が酒を調達しているあいだ、僕は隣のコンビニで氷とプラスチックのカップ、一・五リットルのアイスレモンティーとポテトチップスを買った。初めての酒だった。クリスがカップに氷を入れ、五分の一ほど「くら」を注いで、レモンティーをなみなみと注いだ。渡されたカップに恐る恐る口をつけてみる。泡盛の臭《くさ》みよりもレモンティーの甘さが強く、飲みやすい。まだ乾杯してないよ。クリスに言われて、慌ててカップを彼のカップに触れさせると、カップが手の中で少し潰れた。

僕は三杯目をクリスに作ってもらう。コンビニで買った袋入りの氷はほとんど溶けてしまっていた。公園には僕たち以外誰もいない。一通り映画の話を終えてクリスは黙り込んでしまい、ぼんやりと星のない空を見上げ、僕もその隣で同じように上の方を眺めながら、無言のまま甘い酒を飲み進めることにする。話すことはまだまだありそうだった。首筋のあたりがぼうっと熱を持ち、僕は自分が、そしてクリスがいつもよりも饒舌《じょうぜつ》になっていたことに気づいた。ここまで、途切れることなく会話を繋いでいたのだから、まだまだなんでも話せそうだった。次は何について話そうか、と思っているとクリスがすっと立ち上がり、僕は彼を見上げる。あらためて、背が高いんだなと見つめていると、街灯を背に彼の肌が青白く発光しているようにも見えた。トイレ、そう言って彼は公園と隣接するマンションを区切る茂みの方に歩き出した。見ないでよ。まさか、とすぐに返した。反応が早すぎたかもしれないと後悔したけど、彼は気にしていないようで背後で用を足す音が聞こえた。僕は小さくなった氷の入ったカップを振って酒を薄めようとする。柔らかいカップの中で頼りなく氷がぶつかり、その形がぼやける。焦点が合わない。目の前のぱっとしない住宅街の夜景に視線を移しても気が散って、思い切ってカップに残った酒を氷ごと飲み干した。喉を氷の塊が窮屈そうに落ちていく。

飲みますね。青白い手が両肩をぐいと摑《つか》む。振り向きざまに、四本の細い指に目を奪われた。優雅な曲線を描く指が酔いの中で揺らいだ。見上げた頃にはもう視線の中に彼はおらず、僕の隣に座っている。ごめんごめん、汚い手で触ってしまった。載せられた手の感触を記憶しようと両肩に意識を集中する。でも、秋の乾いた空気が首筋を撫でて、そこにあった微熱のようなものを感じる前に奪い去ってしまった。僕はぼんやりと右手で左肩を触り、左手で右肩を触る。そんなに嫌がらなくてもいいけどね。いや、そういうことじゃなくて。否定してカップを彼に差し出す。もう、氷ないからぬるいけど、いいかな？　僕は頷く。そうしてくらが半分に減った頃、僕たちは立ち上がる。親がうるさいからうちは無理とクリスが言うので、僕の部屋に移動することになった。

次の日、ひどい頭痛で目を覚ました。初めての飲酒にして初めての二日酔いだった。十一時、カーテンが引かれたままの窓の向こうを、おそらく酒屋のトラックが行き交う音がする。テーブルは綺麗に片付いていて、ＣＤケースが開いた状態で置かれていた。エリオット・スミスの『Either/Or』。そうだ、昨日ふたりでうちに来て、残りのくらとポテトチップス、コーラのペットボトルが載った小さなローテーブルを挟んで座り、いくつかＣＤを聴いたのだった。酒なんていくらでも飲めるものなんだ、と数時間前には信じ切っていたけど、今はとても頭が痛いし、喉もひりひりと疼《うず》く。最後に聴いたのがこれだった。目をこすりながらCDジャケットを手に取り、昨日の会話の断片を思い出す。どちらか、または。僕は言った。何？　クリスが不思議そうに顔を上げる。いや、『Either/Or』の意味、どちらか、または、だよね。ああ、either どちらか or または、だね。え？　だから either どちらか or またはという意味で……と嚙み合わない会話をしていたことは覚えている。僕はなぜか緊張していて、公園で飲んでいた時よりも早いペースでコーラで割った泡盛を飲み続けていた。テーブルの向こうのクリスは目を閉じて音楽を聴いている。グラスを音楽に合わせて揺らしているので眠ってはいなかった。酔いにぼやける視界の中で、蛍光灯の下、クリスがぼんやりと青い光に滲《にじ》んでいる。これが酔うということなのか、と弛緩した罪悪感のようなものを抱いたのが最後の記憶だった。部屋には僕ひとり。僕はプレイヤーに入ったままのCDを再生して、最後の一曲を流す。僕はバカの仲間入りをするか規範を超越した特別な人間になるか。それは明日の朝君が教えてくれる。クリスは彼を、アメリカの良心だと言っていた。

アメリカの良心、まさに！　サラが声をあげた。残っていたウイスキーをほとんどひとりで空ける勢いだ。ニルスは僕の隣で静かに寝息を立てている。メイが、小さなトトロを追って木立を駆け抜けている。僕らはまだ飲み足りず、サラが冷蔵庫からステラの瓶を二本取り出した。エリオット・スミスが死んで、私は本当に、直接的に悲しかった。無力感を覚えた。個人的に知りもしない有名人にあんなこと感じたのは初めてだった。彼の絶望や苛立《いらだ》ちのいくらかは、きっとこの国に向けられていた。それなのに、この国はあの大統領を選んだ……！　そして戦争を続けている。信じられない。彼の死はなんだったの。熱っぽくサラが言葉を繋ぐ。ニルスが起きてしまわないかと彼と彼女をちらちら交互に見ながら、その声に耳を傾けた。今もアメリカが戦争を続ける中で、沖縄のどこかで幼い子どもが怯えているのだろうかと考える。僕とクリスがそうしていたように。遺作は、聴いた？　もちろん。でも、ニルスああいう類《たぐい》の音楽嫌いでしょう。別に気を使う必要もないけど部屋で聴いてる。そう言いながら、サラが部屋から持ってきたCDをプレイヤーにセットする。彼が生きていてブッシュの再選を目《ま》の当たりにしたら、どうしてたんだろう。気が重いよ、なぜ僕の国は……ファック。サラが歌に合わせるように呟いて首を振った。僕の国。自らの国に絶望しながら、そのような言葉を歌えるだろうか、と僕は考えていた。僕の国は遠かった。目の前の小さなテレビ、映画が描く日本的な風景も僕にとっては異国のように見えた。クリスはエリオット・スミスのこの曲を聴いただろうか。聴いてるはずだろうな。どう感じているだろう。もうここには、彼にとっての「アメリカの良心」はいなくなってしまった。僕の中で輝いて、僕の心には雨が降り続いているから。意外なほど率直な懇願とともに、このアルバムは終わる。

クリスと僕は定期的に会うようになった。しかしそれも一年半ほどで途絶えてしまった。高校生になってもなおお胃の調子が悪くなることがあるようで、途中で帰ってしまうこともしばしばあった。もう誰も胃薬なんていう子どもじみたあだ名では呼ばないのだろう。でも、もしかしたら僕に言わないだけで、高校でも嫌がらせを受けているのかもしれない。

最後に会ったのは、高校二年の秋。放課後にメグ・ライアン主演の『シティ・オブ・エンジェル』を見た後、すっかり日が暮れた那覇、安里川沿いを歩いていた。少し涼しくなった、いよいよ高架の支柱が建ちはじめたね、そんな言葉を僕たちはぽつりぽつりと交わしていた。いつまで経っても一定の距離感が保たれていたものの、お酒を飲めばお互い饒舌になれた。その夜、僕の部屋で飲むことになって、いつもの酒屋でクリスがくらを買って、松山のコンビニでポテトチップスを三袋とペプシとアイスレモンティー、そして氷を買った。松山の歓楽街に入ると、客引きに何度も声をかけられる。ひとりだと全然声をかけられないのに、と僕は嘆いてみせる。声かけられないほうが煩わしくなくていいよ、クリスが眉をひそめて呟いた。

今回もちょっと良くなかった、メグ・ライアン。ベッドの隅に座ってクリスがため息をついた。この小さな部屋に、不釣り合いな容姿だ。住みはじめて二年近く経ってるけど、まだ殺風景な部屋だった。八畳の部屋には大きすぎるベッドがあり、小さな白いローテーブルを挟んで反対側の壁沿いには、いまだにダンボール箱に載せられた状態の20インチのブラウン管テレビ、床置きされた小さなミニコンポ、プレイステーションが無造作に並んでいる。プレイステーションのそばには、十五本ほどのゲームソフトと数十枚のCDが積み上げられていた。RPGばかりだね、とクリスがゲームソフトの山を見つけて言う。壁には押しピンで『ベルベット・ゴールドマイン』のポスターが貼られていた。まだポスターについての言及はない。母親が買って取り付けていったチェック柄のカーテンの向こうの道路は、歓楽街である松山の端のほうであるとはいえ、夜は人の往来が多い。だから、夜はいつも窓とカーテンを閉め切ってる。そう僕が言うと、クリスが立ち上がってカーテンを開いた。ざっ、と音がして、狭い道路を挟んだ反対側のアパート、きっと同じような理由でカーテンが引かれた窓の並びが現れる。カーテンのいくつかは中の光を受けてぼんやりと輝いている。両手で左右に開かれたカーテンの端を握ったまま、クリスはベランダの向こうの道路を右、左と首を動かして眺めている。蛍光灯の明かりの下で、彼の金髪がさらに明るく見える。高校入学のタイミングで明るい色にブリーチした。ついでにちょっとパーマもかけた。誰にも怪しまれないから、よかった。初めてのハーフ特権だ。いつかクリスが笑った。ほの暗い外の景色に、白い制服のシャツとそのブロンドと明るい肌の対比が綺麗で、写真が撮れたらよかったのに、と背丈の割に華奢《きゃしゃ》な背中と細長い両腕を見ながら僕は考えていた。

冬に、久しぶりにトム・ハンクスと共演した映画が公開されるみたいだね。そう、それは楽しみにしてる。また、一緒に行こうよ。僕から誘うのは初めてだった。それは……先約がいて、彼女と行こうかなと思ってて。そういえばこれまで、恋愛の話題は注意深く避けられていた。いや、きっと僕が避けていた。どう答えていいかわからずに、そうだ、もてるもんねと言って泡盛をコーラで割った。ぐいっと飲むと炭酸が喉に鋭く刺さる。いつから？　夏休みのはじめ頃、七月の終わりくらい。数秒、くらのコーラ割りを覗き込んでいることに気づいた。ああ、先を越されてしまった！　そっちも商業高校だから、女の子はたくさんいるでしょ。女子高みたいで、逆に居づらいよ。男子、八人しかいないし。僕は首を振った。それが結局、彼に会った最後だった。

ちょっと待って。サラが口を挟む。なんでそこで会うのやめちゃうの。いや、自然と……。でも、あなたから連絡すれば会える関係だよね。うん、まあ、と僕は口ごもる。二日後、いつものタワーレコードの待ち合わせに彼が現れなかった。後で、お腹の調子が悪かったと連絡があった。ほんとにごめん。それから三回ほど、適当な理由をつけてクリスの誘いを断ったら、連絡が来なくなった。タワーレコードに行く回数を月一回に減らして、高良《たから》楽器店のほうに出入りするようになった。回数を減らしてもなおタワーレコードに通ったのは、前みたいに偶然鉢合わせるような機会を待っていたから。でも都合よくそんなことは起きなかった。せめて、もう一回彼が誘ってくれていたら……。なにそれ、サラが首を振って笑う。テレビに目を向けると、姉妹はトトロの体にしがみついて、夜の世界を飛び回っている。メイ、私たち、風になってる。ふたりとも引っ込み思案だと、うまくいかないものだねえ。画面を見つめながら、サラがため息をつく。朝になって目覚めた姉妹は、トトロからもらった木の実が芽を出していることに喜ぶ。夢だけど、夢じゃなかった。夢だけど、夢じゃなかった。かわいい、サラが微笑んで、何か飲む?と立ち上がる。ステラをもう一本、それとも白ワイン？　この部屋には、酒が無限にあるようだ。僕はステラをお願いした。それ以来会っていないの。うん、でも彼はまだきっと泊のマンションに住んでる。だからそこに行けば、会えるはずなんだ。なぜ知ってるの？　ジョシュから聞いた。数年前のことだけど。誰？　彼の双子の兄。なるほどね。そのジョシュではだめなの？　僕はおもわず声を上げて笑った。

二〇〇一年、八月末の夜。堂山のファミレスを出て、僕とジョシュは梅田に向かって歩いていた。ＨＥＰ ＦＩＶＥを右手に見上げ、あの観覧車乗ったことないんだよね、となんとなく口にする。え、乗りたいなら乗ろうか？　僕は慌ててそんなわけでもないのだと首を振る。それにもう閉まってるし。残念、残念。バッグからＬＯＭＯを取り出して、ライトアップされた真っ赤な観覧車を撮る。あのてっぺんからの風景はどんな感じだろう。阪急梅田駅で右手に折れて、僕はジョシュと並んで御堂筋《みどうすじ》を南下した。僕は谷町四丁目に住んでいて、ジョシュは心斎橋近くのホテルに泊まっているそうだ。阪急の建物、内装が綺麗でびっくりした。ジョシュが振り返りながら言う。移動中も彼はよくしゃべった。僕も沖縄から出てきて梅田来た時に見て、すごいなって感心した。あれ、沖縄には絶対ない感じの建築だよな。日本の他の街にも、ああいうモダンな建物があるのかな。色々旅してみたい。でも、ニューヨークの駅の方がすごいでしょ、グランド・セントラルとか。そうじゃなくて。ジョシュが立ち止まり、小さくなった阪急のビルを見つめている。日本の風景の中にあるというのが、面白いなって。それならわかるかな。僕も立ち止まる。沖縄にはこういう組み合わせの風景がなかったからね。

まだ、四、五回ほどしかあの駅の中を歩いたことがない。それはいつも、京都に行く時だった。用事は、ネットの掲示板で知り合い仲良くなったＫ君に会うことくらいで、たまに映画に誘われて、烏丸《からすま》のカフェでご飯を食べたりしていた。『夜になるまえに』は観たはず。ちょっと難しかったね、などと言いあったはず。もう、半年ほど会っていない。大阪に出てきて、出会っては自然消滅するような関係も増えた。

つい先日、母と京都に行った時にあの中を歩いたっけ。僕は呟いた。そうか、お母さん元気になったんだよね。ジョシュが微笑んだ。クリスに聞いたよ。母が訪ねてきたのは、七月のはじめ頃。学校の進学相談会に来ていた。僕は、留学先にニューヨークの公立校を希望した。どうしてもニューヨークなの、危なくないの。まだその選択に納得がいかない母は、カウンセラーの前で僕に言う。昔ほど危険な街ではないのですが、ワシントン州やネブラスカなど静かな場所にある提携校に比べたら……。カウンセラーが言い、申し訳なさそうに僕と母を交互に見る。お母様の不安もわかるから、もうちょっと考えてみたらどうかな。翌日の阪急梅田駅、母はたびたび立ち止まって、黄金に輝くアーチやステンドグラスを見上げていた。僕はそれを無視して改札に向かって歩く。ちょっと、待って。母が後を追ってくる。高校卒業の少し前に、母の病気が完治したと知らされた。あれは癌《がん》だったんだと父が言った。三度も入退院を繰り返していたから、僕でもなんとなく深刻な病であるとわかっていた。母は通院のために時々那覇の僕の部屋で寝泊まりするようになる。僕に完治を知らせた日、ちょうど父も出張で那覇に来ていた。父は那覇に来るときはいつもビジネスホテルに泊まっていて、きっと彼なりに気を使っていたのだろう。二度目の入院が決まってから父はタバコも酒もやめた。その日、買ったばかりの携帯電話に父から電話がかかってきた。だからさ、お母さんの快気祝いにお城でディナーしよう、と電話口で父が陽気な調子で言う。僕はまた酒でも飲みだしたのだろうかと携帯を耳から離して訝《いぶか》しげに小さな端末を凝視して、すぐにいつかの約束を思い出す。でも、あのホテル買収されて名前変わっちゃったよ。僕は冷静に反応してしまう。それに、そこから見えたかもしれない開放地も存在しない。新しい街が急速に形作られようとしている時期だった。それじゃあ、そうだな、ホテル・グランドキャッスルにしようか。適当だなあ。首里城が、きちんとしたお城が那覇にできて数年が過ぎていた。僕はどこでも大丈夫、と投げやりに聞こえないよう気をつけながら父に伝えた。

京都に着いた僕と母は、バスに揺られ金閣と銀閣を廻《まわ》った。途中、人力車の大学生アルバイトらしき車夫に声をかけられた母がどうしようかと本気で考えはじめたので、いいよ恥ずかしいから、と僕はひとり先に歩きはじめる。ごめんなさい反抗期が、と言う母の声が聞こえる。また今度よろしくお願いします！　はつらつとした声を背中に受けた。那覇では客引きの声に立ち止まったりしないし、ポケットティッシュすら頑《かたく》なに受け取らないのに、観光地で浮かれているのだろうか。若い頃、乗ったことがあってね。追いついてきた母が話しはじめる。大阪の大学に通っていたから、週末何度か京都に来てて、そこでお父さんと会った。え、車夫だったのお父さん。思わず僕は聞いてしまう。違う。ナンパみたいなものかな。車夫だったほうがよかった。とにかく、お父さんも大阪の別の大学に通っていることを知って、会うようになった。京都に日帰りで来たことも数回あった。紅葉が美しい時期だったかな、人力車に乗ったのは。寒くて紅葉どころじゃなかったし、お父さんはトイレに行きたくなったようで、隣でずっとそわそわしてた。そのうちに卒業して、私とお父さんは沖縄に戻って就職して、そして結婚した。普通の話だ。なのに、どこか引っかかる。なぜ、大阪に留《とど》まらなかったの。そんなに大阪や京都を楽しんでいたら、こっちで就職すればよかったのに。それもできたはずだけど、そうしなかった。そういう時代だった。みんな沖縄を出ても、結局沖縄に戻った。僕は戻りたくない。そう言ってしまい、大人気《おとなげ》ないなと反省した。嫌なこともあった。私はいとこと一緒に住んでいて、変な噂もたてられた。しょうもない差別もあった。アメリカでそういうのに遭《あ》わないといいんだけどね。そういう時代じゃないよ、きっと。僕は自分を納得させるように答えた。

　夕暮れ、河原町《かわらまち》に向かうバスの中にオレンジ色の光が入り込んでくる。バスの中も、街もその色に染まっている。僕はＬＯＭＯを取り出して車窓から街の景色を写真に収めた。駅までもうすぐなのに、バスはなかなか動きそうにない。晩御飯、京都で食べていこう。僕は前を見ながら言う。私もそう思っていたところと母が応え、僕たちは駅のひとつ手前のバス停で降りた。降りたものの、ふたりとも土地勘があるわけでもない。なんとなく歩き回って、先斗町《ぽんとちょう》の路地に入り込む。こういう場所の居酒屋も雰囲気がよさそうだと考えていたところで、もうちょっと明るいところにしないかとの母の提案を受け、再び大通りに出る。結局、どこにでもありそうなチェーン店に入った。僕はビールを飲みたかったけれど、気を使って母と同じくアイスティーを食事と共に頼んだ。ストローの細長い袋を三つに折って短冊状にして、片方の端を折り入れて結び目を作り、Ｖ字にする。その様子を見て母が微笑む。いつの間にか母を真似てそうするようになっていた。母のＶは僕のものよりずっと整っていた。

ジョシュと並んでしばらく歩いて、本町《ほんまち》の交差点にたどり着く。うちはこっちなんだ。と僕は振り向き、右を差した。背後に立つ高速の高架がごうごうと揺れている。引っ越してきた頃は慣れなかったけど、今ではその音もすっかり心地よく感じる。ホテルはまっすぐ行けば十分くらいで着くよ。家は遠いの？　ここから五分くらい。この大通り沿い。高速道路に面している？　そう、夜はうるさいけど綺麗。都会的で僕は好きだ。それを聞いて、ジョシュが笑った。わかる、俺たち田舎者だからなあ。都会へ都会へと移動したくなってしまう。ホテルから見える景色もすごい。アメリカ村と堀江、そのずっと向こうまで一望できる。夜景も綺麗なんだ。うちからは、ちょっとだけど通天閣も見えるよ。ほんと？　見てみたい。ジョシュが言い、慌てて顔の前で手を振る。いや、本当に小さくビルの隙間から……。掃除したかどうか、朝の部屋の状態を思い出す。きっと、大丈夫。部屋でもう少し飲もうよと彼が言った。全然飲み足りない。ジョシュは胸の前で両手を合わせて関節を鳴らし、首も左右に傾けてぽきりぽきりと鳴らした。街灯の下、首筋の骨格が雪山の稜線のように浮かび上がる。よく鳴る体だね。ああまたやってた、すっかり癖になっちゃって。母親の前でこれやると嫌な顔される。広げた両手を拳にして、シャドーボクシングをするように両腕を交互に突き出す。元気だねと僕が笑うと、久しぶりに会えたからさあ、と彼が言った。

コンビニで缶ビールとつまみを物色していると、棚の向こうにいたジョシュがおお、と大きな声を出した。ひょいと彼の頭が棚の向こうから飛び出し、くらのボトルを掲げた。泡盛がある！　わずかに眉をひそめたのを、彼は見逃さない。嫌い？　高校の頃、変な割り方して飲んでは悪酔いしてたから、今は苦手になって。努めて明るい調子で言い訳をして、でも買っていいよ、アメリカ帰ったら飲めないでしょ泡盛なんて、と言葉をつないだ。結局、缶ビールの六本パックといくつかのつまみを買うことになりレジに向かう。あ、袋はいらないですとジョシュが店員に妙な気を使い、シックスパックは俺が、とビールのパックをひょいとつまんで、おつまみお願いねと自動ドアを出て行った。つまみを落とさないように両手で抱えつつ、追って店を出て、今来た道を戻ろうとするジョシュにそっちじゃないよと声をかけ中央大通沿いを谷町四丁目駅方向に進んだ。シックスパックって何?と聞いてみる。前を歩くジョシュがくるりと振り返り、後ろ歩きのまま空いた手で得意げに自分のお腹を叩く。俺のように割れた腹筋……ええと、ビールの六本パックのこと。再び前を向いて突き進むジョシュに、ここだよと声をかけて、道路沿いの細長いマンションに入った。エレベーターで十階。十階なんだ、と言われて思い当たる。ふたりの家も、そうだった。

ワンルームの部屋に入り、電気をつける。床に置かれた目覚まし時計は一時四十五分を指していた。本当は壁掛けの時計にしたかったけれど、母親から絶対に壁に穴を開けるなと釘を刺されていた。那覇の部屋を引き払う時、壁紙を貼り替えなくちゃならなかったんだから。僕がどうぞと仕草をすると、ジョシュが六畳の部屋を横切って両手でカーテンを開けて、ベランダに出た。カーテンが風を受けて部屋の中に広がる。本当だ、綺麗な夜景。ジョシュが手すりから身を乗り出す。小さなベランダに不釣り合いな長身に、既視感を覚えた。クリスにも、ジョシュにも、いつだって僕の部屋は窮屈なようだ。白いTシャツの背中が揺れ、袖が夜風を受けて大きく開き二の腕があらわになる。細身ながら、筋肉の緩やかな膨らみが見え、やはりクリスではないのだ、と僕は思う。眼下には高速道路が走り、多くの車がオレンジ色の光の線を引きながら行き来している。そのさらに下に一般道が走り、青白い街灯の下をまばらに人々が歩いている。高架の向こう側には背の低いビルがひしめき合い、いくつかのビルの屋上のネオンはこんな時間にもまだ光っている。最近、高架を挟んで反対側にビジネスホテルができて、青いネオンがひときわ眩《まぶ》しい。その左脇、奥のほうに通天閣が暗く佇んでいた。あった、本当に遠くにちょっとだけ！　ジョシュが振り返り、高速の音にかき消されないように叫んだ。僕はＬＯＭＯを取り出し、ベランダで風景を眺めるジョシュの後ろ姿を撮影する。今のはぶれた。直感的にわかる。ビールを二本取って、ベランダに出た。うるさいけど、いい風景。都会だね。ジョシュがビールを一口飲んで隣で言い、並んで夜の大阪の風景を見ていた。

やっぱりうるさいな。二口目でジョシュが言って、笑いあう。部屋に入り窓を閉め、ソファベッドの背を立て、買ってきたプリングルス、丸い箱に入った六つ切りのチーズ、サラミをテーブルに広げた。ソファベッドって座り心地も寝心地も悪いんだよね、と僕は聞かれてもいないのに言い訳をして、腰を下ろす。ジョシュが反対側の端に腰を下ろし、自分の体が浮き上がったように感じた。窓の向こうで、車が高速を行き交う音が聞こえる。窓閉めても結構騒々しいね。慣れたよと僕は言い、立ち上がって六畳の洋室に合うような背の低い小さな本棚に向かった。少し迷ってR.E.M.の『Reveal』を本棚の上に置かれたミニコンポにセットする。沖縄から持ってきたコンポ。時々、クリスと一緒に音楽を聴いたコンポだった。こんな音楽聴くんだ、とジョシュに言われ、そういえばお互いの音楽の趣味もまだ知らないのだと気づいた。昔クリスとよくこんな音楽を聴いていた。そう、ジョシュが呟いてサラミを一枚つまんで口に運んだ。CDが読み込まれて、八曲目の「Imitation Of Life」まで早送りボタンを押す。どんな音楽聴くの？　僕はジョシュに聴いてみた。R&Bとかソウルが多いかなぁ。こういうのは聴かない、かな。……意外。いや、双子だからって趣味は違うから。日本の音楽も聴くの？　宇多田ヒカルは聴いてたよ。セカンドアルバムがMDに入ってるはず、とCD棚の片隅に重ねられたいくつかのMDから緑の一枚を引き抜く。数時間前、クラブでジョシュに再会した時のことを思い出し、MDを持ち上げた手が止まる。セカンドはまだ聴いてなかったとジョシュが言うので、僕はCDを止めMDを差し込んでスタートさせた。二本目のビールを取り出して、ジョシュに渡す。ところで、なぜアメリカの大学？　僕は聞いてみる。アメリカというか、ニューヨーク。世界で一番の大都市で、沖縄からとても遠いところだから。沖縄は居心地悪かったの、と聞きそうになって、言葉を飲み込む。彼のような人気者でも、沖縄で生きづらさを感じていたのだろうか。僕は小さな離島の出身だったから、より広くより大きな街へ行きたいという憧れが強かった。中学校時代は、ずっと那覇に戻りたくて仕方がなかった。高校入学の時に島を出て那覇に住んで、専門学校で大阪に来た。そして来年からはアメリカ。そこまで行けばきっと……。遠くに行きたいのは、なぜ？　ジョシュが聞いた。僕はビールを持ち上げ口に運ぶ。炭酸が舌の上で弾けた。チーズの銀紙を剝がしてかじる。知っている人間が誰もいないところへ、行きたかった。道を歩いてても、誰かに見られている気がしない場所に……。東京ではダメなんだ？　東京になんか、住みたくないよ。でも、大阪ならいいの？　別の国みたいなものでしょう。ほんまやね。ニューヨークで、街に降り積もる雪を見たいんだ。去年の冬、日曜の午後だった。部屋でぼんやりしていると、大粒の柔らかい雪が部屋の外に舞っていることに気がついた。目の前の世界が白くなっていて、高速道路の上にもどんどん落ちていった。でも、行き来する車のタイヤに踏まれてすぐに溶けてしまう。『ＯＫコンピューター』のジャケットのような真っ白にはなりそうにもなかった。ビニール傘を手に部屋を出て、外を歩いた。ぼたぼたと透明の傘に当たる雪の感触が楽しかった。雪は、地面に触れると溶けてしまう。ふと我にかえると本町のほうまで来ていて、コートも着ずにカーディガンにマフラーだけの恰好であることに気づいて慌てて戻ってきた。次の日、すっかり風邪をひいてしまった。ははは、ニューヨークも雪は凄《すご》いよ。結構積もる。きっと気にいるよ、俺は寒さで外に出ようとも思わなかったな。会いたいのに見えない波に押されて、また少し遠くなる……。ニューヨークの雪景色を想像しながら、ぼんやりと音楽に耳を傾けていると、ジョシュが持っていた缶ビールをテーブルに置く、こん、という軽い音がした。クリスは大学で何を？　ああ、地方行政だかなんだかの勉強してるらしい。そう、真面目だね。真面目というか、あいつの場合はただ怒ってるだけに見える。変にねじれてしまわないか心配で。俺、親父もアメリカも好きだよ。屈託なく言うものだな、と僕はまじまじとジョシュの横顔を見る。親父が酒を飲みすぎる傾向にあるってこと、クリスからは聞いた？　なんとなく。僕は頷く。高校の頃は向こうで一緒に住んでいたけど、その頃からまた酒を飲みはじめて。ぼんやりしていることが増えた。何も語ろうとしないで、ただ悲しそうにしていた。曲が二度変わるのを無言のままで聴きながらビールをすする。離婚したって話もクリスに聞いたかな、とジョシュが口を開いた。とにかく、今はリハビリ中。大学でニューヨークに出てきてからは、会っていない。向こうも会いたがっていない。治るまでは会えないってさ。でも、いつになるんだろう。午前二時三十分、高速道路上ではあいかわらずたくさんの車が行き来している。会いたい？　もちろん、父親だから。でも、正直ちょっと疲れたからしばらくはいいや。本当は、俺だってちょっと怖かった。でもクリスがずっとあんな感じで、俺までいなくなったら親父が本当にダメになってしまうんじゃないかって。毎年夏は一緒に過ごしたし、高校の頃も、一緒にいようとした。意外と健気《けなげ》でしょ、とジョシュは短い笑い声をあげた。でも、うまくいかなかったなあ。無駄だったのかも。話している内容の割に、声は明るいしそれを繕っているふうでもない。まあ、どうにかなるよね。僕は返す言葉を見つけられずにいた。徐々に予測ができなくなってきたんだ。親父の行動が。俺が子どもの頃はマシだった。酔っ払っても悲しそうにしているだけだったから。でも、俺が大きくなって体つきもしっかりしてきたら、突然威嚇的な行動をとることもあった。絶対に暴力は振るわなかったけど、罵りの言葉を吐いたり、拳で壁を乱暴に叩いたり。ベトナムでは人も殺した、そう話すこともあった。空の上からでも、そういうのわかるらしい。操縦桿《かん》を握る手に伝わってくるんだってさ。本当かな？　悪夢に苛《さいな》まれていたみたいだった。戦争が終わってアメリカに戻ったら、人殺しと罵られた。その通りといえばその通りだったから、何も言えない。音楽が、唯一の救いとなった。ショパンの「雨だれ」、ベートーヴェンの後期ピアノ・ソナタ、バッハの無伴奏ヴァイオリン。時々は、ジャズバーで聴いた沖縄のピアニストについても話してくれた。戦争中の短い期間に滞在した沖縄のことが忘れられずに、七八年に再び沖縄に来て、軍属として基地内で働きはじめた。でも、沖縄はもうあの頃の沖縄ではなくなっていたのに、変わらず基地はあった。否《いや》が応でも、ベトナム戦争時代を思い出したんだろうね。基地の仕事を辞めて、知人を頼って那覇で新しい就職先を見つけた。定住するつもりはなかったけど、母に会い結婚して、八〇年代に入って双子が生まれた。沖縄で暮らそうと決意した。しばらくは、幸せそうにしていた。

ＮＹＵに受かって、ニューヨークに引っ越した時は、正直清々《せいせい》した。自由だった！　ジョシュが低い天井を仰いで深呼吸をした。蛍光灯の光を浴びる横顔は十代特有の丸さが消えて直線的になっていた。ビールを飲むたびに喉仏が隆起し、鎖骨が鋭い矢印のようにＴシャツの胸元に見え隠れする。クリスの曇った緑色の瞳とは違い、ジョシュの瞳はもう少し明るい、透き通るような色をしていた。目の色が、クリスと微妙に違うんだね。丸い瞳が僕のほうを向いた。俺、ただのサッカー馬鹿だったわけじゃないんだぜ。今日二回目。そんなこと言ってない、と僕は首を振る。けど、思っていた以上に優等生だったことはわかった。褒められた気がしないなあ。小学生の頃はあんまり口をきいてくれなかったね。泊のアパートのドアを支える彼の後ろ姿と、あのうなじを思い出した。というか、そっちが拒絶してるんだとばかり、と意外な返事が返ってくる。人見知りだっただけだよ、クリスともそれほどたくさん話していたわけではないし。高校生の頃もクリスと話し込んだのは大抵酒を飲んだ時だった。お酒と音楽がなかったら、僕たちの関係はもっと短くぎこちないものに終わっていたかもしれない。すっかり俺らも酒飲みだなあ。高校の頃、クリスとよく聴いてた音楽聴かせてよ。『ＯＫコンピューター』は適切でない気がして、『Either/Or』の「Say Yes」をかけてみた。キルケゴール。ＣＤを手にしたジョシュが呟いた。なに？　『Either/Or』、キルケゴールの本のタイトル。そうなんだ、知らなかった。綺麗な曲だと思うよ、そう言うジョシュはどこか上の空だ。モーニング・アフター、明日の朝はそうなるかもね。何？　モーニング・アフター、二日酔いって意味もある。それじゃあこの歌は、別れた恋人を忘れられずに酔っ払って二日酔いになるだけの歌ってこと……？　ずいぶん端折《はしょ》ったね。そう笑ったジョシュがソファベッドから体を滑らせてフローリングの床にことりと尻をつけ、背伸びしながらあくびをする。夜が明けたあとも……僕はその長い腕の先にある細長い指を見つめる。広げられた指の間を、クーラーが循環させている透明の空気がきっと流れている。僕の視線に気づいたのか、ジョシュが両手の小指と薬指を折りアメリカ風の「三」を作った。もうすぐ三時か、まだ飲みたいな。ビールは残り一本ずつしかないよ。今の俺たちには、充分でしょう。体を傾け、失礼します、と言いながらソファベッドのそばにある小さな冷蔵庫を開き、缶ビールを二本取り出した。僕はそのひとつを受け取る。ＣＤが停止するかすかな音が聞こえ、ふたりでしばらく無言のままビールをすすりつづけた。テーブルの向こう、電源の消えたブラウン管テレビがこちら側に並ぶ僕とジョシュを映していた。コンポと一緒に、沖縄から持ってきた小さなテレビ。段ボールではなくテレビ台に載っていて、その下段にはプレイステーション2とコントローラーがうっすら埃をかぶっていた。中には、もうすぐクリアなのに途中でやめてしまったRPGのディスクが入ったままだ。しゃべらずにいても、居心地の悪さはなかった。いつかの泊の部屋、クリスが体調を崩してふたりだけで映画を見ていた時、ほとんど言葉をかわすこともなく、僕たちはどのように時間を過ごしたのだろう。僕はビールをテーブルに置き、ソファベッドに仰向けになる。

かくり、とジョシュの頭が揺れ、眠っているのだと気づいた。左手はビール缶に添えられたまま床に置かれている。僕も眠気を覚えて、ソファベッドの背を倒してベッドの状態にしたかったけど、ジョシュが起きてしまうかもしれないと躊躇した。予備の布団もソファベッドの下にしまってある。起こすべきかと思案しながら、窓の外の高速道路の音を聞いていた。瞼が重くなり体を横にする。左足の甲がソファのふちに預けられたジョシュのうなじに触れた。ホクロに触れた感触があった。足の甲が触れているはずのホクロは、熱を持っていないように感じる。まるで彼の体温を遮断するかのように、ホクロがそこにあった。いつか僕の肩に置かれたクリスの両手のように、熱を感じられなかった。車が通る音の合間に、静かな寝息が聞こえた。黒い鉱石か何かのように、足に触れたホクロは硬いままだった。

今、そこの松の木でサツキとメイが笑ったように見えたの。案外そうかもしれないよ。そんなセリフで映画が終わり、いつか小学校で歌った歌が始まった。少し寒い。ブルックリン、午前二時四十五分。サラはすっかり眠ってしまっていた。その代わりニルスが目を覚まし、先ほどから酒の入ったグラス片手にレコードケースを漁《あさ》っている。その背中から楽しそうな表情を浮かべていることがわかる。これこれ、この歌。レコードに向き合ったまま、ニルスが何?と聞く。給食で歌った歌……へえ、可愛らしいね。全く興味を示すことなく、彼はレコードを引っ張り出しては戻している。僕はウイスキーにもビールにも飽きて、ニルスが作ってくれたビールのカンパリ割りを飲んでいた。こんな時間にこの場所で聴くには場違いにも思える歌が終わったところで、ニルスがケースから一枚を引き抜きプレイヤーにセットしてテレビを消す。最後はこれに。レコードが回り、ふつふつと心地よいノイズの上に、かすかに鳴りはじめた四つの弦楽器の音が重なってゆく。ブダペスト弦楽四重奏団のベートーヴェン弦楽四重奏第十五番。第一、第二楽章は飛ばして、第三楽章から。クラシックなんて珍しいと思いながら、先ほどの会話をちゃんと覚えていたのかと嬉しくなる。長い初冬の夜にはうってつけのラストじゃないかな。得意げに言うニルスと静かにグラスを合わせた。

十数年前、双子のマンションでベートーヴェンを聴いた。慰霊の日だった。ベランダから開放地を眺めていたジョシュと薬くんと僕は、空がすっかり燃えるような色になるのを見届けて部屋に入りレースカーテンを閉じた。テレビ台の脇、台の上にレコードプレイヤーがあった。その下の収納棚に二十枚ほどのレコードが収められていて、ジョシュがその中の一枚を引き抜いた。ベートーヴェン、ピアノ・ソナタ第三十二番。ピアニストは、ルドルフ・ゼルキン。ジョシュが慎重にレコードを取り出してプレイヤーにセットする。これが、ベートーヴェン最後のピアノ・ソナタ。三十二曲も作ったのかと驚きながら、レコードの取り扱いがわからない僕はその様子をただ眺めていた。ソファで、薬くんが言う。第二楽章からにして。

弦楽四重奏第十五番、第三楽章には、「リディア旋法による、病より癒《い》えたる者の神への聖なる感謝の歌」という副題が付いている。この曲は、ベートーヴェンが死の数年前に作った作品。ピアノ・ソナタ第三十二番よりも後に作曲された。ベートーヴェンはこの四重奏を作曲中、重い病にかかってしまった。死を覚悟していたのかもしれない。でも、回復した。そして、四楽章を想定していたこの曲のちょうど真ん中に、もうひとつ楽章を追加した。結局、二年ほどして死んでしまうのだけどね。

お母さん、良くなるといいね。ジョシュが呟いた。僕は無言で頷き、ピアノの音色に身を任せた。同じ旋律が繰り返されながらも、だんだんと変わってゆく。こういうの、なんて言うんだっけ。音楽の授業で先生がモーツァルトのピアノ・ソナタについて説明していたような。変奏曲、薬くんが隣で答える。音楽を聴きながら、生まれた島の浜辺をよく散歩していた頃のことが頭に浮かぶ。これはテッポウユリ、これはヒルガオ。母が植物を指差し、砂を踏みしめ先へと進む。その声が、だんだんと波の音にかき消されてゆく。太陽は沈みかけていて、海と空がオレンジ色に染まっていた。部屋にも夕暮れの太陽が差し込み、ピアノは跳ねるように穏やかなメロディを繋ぐ。変奏のたびに、いろいろな風景が立ち現れる。心地よかった。音楽が、終わることなく続けばいいのに、そう願っていた。

弦楽器の音が重なり音の厚みが増したと思えば、波が引くように鎮まってゆく。音楽は、いつかのピアノ・ソナタのように、島の浜辺に打ち寄せる波のリズムを連想させる。ニルスと行ったニューヨークの海とは全く違う、島の海のリズム。夏の終わり、僕がコニーアイランドに行ったことがないと知ったニルスが、ニューヨーカーならひと夏に一度は行かなければならないのだともの知り顔で言ったのはいつかの土曜日だった。次の日僕らは地下鉄Qラインに揺られて一時間ほど南へと向かう。ちょうど、音楽フェスが海辺のステージで開催されていて遊園地は賑やかだった。ちょっと覗いてみようと歩を緩める僕の声に彼は振り向きもしない。目的はそっちではないから、と人混みを器用に早足ですり抜けてゆく。そして、年季の入った古いジェットコースターの前で立ち止まった。ニューヨークに住むなら、サイクロンの洗礼を。え、ジェットコースター乗ったことないんだけど……怖いの？　そう言われてサイクロンと呼ばれるジェットコースターを見上げてみる。高さや速度は大したことはなさそうだった。怖くないけど、と僕は強がる。それが間違いだったことには乗ってすぐに気づいた。最前列のシートに座って、安全バーが下りて胸の少し下で止まる。あれ、ぜんぜん体が固定されないけど、シートベルトとかないの。体すり抜けないのこれ。まあ始まればわかるよ。ニルスが意味ありげに微笑んでいる。ガタガタとレールを登り、後ろと横から上がった歓声とともに降下を始める。大したことない……安心感は降下しきったところの強烈なカーブで弾け散る。がくんと車体が大きく跳ね、体が木製の硬いボックスシートのいたるところに、そしてニルスの肩や肘にぶつかる。父親のジグザグ運転が頭に浮かび、すぐにその記憶も吹き飛ばされる。痛い痛い、と声に出しても歓声にかき消される。視界の端で、ニルスが両手を上にあげて楽しそうに叫んでいるのが見えた。安全バーを両手でしっかり握り、不安定な車体がいくつものカーブを転倒する自転車のように転がり抜けて、やっと速度を落とすまで無心で耐えた。サバイブしたね、サイクロンを降りて放心状態の僕にニルスが満面の笑みを浮かべた。体の節々が痛い。これで君も本当のニューヨーカーだ。あとで酒でも奢《おご》るよ。横を歩くニルスが片腕を伸ばし僕の肩を抱いて、軽く二度ほど叩く。それからふたりでボードウォークを歩き、人で溢れたビーチとその向こうの海を見ていた。日が沈もうとしていた。そんなに綺麗な海でもないんだね。それはまあ、熱帯のサンゴ礁と白い砂浜に囲まれて育った君からしたらそうだろうね。亜熱帯、と僕は修正する。ロングアイランドの海も、ずっと東のモントークあたりまで行くと綺麗なんだけど。行ってみたい、僕は声を上げる。行けたとしても、来年の夏かなあ。隣でぼんやりとニルスが答えた。あれから数か月。冬が始まろうとしていた。ブダペスト弦楽四重奏団は、アメリカ議会図書館付きの弦楽四重奏団だった。ニルスが隣で言う。ハンガリーではなく？　もともとハンガリーで結成された。幾度かの団員の入れ替わりを経て、ユダヤ系ロシア人のみで構成されるようになった彼らは、ナチスの脅威から逃れるようにアメリカに渡ってきた。そして、戦前から戦後にかけて議会図書館でベートーヴェンの弦楽四重奏の演奏を行なった。ベートーヴェンの音楽は、枢軸国側も連合国側も、プロパガンダとして、そして慰安目的で演奏したんだよね。いつかの音楽教師の言葉を思い出して僕は言う。そう。そしてその作曲家の音楽をアメリカ人の僕と沖縄出身の君がアメリカで聴いている。例えば、沖縄でも、こんなふうにこの曲が聴かれた可能性はあるかな。僕は想像する。例えば？　例えば、日本兵と、アメリカ兵が。一九四五年に、建てられたばかりのフェンスを介して……。僕の言葉を遮るように、ニルスが唇に人差し指をあてる。その右手の人差し指を、レコードプレイヤーに向けた。

あれは、何の映画を観た後だっただろう。もしくは、何のＣＤを買った後だった？　僕とクリスは、国際通りの三越、七階のレストランにいた。母親以外の人と来たのは初めてだと僕が言うと、自分もそうなんだとクリスが微笑んだ。メガネの向こうの瞳が恥じらいで揺れた。島に家族で住んでいた頃、夏休みに那覇に来た時は必ずここで母親とランチを食べた。ウェイトレスが来て、カレードリアとアイスレモンティー、とふたり同時に声を上げる。驚く僕に、ここでカレードリア以外の選択ないでしょうと冷静に返すクリスは少し嬉しそうだった。あ、レモンは別のお皿でお願いします、彼がウェイトレスに伝える。間もなくアイスティーとふた切れのレモンが載った小皿がテーブルに置かれ、僕はストローの袋でVを作る。それを見たクリスは、すでにくしゃくしゃにした袋を伸ばし広げて、随分といびつなVを作った。僕がストローに口をつけようとすると、ちょっと待ってと彼が囁《ささや》く。あたりを見回し店員がいないことを確認して、制服のポケットから小さな平たい瓶を取り出して、おぼつかない手つきで蓋を開けた。家に高そうな酒があったから入れて持ってきたと、茶色い液体をそれぞれのグラスに少量注ぐ。この瓶、フラスクっていうんだ。瓶をポケットに戻しながらクリスが言う。この間観た『リービング・ラスベガス』でニコラス・ケイジが使ってた。僕はまわりを見回す。他の客や店員は僕たちに気を払っていない。シロップを注ぎレモンを搾り入れてストローでかき混ぜ、飲む。レモンの酸味が奥歯のさらに奥を刺激して、そして飲み込んだ後は胸にじんわりと熱が広がる。酒に慣れたもんだねと僕が感心していると、クリスはストローから口を離して首を振る。いや、君といる時にしか飲まないよ。

いいね、それで？　ニルスが興味津々《しんしん》な様子で聞いてくる。嬉しかったけどその時は返す言葉を見つけられずにいた。青いねえ、カンパリをビールの入ったグラスに注ぎながらニルスが笑う。ビールが赤色に染まった。

しばらくして、カレードリアがふたつテーブルに置かれた。僕はいつものように、土手を崩すように、容器の側面に焦げついたカレーを先割れスプーンで剝がして、外縁からカレーライスをすくって、しっかり冷ましてから口に運ぶ。クリスは、真ん中に広がるチーズに十字の切れ込みを入れ、開いて冷ます。食べ方は異なるものの、お互いに猫舌だということがわかって笑った。そういえば、とクリスが言う。一緒にうちで映画を観ていた頃、お母さん入院してたんだよね。そう。クリスが僕の目を見る。あのアメリカ人が来た給食の日、覚えてる？　もちろん、トトロのテーマを歌った日。そう、先生の選曲が子どもじみててひどかった、と晩御飯の時に話題にあげたら、母が怒りだしたんだ。生意気なことを口にした自分に対して怒っているのかと思ったら、君のお母さんが病気で入院している時に、重病を患《わずら》ってて助かるかもわからない母親が登場する映画の主題歌を歌うなんてありえない、不謹慎だ、担任に電話する、って。自分とジョシュでなだめたよ。クリスはスプーンに載せたカレードリアに三度ほど息を吹きかけたあと、口に運び、熱っ、と呟く。あれ、お母さん助かるよね、あの映画。僕はずいぶん前に観た映画の記憶をたぐり寄せる。たぶんね。クリスが顔を上向きにして聞く。たぶん……ということは、そもそも気にしてなかった？　全然。僕は答える。とにかく、自分が君を誘ったのは、ある意味母から頼まれてのことだった。あんな男に惚《ほ》れるようなお人好しだから。その日以来、仲良くしなさいってうるさくて。別に、君のことが嫌いだったわけじゃないよ、もちろん。それに、君にだって友だちいたし。少ないながら、と僕は呟いた。無理やり仲良くなることが嫌で、ジョシュも同じ意見だった。でも初めて映画を三人で観た日の夜、母にどうだったかって聞かれた時、自分は口ごもって……だって寝ていたからね、そしたらジョシュが楽しかったって答えたんだ。それから、自分と君が仲良く頭を寄せ合って眠りこけてたことを母に嬉しそうに伝えていた。そう言われると、もっとジョシュと仲良くしておけばよかったな。ジョシュは君と一緒にいる時は居心地よさそうにしてたよ。寝てた印象しかないけど。まあ、いつもサッカーの練習で疲れてたからね……それで、お母さんはもう元気なんだよね。島で普通に暮らしてる。おばあちゃんから幸せ太りしたね、なんて言われながら。よかった！ クリスが珍しく大きな声を上げて、すぐにごめんとずり落ちたメガネを直す。母に、君としばらく前に再会したって言ったら、ぜひともうちに連れてきなさいってさ。でも、そんな面倒なこと嫌でしょ。適当にごまかし続けてるけど、どうやら君のことを気にかけてたみたいで。彼の言葉に耳を傾けながら、クリスの背後、窓の外の那覇の景色を眺めた。雲ひとつない濃すぎる群青色の空だった。再会した日、背伸びする彼の後ろに広がっていた空もこんな色ではなかったか。タワーレコードの入っているＯＰＡビルがクリスの肩の向こうにある。右側に視線を移せば、ビル群の向こうに緑ヶ丘公園があって、僕たちが映画を観た後に語り合ったベンチがある。もうちょっと右、安里川を越えた向こうにはクリスの部屋があって、ずっと昔に、僕たちはそこでアメリカ映画を観ていた。

君が双子といた頃の那覇の町は、もう存在しないんだよね。最後の一本、とアメリカン・スピリットを巻きながら、ニルスが言う。行ってみたかったなあ。本気かどうかもわからない調子だったけれど、酔っ払った僕にはその言葉が心地よかった。開放地に立つニルスを想像してみても、どうにもしっくりこない。グラスに残ったカンパリビールを飲み干したところで四重奏は転調し、アダージョがアンダンテに変わる。視界が明るく開けたようにはっきりと動きのあるメロディに耳を奪われる。しばらく、また無言でふたり音楽を聴く。

カレードリアを食べ終え、二杯目のアイスレモンティーをオーダーする。さっきと同じ手順で完成させたカクテルをぐるぐるかき回しながらクリスが言う。一緒に映画を観た最初の日、ベランダから開放地を見たよね。金色の草原。そう。ふたりで同じ夢を見たって驚いた。あの場所は、どこだったんだろうな、って最近よく考えていて。昔沖縄にあんな風景があったのかな、あの開放地の中に……。

さらさらと、黄金色に輝く草原に僕は立っていた。胸のあたりまで伸びた小麦のような植物がTシャツから出た両腕を撫でる。僕は手のひらでそっとその柔らかな感触を確かめながら、どこまでも続く開放地を歩いていた。地面の硬さが変わり、土からひび割れたアスファルトに変わったことが足の裏に伝わる。すべては植物に覆われていた。傾斜を下るとそれに応じて草の背も伸びて、僕はその輝き揺れる金色の海を進んだ。怖くはなかった。穂先が、優しく頬をくすぐる。その心地よさに身を任せて、僕は進む。そのうちに、円形に開けた場所に出た。ミステリーサークルにでも出くわしたのか、と円周に沿って歩いていると、茂みの向こうからクリスが転がり込んできた。石につまずいて、と恥ずかしそうに立ち上がる。その次の瞬間、反対側から、全速力で君が飛び出してきた。ボールでも追ってるかのように。

俺が？　ジョシュが驚いて顔を上げた。でも俺、あの時子ども部屋でゲームしてたよ。そのことは知っていた。あの時、まるでトトロの住処《すみか》みたいだなと無邪気に喜んでいた。強く望んだ時だけ現れる、秘密の場所。クリスの夢に、君は出てこなかったようだ。それを聞いて、僕は君のことを隠した。いや、隠す必要なんてなかったんだけど。

それから三人で、僕たちは草原の中へと再び入って小高い丘を目指した。頂上で、僕たちはあたりを見回す。見渡すかぎり、金色の草原が広がっていた。どこだろう、とジョシュがその場で一回転する。僕はなんとなく自分が夢を見ていることに気づきはじめていて、ネコバスでも来てくれないかなと考えていた。そのまま、もっと遠いところへ連れて行ってくれたら。風が吹き、どこかで鳥が鳴いている。夏休みの朝、父親と開放地を見た時に聞いた鳴き声だった。

去年の夏。僕はニルスに言う。クリスの通う大学にアメリカ軍のヘリコプターが墜落した。キャンパスの建物、壁が炎上して焼け焦げた。僕はその時すでにニューヨークにいたから、ネットを通してそのニュースを知った。そんなことがあったなんて。みんな大統領選挙に夢中だった。ちょっとくらい、気にしてもいいのにと思っていた。横に目をやると、ニルスがタバコに火をつけようとしていた手を止めている。別に吸ってもいいよ。死者は出ていない。でも、クリスのことは心配で。子どもの頃、爆弾がいつか落ちてくるんだろうって想像して怯えていたくらいだ。なぜいつも、彼はそんな不安に苛まれないといけないのかな。第三楽章は二度目の転調を迎え、隣でアメリカン・スピリットの煙が立ち上る。ところで、ジョシュには会えたの？　ニルスの質問に、僕は首を横に振った。

翌朝目をさますとジョシュはいなくなっていて、テーブルの上にメールアドレスとニューヨークで会おう！と大きく角ばった書体のメモが書かれた紙切れが置かれていた。裏返すと、昨日酒を買ったコンビニのレシートだった。ジョシュがニューヨークに戻ってしばらくして、ワールドトレードセンターが崩れ落ちた。本当はすぐにでも連絡を取りたかった。きっとたくさんの安否確認の連絡でメールボックスが埋まってしまっているだろうと妙な気を使ってしまい、十月に入ってからやっとメールを送る。すぐに、無事だと返信が届いた。しばらくは大変なことになるだろう、君が来る頃には落ち着いているといいね。僕もそれを願っていた。母はそうはいかなかった。ニューヨークは絶対に駄目。カウンセラーも今度ばかりは比較的強い調子で反対した。何度か話し合い、ひとまずワシントン州の短大に通い、しばらくして情勢が落ち着いたらニューヨークの学校への編入を考える、ということになった。僕にとってそれは大いなる妥協で、そのことをジョシュに伝えられずにいた。メールのやり取りも減ってゆき、ついには途絶えてしまう。クリスと会わなくなった高校の頃を思い出す。いつまでたっても同じことの繰り返し。アドレスを知っているからまだ繋がっていると信じていた。ワシントンを早めに切り上げてニューヨークに行けた暁には、すぐにメールを送ろう。そう安心していた。そしてワシントンの絶望的なほどに平和な田舎町で一年ほど過ごした後、僕はニューヨークの大学に編入した。予想外のことがあって遅れちゃった。やっと、ニューヨークに来たよ。ジョシュに送ったそのメールは、バウンスして戻ってきてしまう。まだGmailが普及していなかった時代だ。みんな、ころころメールアドレスを変えていた。君のアドレスも今はGmailだね、ニルスが言う。そう、僕も去年アドレスを変えた。それだと、向こうからも連絡できない。四重奏は再び転調し、アダージョの確かなテンポで音は厚みを増してゆく。音に体が包まれてゆくような気がして、胸が締め付けられる。きれい、そんな月並みなことしか言えなかった。酔いと音楽とアメリカン・スピリットの煙の中で、僕は楽観的になっていた。黄金の風景に再び出会えたからなのかもしれない。それにニューヨークは、住んでみると意外と小さな街だった。そのうちに、マンハッタンかブルックリンの路地で、ギャラリーで、美術館で、彼に会えるような気がしていた。そうだね、とニルスが珍しくすんなりと同意して、あくびをかみ殺した。

ベートーヴェンのソナタは高音のトリルを響かせ、冒頭の主題がかぶさる。ずっと遠い過去に聴いたかのように、懐かしさを覚える。トリルはだんだんと音を弱めながらも終わることなく続く。そして静かに最後の数音が鳴り、レコードが回転するノイズだけがしばらく聞こえて、止まった。この曲を聴いていると、いつも終わりに気づかないままに終わってるんだ。不思議。薬くんが穏やかに言った。


午前五時。ニルスはベッドで寝息を立てている。サラはソファの上、頭まで毛布で身を包んで身じろぎもしない。息苦しくないのだろうか。僕は暗い部屋の中、もう一度『天国の日々』のあのシーンを見ていた。音は消して、代わりにベートーヴェンの弦楽四重奏第十五番の第三楽章を小さな音で流した。あの風景と、音楽を重ねてみようとした。

六時。カーテンの向こうで空はきっと明るくなりつつある。僕はニルスの部屋に入った。ベッドで窓のほうに向かい眠っているニルスの横顔を覗き込んだあと、ベッドのそばに置かれた自分のバッグからＬＯＭＯを取り出し、横たわる彼の後ろ姿を撮影した。作品は中判カメラで撮影するようになった今も、スナップはＬＯＭＯだった。シャッターを切った瞬間、そのうち彼と会うことも少なくなってゆくのだろう、そんな考えが頭に浮かぶ。なんで後ろ姿ばかりなの。いつか、僕が過去に撮った写真を見てニルスが言った。なんだかしんどくて。デモの撮影をしていた頃のことを思い出して、僕は答えた。彼らが掲げる正しい言葉が沖縄に向けられることはあるのだろうか、とメッセージを掲げて街を歩く若者たちを見ていた。それに、正面からのポートレイトには物語がないと決め込んでいた時期だった。後ろ姿からは、いろんなことが想像できる。プラカードに書かれたメッセージも裏側からなら見えない。いろんな可能性が……逃げてただけじゃないの。ニルスの言葉に、そうかなあ、と僕は曖昧《あいまい》に返事をした。

大阪の部屋で撮影したジョシュの後ろ姿はぶれていたけれど、そこには小さなホクロが、残像つきで、あった。クリスの後ろ姿もいつか撮れるといいな。僕は沖縄に留まることを選択したクリスのことを思う。コートを羽織り、マフラーを首に巻きつけ、テーブルにあった『路上』を手にとって鞄に入れる。ちょっとだけ、すぐ戻すから、とニルスの部屋のドアに向かい心の中で謝る。そっとアパートのドアを開けた。冷たい朝の空気が服の隙間の肌を刺す。また、冬が来る。雪が降る。沖縄では考えられなかった冬の凛とした冷たさも、すっかり日常になりつつある。地下鉄Aラインに乗り、マンハッタンの二十三丁目駅まで揺られた。

七時。駅を出た頃には空は白く澄んでいて、コーヒー片手に仕事に向かう人や、犬を散歩させる人、ジョギングをする人で通りはすでにその活動を開始していた。デリの店頭には水滴が輝く色とりどりの花が並んでいる。安い紅茶を買い、両手で包むようにカップを持ち、川沿いの埠頭《ふとう》に向かった。煉瓦造りのアパートが並ぶ通りを抜けると、倉庫を改装したギャラリーが立ち並ぶチェルシー地区に入る。癖のある作家ばかりを展示することで知られる小さなギャラリー、そのオーナーが短すぎる短パン姿でジョギングしていて、すれ違う。十番街。もうすぐ完成するアート系書店プリンテッド・マター新店舗のファサードには、ジョセフ・コスースのネオン作品が取り付けられていたものの、まだ点灯はされていない。ミシェル・フーコーの引用らしい。立ち止まって、読んでみる。すべての対話をひとつの言葉に、すべての書物を一枚のページに、世界すべてを一冊の本に完全にもどすこと。それから茶色に錆び付いた、今は使われていない高架鉄道の下を歩く。曇りひとつない大きなガラスがファサードを覆うギャラリーでは、すでに女性スタッフがハイヒールを鳴らしている。ヨーゼフ・ボイスの作品だという樫《かし》の木が等間隔に並ぶ歩道を歩き、ホルヘ・パルドのカラフルなタイルで彩られた小さな美術館ディア・チェルシーの内装を横目に川を目指す。いつか自分もチェルシーで展示する可能性はあるのだろうかと考えはじめて絶望的な気分になり、朝からそんな不安は必要ないのだと首を振って、温かい紅茶を飲み込み、澄みきった目の前の空気に白い息を吐き出す。少し頭痛がする。さすがに飲みすぎた。川沿いの十一番街に出るとギャラリーも少なくなり、トラックや黄色いタクシーが多く行き交っている。そして、埠頭についた。川に面したベンチのひとつが空いていたので腰を下ろして紅茶に口をつける。八〇年代にはこの周辺の倉庫は男たちが出会いを求めて集まるクルージングスポットとなった。古ぼけた建物は腐り、時々床が抜けることがあった。水死体が上がった。でも、すっかりここも整備されて小綺麗な憩いの場所になった。紅茶を飲み干して、頬が温かみを取り戻した。

　背後のビル群の隙間から、太陽が昇る。背中に朝日を浴びながら、昨晩の興奮を思い出して首を振ると、こめかみが鈍《にぶ》く痛んだ。本格的な二日酔いが、間もなくやってきそうだ。ゆっくりと息を吸って、大きく背伸びをした。天に向かって精一杯伸ばされた自分の両腕を見上げる。薄い赤紫を地平線沿いに残した白い空が、両手の先で透き通るような青へと変わってゆく。いつか背伸びをしたクリスの向こうに広がっていた沖縄の空とは、違う質の色を持った空。伸ばした両手の小指と薬指を曲げようとして、八時になろうとしていることに気づき、やめた。その代わり、僕は双子のものよりずっと短い指を目一杯開き、朝の空気がその隙間を流れ対岸へ渡ってゆくさまを想像してみる。さっきよりも鋭い痛みがこめかみを走り、白い息を慎重に吐きながら腕を下ろして立ち上がる。そろそろ帰ろう。振り返った僕の眼前に広がる風景を太陽が遮り、少しの間だけ、目を閉じた。

暗闇を見る

4

　単調な海の青色がしばらく続いた。船が進むままに任せていると、突然船体が揺れてリディアが海に落ち、彼女を助けようとヤンも海に飛び込む。ギルバートは甲板にうずくまっている。白い渦が海面に発生し、うねる尻尾が現れる。リヴァイアサンだと船員が叫ぶけど、なすすべもないままに船はその渦に飲み込まれ沈んでしまった。気がつくと、マーティはひとり浜辺に打ち上げられている。船の姿はない。みんな、いなくなってしまった。ひとりきりで歩き出すと、風景がガラスのように割れ暗転する。背後で音がして、身を固くした。何事もなかったように黒い画面に映った自分の影を凝視するけどすぐにそれも消え、モンスターが現れる。いるんでしょ、という声に振り返る。聞こえるよ、バトルが終わるまで待っていようか。僕はテレビを消して、一定のリズムで分厚い曇りガラスの窓をノックし続ける人影に向き合う。近づく僕の気配に気づいたのか、ノックが止まる。窓を開けると、おう、とYが片手を上げた。いつの間にか、仕草も言葉遣いもすっかり野球部のそれになっていた。全く様にはなっていない。

太陽はだいぶ傾いて、西日がＹの坊主頭を茶色く染めていた。コンクリート二階建ての家、僕の部屋は二階の広いベランダに面していて、外階段で直接上がってくることができる。南西両面に窓があって居留守を使えず不便だし、夏は西日が当たるのでとにかく暑い。祖父母はクーラーを設置すればいいと言っているのに、なぜか父親はそれを認めようとしない。苦行のような夏もいつの間にか終わった。開いた扉から夕暮れの涼しい風が部屋を穏やかに冷ましてゆく。Ｙの向こう、家を取り囲むフクギの列の隙間、空っぽの車寄せに彼の自転車が横たえられていて、そばで和也《かずや》が自転車にまたがったままこちらを見上げている。早く！　車一台がぎりぎり通れるほどの狭い小径《こみち》を挟んだ反対側には手作りの金網で囲われた草地があって、ヤギが三匹とたくさんの鶏が飼われている。向こうにはさとうきび畑が広がり、奥に並ぶ木麻黄《もくまおう》の林を抜ければ海だ。港に行こうとＹが言い、風景から彼の顔に焦点を戻した。なんで港に。ほら、とりあえずセーブ。

六年に上がって買ってもらった赤いマウンテンバイクのギアを変え、さとうきび畑に囲まれた坂道を立ち漕ぎでどうにか登りきった。薄い黄色に色づいた雲が浮かぶ空を仰いで深呼吸をして、力を振り絞ってペダルを踏み込む。少年野球部に所属するＹと和也はすでにはるか前を進み小さくなっている。待ってよ、と誰にも聞こえない呟きを漏らす。間もなく下り坂になって、ペダルから両足を離すとうっすら肌を覆っていた汗がすっと引く。坂の下でふたりが片足を地面に置いて僕を待っていて、どちらも急に背が高くなったように見える。自分はまだ身長も低いままで相変わらず体力もない。坂道を下りきったところで彼らは再びペダルに足をかけ、三人一列になって村の集落を抜ける。港に何があるの、と最後尾から声を投げる。船を見にいく。とYが前を向いたまま答えると、六時を伝えるカラスの歌が村中のスピーカーから流れ出す。この曲を聴くと、どんなに楽しい時でも途端に憂鬱な気分になってしまう。ここは田舎なのだ、とあらためて知らせてくる音楽だった。そんなこと、もう知っているのに。できるだけ注意を向けないように、ペダルを漕ぐことに集中する。

港では大人たちが一隻の船を眺めていて、僕たちは邪魔にならないように遠巻きにそれを観察した。縄で繋がれてゆらりゆらりと緑色の水面に浮かぶ船はもぬけの殻で、くすんだ色の毛布が敷かれた薄暗い船内にはバケツや水筒などがぽつりぽつりと放り置かれていた。目を凝らしてみる。嗅いだことのない甘い香りが、磯の匂いに混じって鼻をくすぐる。もともと何色だったのかはわからない、茶色い船体の小型船は南のどこかから来たらしい。こんなに小さな船に八人も乗っていたらしい。そんな話を大人たちがしている。彼らに遮られ、これ以上は近づけそうにない。船は、島の沖で拿捕《だほ》された。女がひとり、何か叫んでいたけれど言葉がわからなかった。どうやら男の子がひとり逃げたらしい。波に揺れている壊れかけの船を眺めていると、誰かがそう囁いたのを聞いたような気がした。ああいうの、たしか難民船ていうんだ。隣でYが耳うちした。

風がいちだんと涼しくなった。海から灰色の雲が流れてきて、港の外に広がる青緑色の海を覆いはじめている。ぼんやりと水平線を眺めて、帰るよというYの声に振り向き、すでに自転車に向かって歩き出していたふたりの後を追う。大したことなかったな、と和也が首を振った。じゃあまた明日と丘の手前でふたりと別れて、僕は自転車から降りて上り坂を歩いて登り、丘の頂上で眼下に広がる風景を眺めた。斜面に広がるさとうきび畑、丘のふもとに見え隠れするくすんだ亀甲墓《かめこうばか》、その向こうで海は紺色に静止したままだ。さっきよりも雲が近くなっている。一年半前、数年住んだ那覇から島に家族で戻ってきた。長男だけが高校進学に合わせてそのまま那覇で寮生活を送ることになった。僕は中学を含めてあと三年半も島にいなければならない。今年の冬休みは短いから那覇に行けないかもしれない。そして、まだ十月なのだ。深々とため息をついて、自転車に乗り下り坂をブレーキもかけずに下りてゆく。すれ違う車はない。丘のふもとのカーブを曲がり、ペダルから足を離す。緩やかな下り坂が続き、もう漕がなくても車輪が家まで運んでくれる。冷たい風を半袖の両腕に受けながら、夕方の道路、黒ずんだコンクリート塀から溢れ出したブーゲンビリアやバナナの木が囲む細い道の真ん中を進んだ。直線を描く道の向こうの空に、一番星が灯りはじめていた。

祖父がチャンネルをニュースに替え、僕のそばに座っていた次兄が舌打ちをした。新聞を見ていた父が面倒臭そうに何だその態度はと言い、祖父は何食わぬ顔で音のボリュームを三つほど上げた。祖父の隣に座る祖母が老眼鏡をかけテレビに体を向ける。台所では母が夕食の準備をしていて、間もなくレンジが鳴った。これ持っていってと言う母の声に僕は立ち上がり、熱い皿を急いでテーブルに運ぶ。八時まではニュース、八時からは子どもたちが好きな番組を、というルールがいつの間にかできていた。もっとも、僕は自分の部屋にテレビがあるので見たい番組がある時は二階に行くし、高校生になった兄の興味はテレビよりも音楽やバイクのほうに向いていていて、つい先ほどチャンネルを替えられて眉間にしわを寄せていたのに、画面をぼんやりと眺めながら唇の皮を無意識に剝《む》いている。全国版のニュースが終わり、ローカルニュースに変わる。難民船のニュースも流れるだろうかと待っていたものの、県知事選、本島で開催中の絵画展のニュースの後、天気予報に切り替わった。明日の天気は、雨。

僕はポテトサラダの人参《にんじん》に箸で穴を開けながら、逃げた少年が隠れるとしたらどこだろうかと考えていた。僕なら……秘境だろう。西の浜の向こう側、数十メートルほどの内海を挟んで対岸にある小島を、僕たちは秘境と呼んでいた。すぐ目の前にあるのに、誰も渡ったことがなかった。かつては数組の家族が暮らしていて、干潮時には子どもたちが竹馬で浅瀬を渡って学校に通っていた、といつか学校で聞いたことがある。食べ物で遊ばない、隣に座っていた母に肩を押され、箸が深く人参に刺さり、こん、と皿に当たった。母の作るポテトサラダは人参が大きすぎる。窓の向こうでフクギの木が重たく揺れた。風が強くなっている。西の浜の先にある島って誰か住んでるの？　僕は祖母の方を向いて聞く。なんでそんなこと聞くの、母が代わりに答えた。少し硬い感じがしたその声色に、なんとなくと答えて鶏の照り焼きを口に運んだ。味が薄い。あの辺に近づくんじゃないよ。今度は祖母が言った。去年遠足で行ったよ、西の浜。それほど広くはないものの、なぜ今まで来たことがなかったのかと驚くほど綺麗で穏やかな浜辺だった。家族や友人らとよく行く、リゾートホテルが建つビーチからぐるりと砂浜を西に歩いて、岩場を越えると西の浜がある。そこに広がる海は、島のどこよりも澄んでいるように見えた。足元の水はそこに水があるのかわからないくらいに透明で、深くなるにつれて少しずつエメラルドグリーンへと色を変えていった。その時見た対岸の秘境は静かで、先生はもうほとんど人は住んでいないのだと言っていた。それでも、海の上を二本一組の電柱が等間隔で、電線を向こうの島の奥へと運んでいたので、まだ生活している人がいるのだろう。大人と一緒ならいいけど、子どもだけで行ったらだめ。母が言う。変な人いるから。祖母が続けた。変な人、というぼんやりとした言葉をうまく飲み込めず、母の方を盗み見たけど、聞こえなかったように背筋を伸ばしたまま玄米を口に運んでいる。ばさりと父が新聞を広げた。祖父はテレビを見ている。その様子からは何も聞き出せそうになかった。

ご飯を食べ終わり、二階に上がる。階段を上がって正面が兄の部屋で、扉の向こうで爆音のガンズ・アンド・ローゼズがかかっている。また始まった。スーパーファミコンの電源を入れ、ヘッドフォンをしてゲームを再開する。すぐ近くにあった村はかつてマーティ率いるバロンの飛空艇団がクリスタルを強奪したミシディアで、住人たちに話しかけても再び現れたバロンの騎士に不信を隠さない。ひとりだと誰にも信用されない。でも、街の奥の大きな建物にいた長老が彼に機会を与える。試練の山に行き聖騎士になれ、と。ポロムとパロムという幼い双子の姉弟をお供に、街を後にする。何度もモンスターに遭遇しつつ西に向かうけれど、なかなか試練の山は遠い。細く伸びる草原、森、草原、森。ポロムとパロムもいまいち弱い。途中でふたりともマジックポイントが切れてしまい、いったん引き返すことにする。ミストの村で離れ離れになってしまった幼馴染《おさななじみ》の竜騎士カインは、また仲間になってくれるのだろうか。かっこよかったし強かったのに、召喚士の少女が呼び出したタイタンによる地震の後離れ離れになり、やっと再会したらバロン王を裏で操る黒幕ゴルベーザの手先となっていた。それに、どうやら彼もマーティの恋人ローザに想いを寄せているらしい。三角関係……またも敵に遭遇、今度は見たこともない巨大な鳥だった。さてどうしよう、と考えていると部屋の扉が開いた。ノックしてよ、僕はヘッドフォンを外して抗議する。しました。ヘッドフォンはやめなさいって何度も言ってるでしょう、と母が言う。だって兄さんがうるさいから……隣の部屋は静かだった。バイクでどこかに遊びにいったようだ。最近、遊びすぎ。すぐにやめて宿題しないとまた取り上げるから。ちょっと待ってと言いながら、たたかうを連打して巨鳥を倒し、セーブをして電源を落とした。なかなか先に進まない。

翌日、学校で難民船の話が話題に上ることはなかった。Yは他の男子たちと前日のプロ野球の結果について話している。僕は会話に入ることもなく、校庭をぼんやり眺めていた。この島で生まれたYは、教員をしている父親の仕事の都合で幼い頃に那覇に引っ越していたものの、一年前、父親の異動に伴い一家で島に戻った。その年は僕とY、ふたりの転校生が来たことで、クラスはざわついていた。僕は二年までこの小学校にいたので、久しぶりだねとみんなは再会を喜んでくれた。いっぽうで僕は、やっと三年かけて慣れた那覇での暮らしから、また田舎に引き戻されたと悲嘆に暮れていた。同じく島の中学に転校した次兄は、那覇の方が良かったと夕食のたびに文句を言っていたのに、高校に入りバイクを手に入れてからはずいぶん楽しそうにしている。島は静かで、退屈だった。YもＲＰＧ好きだということがわかって、お互いの家で遊ぶようになった。それぞれにファンタジー世界を旅しているのをもうひとりが眺めているか、ゲーム音楽をＢＧＭにマンガを読んでいるだけだったけれど、その時間は楽しかった。ある時、僕がＲＰＧで遊んでいるのを見ながらYが聞いた。なんでいつも主人公の名前マーティなの？　ええと、なんとなく響きが……とはぐらかす。Yは、いつも自分の名前を主人公につけていた。Yと共有するファンタジーの時間があるだけで島での生活にも耐えられる。そう思っていたのに、転入から数か月後にYは長めだった髪を坊主にして野球部に所属した。なぜかその肌は他の男子とは違い、日焼けしても少し赤くなるだけですぐに元に戻った。その白さを、よくみんなにからかわれていた。これで、野球部に所属していない男子は僕ひとりだった。六年に上がってからは互いの部屋でゲームをして遊ぶことはずいぶん減った。Yの坊主頭から視線をそらし、僕は校庭に視線を戻す。天気予報は外れたようだ。

学校から帰るとスーパーファミコンが部屋から消えていた。また隠された。そもそも、買ってくれたのは父だった。母の入院に合わせて一家で那覇に住んでいた頃、いとこがファミコンを譲ってくれた。寂しいだろうから、せめてこれくらいは……俺はもうゲーム卒業なので。高校生になろうとしていたいとこはそう言って、ファミコンといくつかのソフトが入った紙袋を僕に差し出した。『MOTHER』、『貝獣物語』、『ロックマン』に『スーパーマリオブラザーズ』、『ファイナルファンタジー3』などいろいろ入っていた中で、僕はドラゴンクエストシリーズに熱中した。『1』は初めてプレイしたRPGで、ローラ姫を見つけられずに諦めていたら、次兄がロトのしるしのありかを教えてくれて、クリアしてしまった。本来は、助け出したローラ姫がその場所を教えてくれるアイテムのはずだった。兄の優しさだと思ったら、ただの意地悪だった。姫を見つけなくてもクリアできる設定になっていて、竜王を倒した主人公はひとりでまた旅に出る。あれ、お姫様は？と言う僕に兄は笑って、お前は独身のまま世界からいなくなったんだ、と言い放った。以来、次兄に頼ることはやめた。ファイナルファンタジーは難しそうで、次兄がプレイしているのを眺めているだけだった。最後はずっとクリスタルタワーの迷路を毎日のようにさまよっていた。キラキラと水色に輝く尖塔は永遠に最上階にたどり着けないような複雑さで、遊んでいる兄もあんまり楽しそうではなかった。スーパーファミコンは、島に帰ることになった際、父に頼むとすんなり買ってもらえた。まだしばらく母が那覇の病院に入院していることになっていたので、父としても気を遣っていたのかもしれない。ひと月ほど前、持っていたソフトを遊び尽くした頃、これいいよ、とYが『ＦＦ４』を貸してくれた。

ソフトをYに返さなくちゃいけないから、といちおうの理由づけをして探索に取り掛かる。これまでに隠された場所のことを反芻しながら、ひとつひとつたどっていく。スーパーファミコンを隠されるようになったのは、僕らに遅れて数か月後、母が島に帰ってきた頃からだった。頑張ったね、と祖母が言い、それから母がいる日常に戻った。いつもひんやりと涼しい両親の寝室に入る。タンスの引き出しははずれ。ベッドフレームとマットレスの間もはずれ。母の鏡台の裏にもない。本棚に隙間なく詰められた本の後ろにもない。今回はこの部屋ではないらしい。一階に下りて、おせち箱など普段使わない食器が入った台所の高い場所にある棚を開ける。ない。仏壇の部屋と神棚の部屋にはさすがに置かないだろう。祖父母の部屋にもあるはずはない。それでは、階段下の物置は……高さ六十センチほどの低い扉を開け、四つん這いになって暗く埃っぽい物置を覗き込む。何してるの、と祖母の声が背後から聞こえた。頭を物置に突っ込んだまま、ちょっと探し物……と振り返るとソフトが刺さったままの灰色のゲーム機を見つけた。扉のすぐ脇、柱と柱の隙間、扉を開けただけでは見えない場所に立てかけられていた。物置から出ると、祖母はすでに部屋に戻ったのか見えない。そもそも彼女は僕と両親のいたちごっこに興味がない。僕は埃っぽい物置からスーパーファミコンを救出し、自分の部屋に戻った。その日は遊ばないほうがいいと判断し、タンスを開いて冬服の間にしまう。さて今日はどうしようと考えていると外から祖母の大声が聞こえる。ベランダのサンダルを引っ掛け外階段を駆け下りて、いないよ！とＹを追い払おうとする祖母の傍を駆け抜け、自転車に飛び乗った。六時には帰るんだよ絶対、と言う祖母に手を振って合図し、すでに走り出したＹを追う。なぜか祖母はＹを外部の人間だと認識している節があるようで、ずっと煙たがっている。Ｙの祖父は終戦前後に島にやってきた日本兵のひとりらしく、祖母はそのことを五十年経った今も快く思っていないようだけれど、詳しいことは何も言わない。Ｙも彼の祖父も、彼女にとってはどれだけ時間が経ってもよそ者でしかなかった。もっとも、そんなふうにＹ一家に接しているのはうちの祖母くらいだ。みんな海にいるから、と言ってどんどんスピードを上げていく彼の背中を必死で追った。君ん家《ち》のおばあちゃん、やっぱり怖い！　Ｙが笑いながら並んだ僕の背中を軽く叩いて、すぐに先に行ってしまった。

　浜辺にはすでに和也や他の友人らが集まって水と戯れていた。僕は指先で水に触れてみる。秋の終わり、水は冷たい。それから何をするでもなく、それぞれに棒で砂に模様を描いたり、打ち上げられた丸い石で水切りをして遊んでいた。和也が果敢にも上着を脱いで海に入り、膝まで浸《つ》かったところで悲鳴をあげて砂浜に駆け戻る。そのうちに、みんなは野球を始めた。ボールもバットもないので、木の枝と野球にはどう見ても大きすぎる丸いプラスチックのブイを使おうとしている。僕は少し離れた砂の上に座って砂をいじりながらその様子を眺めていた。一投目、和也が放り投げたブイに狙いを定めてＹが枝を振る。ブイに当たるものの、枝はぽきりと大きな音を立てて真ん中から折れてしまった。みんなそれを待っていたかのように砂の上で笑い転げている。太陽が、山の反対側に沈もうとしていた。オレンジ色に染まった砂浜が笑い声を吸い込んでゆく。同じ色の空をカラスが数羽連れ立って山の方に飛んでゆき、小さくなったその黒い点々を追っていると、Yが隣に来て仰向けに寝転んだ。O脚が視線の片隅に緩やかな楕円を描いた。ああ、疲れた。そう言って砂の上で伸びをした後、半ズボンの足を折り曲げ、両手を頭の後ろに持ってゆく。立てた膝は細かい砂に覆われていて、細い腿を砂粒が流れ落ちた。黒い島ぞうりも砂にまみれている。『FF4』どこまで進んだ？　試練の山に向かってるとこ。ゆっくりだね。親の妨害にあっていて……。カインて、もう戻ってこないの？　それは秘密。気に入ってたのになあ。あいつ堅物《かたぶつ》だしつまんない、主人公も真面目《まじめ》キャラだし一緒にいても絶対面白くないでしょ、あのふたり。カイン、かっこいいと思うけど。そうかなあ。僕が兜に隠れたカインの素顔を想像しながら海を眺めていると、隣からかすかに口笛が聞こえた。ぼんやりしていると無意識に口笛を吹いてしまう癖がYにはあるようで、時々授業中に吹いてみんなを驚かせることもあった。那覇に帰りたいと考えたことは？　僕が聞くと隣で音楽が止む。そうでもないかな。ふるさとに戻ってきた感じで、満足してる。ふるさと、そうなんだ。空には鯨のお腹のようなまだらの雲が広がり、少しずつ形を変えこちらに向かって流れていた。僕は、早く中学も卒業して島を出たい。海は光を奪われて深緑と濃紺に沈んでいる。昼間は同じような色をしている海と空の境界が、この時間にはよりはっきりわかる。それも間もなく、夜の暗がりに消えてしまう。俺も高校は那覇かな、それだけ言ってYは口笛を再開した。

夜になってもゲームができず暇で、とりあえず近くの自動販売機に飲み物を買いにいくことにした。台所の勝手口から出ると、目の前にはお風呂場のあるコンクリート造りの平屋、そして一メートルほどの隙間を挟んで隣には父の会社がかつて事務所として使っていた同じく平屋の建物がある。数年前に事務所は別の場所に移されたものの、古くなった革のソファなどの応接セットやデスクのいくつかは残されて埃を被《かぶ》っていた。部屋の端には祖父が趣味で始めた農園で使う農具類が立て掛けられていて、今では物置代わりだ。家側にある裏口のドアと向き合うように、島の幹線道路に面した事務所の入口がある。家の玄関や外階段は幹線道路と並行して走る裏の小道に面しており、事務所経由だと道路沿いにある自動販売機にも行きやすい。裏口のドアを開けようとノブを回すと、中からの風でドアが押された。変だ。ドアに手をかけたまま中を覗く。赤茶けたソファの表面を覆う埃が自販機の光を受けてかすかに揺らいでいる。壁に取り付けられた古い時計は八時四十五分を指していた。引き戸になっている入口のガラスドアが少し開いていて、向こう側から吹き込んだ湿った風が頬を撫で、両腕に鳥肌が立つ。もう一度、薄闇に目をこらす。誰もいない。事務所に出入りするのは、祖父か自動販売機への近道として使う僕くらいしかいない。盗まれるようなものもないので、入口のドアも裏口にも鍵はかけられていない。通りに出て、左右を見回す。車はないし人影もない。自販機で缶入りのレモンティーを買い、事務所に戻って蛍光灯のスイッチを入れる。やはり誰もいない。念のためデスクの下も見て回る。いない。ソファの埃を払って腰を下ろして、プルタブを引き上げた。甘く冷たいレモンティーを一口飲んで、開けたままのドアの外を眺める。道の向こうで煌々《こうこう》と輝く自販機の白い光の中を小さな虫が飛び回り、売り切れの赤いランプが三つ浮かんでいる。その向こうに広がるフクギの森は真っ暗だ。ざわざわと葉が擦《こす》れる音と虫の単調な鳴き声以外、何も聞こえない。もしかしたら、あの少年かもしれない。難民船から逃げ出したという、はるか南の国から来た少年……。ここを隠れ家として使っているのかも。怖さよりも、好奇心が先に立つ。会ってみたい。壁のように真っ黒な森からは何も現れない。明かりを消して待とうかと考えたけど、思い直して勝手口から台所に引き返す。炊飯器を開けてみると、まだ薄茶色のご飯は残っていた。母が帰ってきてから白米が玄米に変わった。硬い食感が嫌で何度も抗議したけど、意見が通ることはなかった。どうせ朝また炊くだろうと考え、でも不自然にならない程度の量の玄米に鮭フレークを混ぜてラップに載せて、三角形に握る。玄米はまとまりづらく、少し力を込めて形を整えた。おにぎりと麦茶をお盆に載せて、明かりをつけたままの事務所に戻り、念のためもう一度見回してもやはり誰もいない。僕はお盆をローテーブルに置いて、入口ドアを十センチほど開けた状態にして、電気を消した。

翌朝、いつもより早く起きて事務所を覗いてみるとお盆が消えていた。やっぱり、と声が出る。入口ドアはきっちり閉まっていた。ドアに駆け寄って向こうの森を凝視してみても、重なり合う太い幹とみっしり詰まった深緑の葉に覆われて奥は見えない。興奮を覚えながら台所に戻ろうとすると、朝の畑仕事から戻った祖父が入ってきた。鍬を手に、お前か寝ぼけておにぎり置いてたのは、と言った。もったいない、朝ごはんに食べた。食べかけだった？　綺麗な三角だったねえ。そう言って祖父は、洗ったばかりの湿った手で僕の頭を撫でた。

運動場を挟んで向こう側、幼稚園の砂場で、園児が数人カラフルなプラスチック製のスコップやバケツを手にしゃがみこんでいる。もう帰宅の時間は過ぎていて、ほとんどの子どもたちは帰っていた。男の子がひとり、母親に手を引かれて幼稚園から出てきた。砂遊びをしていた園児たちがそれに気づいて立ち上がる。ペドロ！　重なる高い声が、こちら側にまで聞こえた。それぞれ話に夢中になっている他の生徒たちには、聞こえていないようだ。ペドロは、母親に手を引かれて校門へと向かっていた。母親は前を向いたままだけど、ペドロは校門を出る直前に振り返り園児たちに空いた方の手を伸ばし、中指を立てたように見えた。どこでそんな仕草を覚えたんだろう。ペドロの母親はビーチ近くのフィリピンパブとみんなが呼ぶ店で働いている。僕は、それがどんな場所なのかいまいちよく理解できていない。チャイムが鳴って算数の砂川《すながわ》先生が入ってきた。五月頃から、いつもの夢に砂川先生が登場して以来、彼を見るたびに胸の動悸をかすかに覚えていた。夢の中で砂川先生が、プールのそばで躊躇している僕の肩を押し、僕はなすすべもなく水に落ちる。水に落ちる一瞬の間に僕は振り返り、砂川先生を見た。なんで、と言う間もなく、いくつかの細部を僕の目が捉える。四角いメガネの奥の一重の切れ長の目、スポーツ刈り、日に焼けた細い二の腕、手の甲だけが妙に毛深い。全身が冷たく石のように固まるような心地がして、僕は水の中にいる。砂川先生や彼の背後にいる生徒たちは楽しそうに笑っている。砂川先生、算数の先生なのになんでここにいるんだろう。水泡が音を立てて耳の中で渦巻き、目の前が青白くなって、目が覚める。幼稚園の頃にプールで溺れて以来、ずっと似たような夢を見てきた。登場人物が変わるだけで、内容は同じ。砂川先生が黒板に数式を書きはじめ、細い腕に浮き上がった血管にうっすらとチョークの粉が散っている。その腕の向こう、黒板にも白い粉が舞い落ちてゆく。雪のようだと見とれていると、先生が振り返る。僕はまた校庭に目を向ける。もう園児たちの姿はない。しかしまだ何か事件が起こっているかのように僕は校庭を凝視し続けた。別の生徒が指名される。彼は今学期まだ一度も僕を指名していない。指名された生徒が黒板に立ち、砂川先生は廊下側最前列にある僕の席の前まで移動して、生徒が解答を書き込むのを見ていた。左手にチョークの粉はついていない。かすかにコーヒーとタバコの混じった匂いがした。腕を走る血管を指で押してみたい衝動に駆られ、目を落として教科書に集中しているふりをする。

夜になってやっとたどり着いた試練の山の頂上、鏡の向こうから出てきた自分自身からの攻撃を受けながらも、身を守ることに集中する。今日は兄もいないので、静かにプレイできる。鏡から出てきた自分自身に手を出してはいけない。Yがそう教えてくれたのでじっと耐えていると、正義よりも正しいことよりも大事なことがある、いつかわかる時が来る。そのような言葉が誰かから発せられ、もうひとりの自分は消滅した。マーティの被っていた暗黒騎士の兜が取れ、明るく長い髪が現れる。白い鎧とマントを身にまとった、主人公にふさわしい見た目になった。母が階段を上る静かな音が聞こえ、そのまま耳をそばだてていると寝室に入っていく気配がした。まだ、八時。事を荒立ててもよくないと判断して、ゲームを終えて風呂に入ることにした。風呂場の建物と隣接する事務所は祖父が知人と一緒に建てたもので、外から見たらきちんとした建物に見えるものの、十畳ほどの妙に広い風呂場には換気扇もなく、細長い通気口が道路側の天井付近にひとつ、そして事務所に面する形で小さな窓がひとつ設けられている。シャワーを浴びていると室内が湯気でもうもうと煙る。

ふと、背後に何者かの気配を感じた。シャワーを出したまま振り向いて、手の甲で顔を拭って曇りガラスの小さな窓を見つめる。窓の外で、何かが揺れた。そっと窓を開ける。目の前に暖かい光に照らされた白い花々が揺れている。毎年この季節になるとどこからか種が飛んでくるのか、特別日当たりが良いわけでもない小さな地面がその花に覆われる。ひときわ背の高い花がひとつ、目の前で揺れていた。湯気が気だるい香りを含み重さを増したように感じた。身を乗り出して、くらくらするような香りの中に頭を突き出してみる。ここからだと自動販売機は見えず、道路の向こう側で木々の生い茂った枝葉がかすかに揺れている。冷たい風が首筋を撫でて、肩の上の水滴を冷やしていった。ひとつ、ふたつと背中を流れる。シャワーの湯気が外の薄闇へと消えてゆく。やはり誰もいない。首を引っ込めようとすると、柔らかな光の点が視界の隅に灯った。それは花々の間を縫うようにゆっくりと緑色に点滅しながら僕の目の前を横切り、森の方へと飛んでいった。蛍だろうか。山奥の川に行けば見られると聞いていたけれど、ここまで降りてくることがあるなんて。そしてこんな時期に？　蛍が消えた森を見続けていると、自転車のブレーキ音がして白いものが闇の中に滑り込んできた。うわ、と声がして、彼は少しバランスを崩す。Yだった。慌てて肩から下を窓の内側に戻し、窓を引いて首だけを出した形になる。何してんの。いや、ぼんやりしてただけ。怖いから、煙の中に生首なんて。外に気配がして……あ、ちょっと事務所で待ってて。すぐ出るから。そう言って急いで体を拭き、服を着て事務所に入る。Yはすでにソファに座っていた。そこの花畑、綺麗で最近よく帰りに眺めてたんだ。花畑というか、勝手に咲いてるだけなんだけど。塾の帰り？　そう。あのさ、難民船覚えてる？　うん。男の子が逃げたって噂は？　逃げたの！　大人のひとりがそんなことを言ってなかったっけ、港で。Yが背をソファに預けて、天井に顔を向ける。聞いてない、それに誰も騒いでないよ。僕は外に目をやる。その男の子が、この森の向こうに隠れているような気がして。Yも前かがみになって同じ方向に顔を向ける。なんでそんなことを？　昨日の夜、事務所のドアが少し開いていて、その子が事務所と森を行き来して隠れてるのかな、と思ったんだけど。理由はそれだけ？　森に隠れるって、俺は怖くて無理。男の子の存在を特に否定せず、Yが言う。お化けがいるかもしれない。風が森の重い枝を揺らす。お化けを信じる？　僕の質問にしばらく黙り込んで、Yが口を開いた。あのさ、これから森を自転車で回ろうよ。怖いから嫌だ。ふたりなら大丈夫じゃないかな。

自転車を押して事務所の前まで出ると、すでに自転車にまたがっていたYが足を浮かせペダルを漕ぎ、白いTシャツの背中が風を受けて旗のように揺れた。その後を追うように森の脇道を山の上へと走る。どうやら僕を気遣って少しゆっくり走っている。間もなく街灯がなくなり、道の両側から木々の重い枝が空を隠しはじめる。Yがライトをつけたので、僕もハンドルに取り付けたライトを点灯する。高さを調整してその光をYの背中に当て、夜風に揺れる白い背中だけを見つめてペダルを漕ぎ続けた。Yは時々森の方を向いて、何かの気配を探るように目を細めては、前に視線を戻している。彼も彼なりにこの森が怖くて、その恐怖に向き合おうとしているのかもしれない、と気づく。その場に一緒に居られるのは、なんだか嬉しい。もうすぐ、山の公園に出る。そこはなだらかな傾斜に芝生が敷き詰められた展望公園になっていて、奥の遊歩道をさらに進んだ先の頂上には木々に囲まれた小さな円形の広場がある。公園の入口まで来てYがブレーキを踏む。ハンドルを傾けて森の方に光を当てても、木々の黒い連なりと古い蜘蛛の巣が揺れているだけだった。やっぱり、こんなところには何もいないよ。Yの表情も心なしか緩んでいた。

　ぽつぽつと家の明かりや街灯が点在する村の夜景は控えめで、何万ドルの……などとテレビで形容されるどこかの街の夜景には遠く及ばない。川を中心に扇状地の土地に点在する家々の光は山に近づくにつれて少なくなり、裾野にかけてまた少し広がる。そのささやかな夜景を高校生たちはワイングラスと呼んでいた。原付免許を取った後初めて訪れるデート場所として、恋人たちが儀式のようにここに来ていることは、小学生の僕たちも知っていた。兄もここに来たのだろうか。つまんない景色、Ｙが背伸びをして言った。安っぽいワイングラス。僕の言葉に彼が笑う。そうだ、頂上まで行ったことある、夜に？　ない、怖いよ。大丈夫、ここまで来たらもう怖くない。信じて、とＹがマウンテンバイクのハンドルに付けていたライトを外し、剣のように両手で握る。これがあればどうにかなるからと言い、彼は遊歩道に向かった。勇者か、と呟いた僕の声はきっと届いていない。僕もライトを手にして彼を追った。遊歩道は思ったよりも幅が狭く木々がトンネルを作っていて、直立しても頭はつかないだろうけど、蜘蛛の巣が怖くて前かがみになる。なんか聞いたことのない音がする。大丈夫、ライトに照らされたところだけを見てて。彼の声に、僕は先ほどのように彼の背中に光を当て、その白さに集中する。虫の鳴き声が遠のいて木々も静止し、ふたり分の足音と自分の息づかいが闇に消えてゆく。突然Ｙのライトが消えた。電池切れ？　僕は声を上げる。切っただけだよ、とＹが振り返る。眩《まぶ》しい、なんで俺にライト当ててるの。光の中に浮かび上がるＹの姿に安心し、腕の緊張を緩めてライトを下げた。光の外にいる彼が、それも消してと言う。頂上に着いた。確かに、砂利道が終わりあたりはひらけた芝生の広場になっている。ライトを消すと、暗闇の中をＹが広場の中心にふたつ並んで設置されたベンチに向かっていく。影を追って歩き出すと芝生が足の下で折れ曲がるクシャクシャとした感覚があり、木々が揺れ再び夜の音が僕を包んだ。彼がベンチに腰をおろし、そのまま仰向けに寝転がる。僕もそれを真似て、隣のベンチで仰向けになった。まわりの木々に覆われて村の明かりも届かない。満天の星が目の前に広がっていた。こんなにたくさんの星、初めて見たとYが呟く。僕も、と言ったところで、目の前を蛍が舞った。先ほどの蛍だろうか。何も言わずに、星空を背に点滅する蛍を眺め続ける。しばらくして、那覇でも野球してた？と声をかけてみる。何もしてなかった。むしろ少年野球部に入ってる子のほうが少なかった。島に来て父さんに言われて仕方なく入った、みんな入部しているからって。そしたら君入ってこないしさあ。運動嫌いだから。俺もそんなに好きじゃないけど……その頑固さは羨ましい。ゲームしたいだけかも。那覇にいた時からゲームばかりしてたの？　少しの沈黙の後、Yが聞く。どちらかといえば、映画をよく観てた。友だちの家で。どんな？　『バック・トゥ・ザ・フューチャー』とか、『トップガン』とか。また少し静かになる。あのさ、マーティって『バック・トゥ・ザ・フューチャー』からとったんだ。え？　横でYが少し体を起こす。だんだんと目が慣れてきた。あ、わかった、マイケル・J・フォックスが演じていた主人公。那覇でとても仲が良かった友だちと、最初に観た大切な映画だったから。なるほどね。蛍は目の前を漂い続けている。今度さ。急に閃《ひらめ》いたことを深く考えずに僕は口に出す。秘境に行こうよ。なんで。冒険。少年が隠れるとしたら秘境だよ、きっと。残る場所はあの島くらいしかない。まだ諦めてないんだ。でも、泳げないでしょ。あれくらいなら。いや君には無理。じゃあ、いかだを作ろう。簡単に言うね。Yが笑う。それからしばらく何も言わずにベンチに並んで仰向けになっていた。隣で、口笛が始まった。穏やかで少し切ないメロディはどこか懐かしく、きっと先日ビーチで吹いていたものと同じだった。なんて曲？　サビらしい箇所が終わり聞いてみると、「魔女旅に出る」、と彼が答えた。誰の歌、と聞こうとしたところで駐車場に原付が止まる音が聞こえた。蛍はどこかに消えていた。

それから、たくさんの人たちがマーティの元を去った。ポロムとパロムは敵の根城と化したバロン城からの脱出を試みるマーティたちを押しつぶそうと両側から迫ってくる壁を止めるべく、その小さな体を石化してしまった。どうにか通れるほどの幅を残して両脇の石壁が止まった。意気地なしの王子様ギルバートはリヴァイアサンとの遭遇によって深手を負いながらも生き延びたけど、重傷を負いもう一緒に冒険はできそうにない。そういえば、あの時海に飲み込まれたリディアはどうなったのだろう。ポロムとパロムが祖父のように慕っていた賢者テラはゴルベーザにメテオを放ち、命尽きてしまった。でも、メテオの衝撃でカインが洗脳から目を覚まし再び仲間になった。カインとマーティふたりで囚《とら》われていたローザを救う。結局、四つのクリスタルはすべてゴルベーザに奪われてしまった。どんどん仲間がいなくなって、なかなかに辛い。でも考えてみれば、ドラクエでもいくつもの村や町が破壊されて、たくさんの人びとがいなくなっていた。いびつに縦横に画面上を動くだけの人びとも、前提としてはみんなして悲しんでいるはずだった。

冬休み直前の金曜日、昼休みに運動場でサッカーに興じる友人たちを教室から眺めながら、読み終えた文庫本を手でパラパラとめくっていた。五時間目が始まるまであと二十分もある。

本を返しにいこうと教室を出たものの、図書室では五年生の男子グループが騒いでいて、なんとなく入る気になれずに引き返し、裏庭で時間を潰すことにした。そこは職員室に面しているからか、いつも静かだった。校舎の壁を覆うように二階まで広がるブーゲンビリアが冬の太陽に鮮やかで、足元にはひまわりが数本と名前を知らない花々が、風に揺れていた。十二月にしては暖かな日だった。裏庭を挟んで向こう側にある低い丘の上で大きなモモタマナの木が風に揺れ、ごうごうと低く心地よい音を立てている。眺めていると、ブーゲンビリアの向こうから砂川先生がコーヒーカップを片手に出てきた。裏庭で読書なんて、ませてるね。いや、読み終わって図書館に返そうと思って……。そのはずが花の匂いに誘われて裏庭へ？　砂川先生は錆びたパイプ椅子に座り、ポケットからセブンスターを取り出して火をつけた。手の甲に細い四本の骨が浮かび上がる。深々と息を吸ってから僕をちらりと見て、唇を丸く開いた。その中から、輪になった煙が三つ、続けて出てくる。すぐにそよ風に消えてゆくその輪の形に満足したように彼は頷いて、コーヒーに口をつける。ああ、今日もうまい。コーヒーって美味しいんですか？　うまいよ、飲む？　と彼が差し出すカップを受け取る。親にコーヒーは大人になってから飲むものだって言われていて……。はは、酒じゃないんだから。一口飲んでみる。甘さの向こうから苦味が舌をさす。二口目を飲み込むと、お腹が捩《ねじ》れるような感覚をかすかに覚えて、カップを先生に返す。灰皿が載った小さなテーブルを挟んでもうひとつあるパイプ椅子に僕は座る。膝に載せた文庫本をちらりと見て、私も星新一は好きだよ、と先生が言った。ＳＦが好きなら、ちょっと難しいかもしれないけどレイ・ブラッドベリとかジョージ・オーウェルとか読んでみるといい、人生変わるから。聞いたことのない名前で、メモを取りたくても何も持っていない。ブラッド、ベリ、オー、ウェル、と頭の中で繰り返していると、二階の音楽室からピアノの音が聞こえてきた。始まった、昼休みはこれが楽しみなんだ。聴いたことのないメロディだった。目を閉じて音楽に合わせてかすかに頭を揺らしながら、砂川先生がタバコを吸い、少し開いた口と鼻から煙が立ち上るままに任せている。ピアノを弾く音楽の先生、こちらの事情を一切無視して突然指名してリコーダーの演奏や独唱を強要する先生、の鼻にもこの匂いが届くのかもしれないと思うと少し癪《しゃく》に障り、閉じた瞳を一刻も早く開かせたくなる。なんて曲ですかと聞くと、ドイツの古い曲だと砂川先生は目を閉じたまま言う。相変らず穏やかに頭を揺らしている。曲が終わるまで彼の目を開かせることは難しそうだ。諦めて眼前の風景に視線を戻す。丘の上は風が気持ち良さそうだったけれど、モモタマナの木の下には小さな碑が建っていて、生徒も教員も慰霊の日以外は丘に足を踏み入れなかった。ピアノの音に合わせるように隣で先生が口を開いた。いつか奇跡が僕の墓の上に花ひらく。僕の心の灰から咲いた一輪。すらすらと詩のような言葉を発する唇を眺めていると、彼が目を開いてこちらを向いた。本当は歌曲なんだ。春の歌だけど、沖縄だとこの季節にちょうどいいね。ピアノが終わり、先生がコーヒーを飲み干したところでチャイムが鳴った。それでは現実に帰ります、と立ち上がった僕の肩を両手でそっと押して、先生はブーゲンビリアの向こうに消えた。

洗脳が解けたカインは、クリスタルは四つだけではないという。地上にある光のクリスタル四つに加え、地底の闇のクリスタルが四つある。すべてを揃えた時に、月への道が開かれる……。バロンで仲間になった技師シドの飛空艇で大地に開いた大穴から地底に向かった。そこに住むドワーフたちの力も借りつつ、地底の赤茶色の単調な世界を飛空艇で飛び回り、地層を突き抜け地上まで伸びるバブイルの塔を目指す。ゴルベーザが奪ったクリスタルはそこに保管されているはず。機械仕掛けの塔にたどり着き、最深部から上へ上へと目指して、塔を任されていた博士ルゲイエを倒したものの、クリスタルはすでに地上側の上層階に移されていた。ヤンは制御不能に陥りこのままではドワーフたちに壊滅的な危害を加えてしまう塔の巨大砲を破壊すべく、制御室に飛び込み爆発に飲み込まれてしまった。飛空艇で地上を目指すマーティたちを、しつこくゴルベーザの飛空艇が追いかけてくる、このままでは追いつかれてしまう。地上への大穴を抜ける途中で、シドが爆弾を抱えて飛空艇から飛び降り赤い爆発に包まれた。どん、どん、と階段を上る音が聞こえても僕は画面に集中する。シドの自爆のおかげで、大穴がふさがり、もう敵は追ってこない。足音が近づき、どうか来ないでという願いも虚しく部屋のドアが開いて父が覗く。まだ十五分しかしてない。父が口を開く前に声をあげた。本当は、昼食前からもう二時間ほど遊んでいた。父はため息をつき、扉を閉めた。それどころではないのだ。シドもヤンもいなくなった。しかしふたりのおかげで、再び地上に戻ることができた。犠牲は無駄にできない。それに、もうすぐYが迎えにくる。

自転車のブレーキ音が窓の向こうで鳴った。すぐに外に出て自転車にまたがり、Yと和也を追って丘を越え、港まで一直線に伸びる道を折れて海沿いを走った。冬の冷たい風が頬を刺す。ホテルが建つビーチを脇目にしばらく進み、さとうきび畑を抜けて木麻黄の林に入ると道がどんどん細くなり、砂利が真っ白な砂に変わる。タイヤを通してその柔らかな感覚が伝わり、ぺダルが重くなってブレーキを踏む。グッとタイヤが砂に沈み、木麻黄に自転車を立てかける。岩場経由ではなく畑から西の浜へと抜けるこの道を、数日前に和也が見つけていた。

浜辺には先客がいた。小さな自転車が砂浜に放り出されている。木麻黄の林を抜けて、冬の太陽に白い砂浜が輝き、目を細める。額に手を当てながら、浜辺にしゃがみ込む小さな影に僕らは近づく。ペドロだった。何をしてるの、とYが声をかけると、ペドロは顔も上げずに宝石探しと言った。宝石？　Yが隣にしゃがむと、握られた小さな手を差し出し、開く。波に洗われて小さくなったガラス片がひとつ、手のひらに載っていた。いいねえ、きれいだ。Yがそれを見て大げさに驚く。ちょっと見せて、とガラス片を取ろうとすると素早く小さな手が握られる。だめ、僕のだから。自分で見つけて。わかったそうする、とYが隣にしゃがむ。早く行こうぜと和也が言うと、準備しといて、あとで行くから、とYが顔を上げて言い、すぐに砂に手を突っ込んでガラス片を探しはじめた。和也がアダンの茂みに歩いてゆき、僕は手持ち無沙汰になって、同じようにしゃがんでガラス片を探す。

浜に着いた時間帯はちょうど干潮で流れも速くはない。ところどころ珊瑚礁が水の上に出ていて、歩いても渡ることができそうだったけれど、途中で急に深くなる箇所があって流れも速くなるという。向こうの浜辺に、以前来た時はなかったモーターボートが一隻見えた。やはり誰かが暮らしているんだろう。用意できたよ、と和也の声に、僕とYが顔を上げる。いくつ見つけた？と聞くYに、ひとつ、と答えると、俺は三つ、と誇らしげにその手を広げた。ええ、僕はまだふたつ目なのに。ペドロが心から残念そうな顔をした。あげるよ、とYがその開いた手にガラス片を落とすので、つられて僕もその小さな山の上にガラス片を載せた。ありがとう。

出発しよう。和也の声に、どこ行くの？とペドロも立ち上がる。波打ち際に古ぼけた木製の小舟が引っ張り出されていた。Yがその腕をまっすぐ伸ばして秘境を指差した。行きたい。だめだよ、だめ。Yと和也が首を振る。何度かのやり取りの後に結局ふたりが折れて、四人で小舟に乗り込んだ。最後に僕が乗ると舟が大きく揺れた。これ本当に大丈夫なのかな。大丈夫、この間試しに乗ってみたから。和也が親指を立てる。そもそも、どこで見つけたの舟なんて。ここで。ひっくり返って浜辺に打ち上げられてた。Yのそばに座ったペドロの肩に、向こう着くまで動かないでと彼が腕を回す。素直に小さな頭がコクリと頷く。その右手は固く握られている。和也がお祖父《じい》さんの家から持ち出したという古いオールを僕と和也が動かしながら、少しずつ舟は進む。よく見ると、内海の真ん中を突っ切るように一直線に深くなっている箇所がある。五メートルほどの幅だった。あそこ、本当に深いんだね、少し流れも速いみたい。僕は不安になってYを見る。おう。どうするの。漕ぐしかないね、と彼はペドロを僕の膝の上に乗せ、オールを受け取った。ペドロはおとなしく僕の膝の上におさまっている。その両肩をぐいと摑む。ちらりと上目遣いに僕を見て、彼は舟の進行方向に顔を向けた。和也とYがタイミングを合わせてオールを漕いで、少しずつ先へと進む。でも、横に流されている。不安になり、深いエメラルドグリーンになった海面を覗き込んだ。舟のすぐ近く、海面付近を縞模様のロープがゆらゆらと意思を持ったように舟に近づいてくる。鮮やかな青と黒の模様だった。いや、あんな色のロープはない。海竜みたいな色だ……そういえば僕たちちょうど四人だ。男だけの四人パーティー。那覇に住んでいた頃、『ドラゴンクエスト3』を兄弟それぞれにセーブデータを持って遊んでいた。ひとり一時間ずつ。自然と遊ぶ順番はいつも最後になる。次兄は、大抵時間になっても譲ってくれない。気がつくと彼のパーティーには女賢者が加わっていて、僕はまだ盗賊カンダタを追っていた。早く終わってよ、と兄の背中を小突くとそれを手で振り払われる。今度は両手でグッと押してみる。うるさいな、と今度は力任せに押され、僕は尻餅をつく。そこへ長兄が帰ってきて、いつもの様子に首を振る。彼もセーブデータを持っているけれど、ほとんど手をつけない。代わってやりなよ、と次兄を説得し、彼は渋々僕にコントローラーを譲る。男だけのパーティーとか、むさ苦しくて見てられない。彼が僕のパーティー構成を見て言った。見てあれ、海面下をゆらゆら進む縞模様のウミヘビを見つけたペドロが急に立ち上がり、その拍子に舟が大きく揺れた。ペドロがバランスを崩す。危ない！　Yが声をあげ、僕は我に返り慌ててペドロの腰を支えた。その体は見た目以上に細く華奢だった。ペドロが船縁《べり》に両手をついた拍子に、握っていたガラス片がすべて海に落ちた。冷たい水滴が腕に当たる。キラキラと海の底へと落ちてゆく宝石の隙間を、ウミヘビが優雅に揺れながら泳いで、エメラルドグリーンの深みへと消えていった。ガラス片が消えた海を見つめたまま、ペドロが固まっている。しばらく僕たち三人も同じように固まってしまい、ペドロの様子を見つめていた。流されてる、和也の言葉にYが顔を上げ、しっかりペドロ摑んでて、と僕に鋭く言ってオールを漕ぐ。横に流れていた舟が、再び斜め前に進みはじめる。内海を抜けてしまう寸前で再び浅瀬に上がり、和也とYがオールで海底を押して秘境の浜辺に着いた。

浜辺に降り立つと、宝石が……とペドロが船縁を両手で握ったまま動かない。だから連れてきたくないって言ったのに。和也がふてくされて島の森に向く。この島、来たことある？　Yがペドロに語りかける。ない。きっと、もっと凄い宝物があるかもしれないよ。一緒に行こうよ。帰る。置いていこう、和也が歩き出す。僕は目の前に伸びる綺麗な浜に目を向けた。なぜかこちら側にはゴミや目立った漂着物もなく、白砂がひときわ眩しい。ここで探せばいいんじゃないかな、宝石。僕の言葉にＹは笑顔になりペドロに顔を向ける。ああ、そうしよう。いいよね？　ペドロが頷き、それを合図にＹがその両脇を抱えて浜辺に降ろした。

　そうして四人で浜辺を探し、ガラス片を六つ見つけ出した。聞くと今日はペドロの母親の誕生日で、プレゼントにガラス片を探していたらしい。なんで、と聞くと、宝石が好きだからと言う。こういう宝石？　違う、本物の宝石だけど。昔パパから贈られた、指輪とかネックレス。そうか……。それよりも、このままじゃあ帰る頃には潮が満ちはじめるかも、と和也が海に目をやった。確かに、宝石探しに夢中になっているうちに日が傾いて、空の色は淡くなっていた。帰れるのかな。僕は波打ち際で頼りなく揺れる舟を顧みた。さっきよりも流れは速くなっているはずだよ。どうしようか、すぐに帰る？　Ｙと和也は腕組みしながら海を見ている。僕も少しずつ不安になる。泣かないで。ペドロが声をあげる。なに、突然。森に入るんでしょ、怖がらないで。勇敢だね、と三人で笑い、ひとまず島の奥を目指してみることにした。それに、何かあればモーターボートの持ち主に頼み込めばいい。

　Ｙがペドロの手を取り、四人連れ立って森に入る。浜の真ん中あたりから、人が踏みならした曲がりくねった道があり、そこを進むと間もなく開けた場所に出た。そこには一軒、赤瓦の古い民家が建っていた。正面の縁側に腰掛けて、男がタバコを吸っている。誰？　和也が訝《いぶか》しげに聞く。男は耳が隠れるほどに伸ばした髪を金色に染めていた。顔の造りは島の人間のそれだったけれど、少なくとも島ではそこまで明るい色に髪を染めるような男はいない。ただ、長いまつ毛と二重瞼のくっきりとした瞳に、明るい金色はとてもよく合っていた。住人です、と男が答えた。当たり前の答えだった。きっと僕らのように時おり島から人が迷い込んでくるのだろう。君たちはここで何を？　訛《なま》りのない標準語で、若々しい声だった。冒険！　ペドロが叫び、ここに何があるのかなと思って、とYが付け足した。うちくらいしかないよ。あとは森と砂浜だけ。そう言う男の背後、家の中を盗み見る。部屋は几帳面に手入れがされている様子で、小さなローテーブルの上には果物が載り、その脇の畳にレコードプレイヤーと数枚のレコードが散らばっていた。男の態度は威圧的でこそないけれど、招き入れてくれるような穏やかな雰囲気でもない。どうやってこっち側に来たの。舟で、と和也が下を向いたままで答えた。男はそれを聞いて立ち上がり、僕らの脇を抜けて浜辺に向かった。ふわりとどこかで嗅いだことのある香りが漂い、僕は振り向いて彼の後ろ姿を目で追う。セブンスターだ。小径の先で腰に手をやって浜を眺め、すぐに振り返る。あれじゃあ帰れないね、大きなため息をついて彼が首を振った。わかった、私のボートで対岸まで連れていこう。でもその前にコーヒー飲んでいいかな。君たちは？　コーヒーは親にダメって言われてる。僕の口をついて言葉がでる。ふっと彼が鼻で笑った。じゃあ、コーラでも。レコードプレイヤーは、聞いたことのない英語の曲を流していた。穏やかなアコースティックギターの音色と低い女性の声が心地よく、きっとここは安全なんだろう、と少しほっとする。

男が切ってくれた果物とコーラで休憩した後、彼に連れられて島を回った。森が夕暮れのオレンジ色に染まりはじめていた。彼は僕たちを先導したりはせずに、ペドロが先を行くままに任せ、一番後ろを歩いていた。入ってはいけない場所では、そこはダメ、と声をかける。男の言うとおり、島には何もなかった。コンクリート造りの小屋が点在していたけれど、どれも打ち捨てられ草に覆われていた。絶好の隠れ場所になるかもしれないけど、どこにも人が隠れている気配はない。ぐるりと島を回って探索した後、男がモーターボートで対岸に送ってくれた。エメラルドグリーンだった海は紫色に沈み、先ほどよりも満ちていたものの波は穏やかだった。モーターに片手をかけたまま、男は金髪を風に揺らして西の浜を無表情で見つめている。黒い瞳からは、何も読み取ることはできない。また来られると困るから、あの舟は預かっておくね。対岸に着いて、男が言った。ありがとうございます、と四人で頭を下げると、ぞんざいに片手を振った。ポケットからセブンスターを取り出して火をつけ、深々と息を吸い、そして吐いた。彼の顔が白い煙に揺らぎ、煙は青紫の空に消えた。

ペドロを家に送り届け、Yや和也とも別れて家に戻るとすでに夕食の用意はできていた。風呂場で両腕と頭に水を当てて、塩っ気を洗い落とした。さっぱりすると、疲れが重く両肩にのしかかる。ペドロがいたからなのか、ずっと緊張していたらしい。冬だというのに体が少し火《ほ》照《て》っているように感じる。ペドロのお母さん、六つの宝石を喜んでくれるといいけれど。それにしてもあの男の人はどうやって生活しているのだろう、コーラまであった……。食卓につくと、正面に座る祖母が僕の顔を覗き込む。ずいぶんぼんやりしてるね、熱でもあるの。遊びすぎて疲れただけ。僕は大きすぎる肉じゃがの芋を箸で半分に切ろうと四苦八苦していた。突然、僕の目の前で祖母が両手を叩き合わせる。ばちん、という大きな音にびっくりして僕は箸を落としてしまう。どこ行ってたの。祖母の声に隣で母が僕に顔を向け、祖父と父もそれぞれテレビと新聞から目を上げてこちらに視線を投げかけている。なんでそんなこと聞くの。あんた、マブイどこで落とした。自分が落としてしまったのか。どこで。あの男に奪われた……？　いや、でも僕はまだ僕だ。祖母の眼差しは真剣そのもので、僕は少しずつ怖くなり告白した。秘境、Ｙたちと。

翌朝、いつものように起きて朝食を食べて、そのまま居間でぼんやりと午前中の単調なテレビを眺めていた。テーブルの向こうで、祖母も同じようにテレビを見つめている。僕はそっと立ち上がってみる。背中に視線を感じながら勝手口から出ようとすると、どこ行くの、と後ろから鋭い声が上がる。ジュース買いに自販機まで……。私が買ってくる。祖母はそう言って僕の脇を通り抜け、つっかけサンダルに足を入れて勝手口を出ていった。もしかして祖母も事務所の入口から出入りしている？　今まで気づかなかった。あとを追って確かめてみたかったけど、おとなしくテレビを見ていることにした。昨夜の熱っぽさは消えたようだ。十分経っても祖母は戻ってこない。道のすぐ反対側なのに遅すぎる……と少しずつ不安になり立ち上がろうとしたところで玄関のドアが開いた。居間に入ってきた祖母がビニール袋をごそっとテーブルに置く。どうせだから、ジュースだけじゃなくてお菓子も買ってきた。袋を覗くと一・五リットルのスプライトに、スナック菓子や飴の袋が入っていた。朝食食べたばかりだけど……と思いながら、戸棚に向かう。私はお茶があるからと祖母が言うので、ひとつだけグラスを取り出してスプライトをなみなみと注いで一口含み、口の中で炭酸が弾ける感覚をたっぷり楽しんでから飲み込む。喉の中で線香花火が灯ったような感覚が下っていく。祖母はすっかりぬるくなったはずのお茶をすすって飴玉をひとつ口に放り込み、玄関の方に注意を向けていた。Ｙたちが来るのを警戒しているのだろう。今日は外には出られないだろうと諦めて、ぼんやりとテレビを見ながらポテトチップスとスプライトを交互に口に運んだ。

　ちょっと。肩を揺する母の声に僕は目を開いた。テレビをつけたまま寝転んでいたら眠ってしまったようだ。体を起こすと目の前で祖母も座ったまま頭を揺らしている。お昼準備するから、手伝って。僕は立ち上がり、準備を手伝い、食事を居間に運んだ。いつの間にか祖父と父もテーブルについている。兄は今日もいない。食事を前にして、お菓子を食べすぎて満腹であることに気づく。やっぱり、いらない。祖母は頷いて、味噌汁だけでも食べなさい、と言った。僕は味噌汁をすすり、階段を駆け上がった。部屋の扉を閉じてしばらく耳をそばだてても、僕を呼ぶ声は聞こえない。ほっと一息ついて、スーパーファミコンの電源を入れた。飛空艇で地上側に突き出したバブイルの塔に向かう。こちら側もかなりの高さだった。岩山に囲まれた塔へは洞窟を抜けてゆかねばならず、その途中で忍者のような青年エッジが仲間になる。ゴルベーザに滅ぼされたエブラーナ国の王子だという。仲間におじさんばかりが続いていたので、久しぶりに若い男性が加わった。そんな彼の前に、博士ルゲイエによっておぞましい魔物の姿に変えられたエブラーナ王と王妃が現れ、襲いかかる。死に際にふたりは人間の心を取り戻し、さよならの後消滅する。魔物になった両親を葬るとはどういう気分なんだろうと考えていると、父がドアを開けた。次来た時にまだやってたら、取り上げるからな。それだけ言い残して寝室に向かった。昼食後はいつも一時間ほど昼寝をするのが父の習慣だったので、もう少しは大丈夫だろうと進めることにする。エッジの助けも借りつつ飛空艇で再び地底に入り、封印の洞窟奥深くに残されたクリスタルをどうにか入手するものの、カインの洗脳が完全に解けていなかったのか、どこからか響くゴルベーザの声に導かれるままにカインはクリスタルを持ち去ってしまう。また、いなくなってしまった。いろんな人がいなくなったけど、彼だけはまた戻ってきてほしい。おい、と父の声に顔を上げた。さすがにまずかったと思う間もなく、父が部屋に入るなり無言でスーパーファミコンを持ち上げ、カセットを乱暴に引き抜いて床に放り投げた。テレビが聞いたことのない信号音を立て、画面には不思議な幾何学模様が浮かんでいる。父が電源コードを引き抜くと、それもなくなる。それから少し躊躇した後にベランダの扉を開けて、スーパーファミコンを思い切りコンクリートの床に叩きつけた。床に座ったままその様子を見ていると、父はそのまま本体を手に部屋に戻ってきて『ＦＦ４』を拾い、出ていった。階段を下りてゆく荒々しい足音が聞こえ、車のエンジンがかけられる音がして振り返る。車で行くような場所に隠すとは、新展開だ。でも、スーパーファミコンは壊されてしまった。冒険は中断されたままで、島での閉ざされた暮らしもまだあと数年残っている。家は妙に静まっていて、窓の向こうの音もすべて車とともに遠ざかってゆくようだった。

10

どうしよう、と途方に暮れていました。友だちにソフトを返さなきゃいけないのに。電話口の向こうでＥＳさんが笑い、息が通話口に吹きかかるこもった音が心地よく片耳を覆う。携帯電話を耳に当てて天井を見ながら、僕は次の言葉を待つ。初めて聞く彼の声は抑揚がなく落ち着いていて、少し神経質そうな響きもあった。すでに番号は登録していたので、それがＥＳさんだということはわかっていた。どうしようかと躊躇したけれど、意を決して通話ボタンを押して、それからずっと話し続けていた。照明を消した夜の部屋、天井に外の高速道路を走る車のライトが作るいくつもの光の筋が扇状に開いては閉じてゆく。白、オレンジ、赤、どれも少しずつ色が違う。その様子を、ソファベッドに寝転がりながら眺めていた。それは、友情の危機だ。彼が笑い、また静かになる。三時間くらい通話していて、四分の一くらいは沈黙が占めていたような気がした。ふたりとも、話題が途絶えるとしばらく何も言わずに一、二分ほど沈黙した。居心地の悪さはなかった。電話の向こうに彼の気配があり、反応の遅い僕の答えをごく自然に待っていた。彼は、今何を見ているのだろう。部屋にいるとして、窓の向こうに広がる東京の夜景はどんなだろう。僕はベッドから起き上がり、ベランダに出てみる。眼下を走る高架の阪神高速は深夜のこんな時間でも相変わらず忙しい。ビル群の向こう、通天閣のライトはすでに消えていた。うっすらと赤みを持った暗い雲が空を覆っている。あれ、今どこ？　うちのベランダです。十階で、目の前が高速道路になっていて。ちょっと騒々しいですが、好きな眺めです。こうしてＥＳさんと話していて、携帯電話越しにも沈黙が許されるのだということに新鮮な安堵を覚えていた。でも、もうすぐ電池がなくなりそうです。俺も、とＥＳさんが笑った。ずっと緊張していたのか、電話を切ると体がソファベッドに沈んでゆくような感覚を覚えた。時計は二時を指していた。僕は目を閉じる。

ＥＳというのは彼のハンドルネームで、まだ本名は知らない。先日ネットの写真掲示板で彼の投稿を見つけた。マドンナをこよなく愛し、ジャネット・ジャクソンや宇多田ヒカルもよく聴く。映画はあんまり観ないらしい。サリンジャーとバルトを敬愛している。添えられた小さな写真を見てみる。紺色のＴシャツにその形が浮かんだ広い肩の薄さから、細身の体軀がうかがえた。うつむいていて表情は読み取れない。明るく短い茶髪をツンツンに立てていた。僕より三つ年上の、東京の大学生だった。サリンジャーやバルトという、掲示板ではあまり見かけない名前に興味を持ち、彼のホームページへのリンクをクリックしてみる。文章だけのシンプルなページだった。掲示板を通して知り合う人びとはたいてい日記主体のホームページを持ち、それはコンタクトを取ってみる相手を決める判断基準としても機能した。僕もホームページを立ち上げて、日記や写真をアップしていた。彼は一年前から始めたようで、宇多田ヒカルの新作について、サリンジャーの「シーモア―序章―」についてなど、二週に一回ほどのペースで何かしらの文章をあげている。ひとつひとつの日記は長く、知らない単語や名前も多かったけれど、明晰ながらもうねりのある文章に引き込まれて何度も読み返した。ある夜、意を決して彼にメッセージを送った。

　高校を卒業して大阪に出てきてからは、密やかな繫がりを求めてネットの写真掲示板を定期的に覗くようになった。距離を縮めることができず会わなくなってしまう人も少なくなく、そのようなことが起こるたびにとても疲れてしまう。写真を撮りはじめたのも、ネットを介して出会ったうちのひとりであるＫ君の影響だった。彼の住んでいる京都に行くこともあれば、大阪で会うこともあった。大阪では心斎橋のＨＭＶで待ち合わせして、それぞれ気ままに音楽を聴いた後、堀江や船場《せんば》の彼があらかじめ見当をつけていたカフェに移動する。僕よりも少しだけ背が低く、ずっと華奢な彼は、器用にアメリカ村や御堂筋の人ごみをすり抜けてゆく。掲示板でＫ君の投稿を見かけた時は、僕と音楽や映画の趣味が重なっていたことに驚いた。ウィーザーやベル・アンド・セバスチャン、ベン・フォールズなど、どちらかというと明るい音楽を彼は選び、陰のある音楽は好まなかった。去年の秋頃に初めて実際に会い、以来時々彼に会いに京都に遊びにいった。ふたりで映画を観たり、ライブにも行った。Ｋ君は今年の春、就職を前にホームページを閉鎖した。なんだかインターネットの情報に圧倒されてしまって少し距離を置かないと辛い。これで一区切り、と寂しそうに笑った彼の感覚がいまいちよくわからなかったけれど、ネット上での繋がりが途切れてしまうのは残念だった。日記に載せていた写真、結構好きだったのに……彼を傷つけてしまいそうで、その言葉を飲み込む。写真は続けるよ。アイスミルクティーを飲んで、彼が笑顔で言う。そうだ、新しい写真引き伸ばしてみたから見て、と無印良品のＡ４のファイルをバッグから取り出す。フィルムを現像し印画してもらったＬ版のプリントを、コンビニのカラーコピー機でＡ４に引き伸ばす。そうするだけでも、ぐっと見応えのある写真になったように感じる。その方法をＫ君に教えてもらって以来、僕もある程度写真が溜まったらコンビニで引き伸ばしをして、ファイルにまとめるようになった。古いビルの壁面のしみ、氷だけが残ったグラス、小石を持った手など、Ｋ君の写真は何かの細部を写した抽象的なものが多い。対して僕の写真は、ただ目に入ったものを適当に写しているようで一貫性がなく、フィルムの無駄遣いをしているような気がしていた。楽しかったけれど、それになんの意味があるのかわからない。それでもなぜかＫ君は僕の写真を見たがり、定期的に写真を見せては彼の言葉に耳を傾けた。光の感じが面白い、珍しい花、この人変なポーズ、など、写ったものについてただ口にしながら、いいねいいねと頷いてくれるだけだったけれど、それが嬉しかった。でも、K君とは彼がホームページを閉じて以降会えていない。そろそろ撮りためた写真を見せたいと思いながらも彼に連絡するタイミングを摑めないし、向こうからも連絡がない。正社員として働きはじめ、毎日忙殺されていることは知っていたから、落ち着くまで待っていようと考えた。そんな中で掲示板を見ていた時に目に止まったのが、ESさんの投稿だった。彼が好きだという音楽は、自分から好んで聴くような種類の音楽ではなかった。それでもなんとなく話の種にしたくて、『Music』、『All for You』、『First Love』と『Distance』をツタヤで借りてみた。これまで拒絶していたけれど、聴くとどれも洗練されていて聴き心地が良い。好きな一曲をそれぞれに決めてみる。「American Pie」、「Someone to Call My Lover」と「For You」が良かったです。俺は「What It Feels Like for a Girl」「Son of a Gun」「DISTANCE」かな、とESさんからの返事。なんとなく彼が好きそうな曲を予想して選んだのにことごとく外れていた。「DISTANCE」に限っては聴き飛ばしていた。歌詞が好きなんだ、あの歌。

何度かのメールでのやり取りの後、発売されたばかりの『ファイナルファンタジー10』についてESさんがホームページに書いた。もともとFFのファンでファミコン時代からすべてプレイしていたけれど、『10』こそ最高傑作になるような予感がするという。僕も自分がFF好きだとメールで送ると、ぜひプレイしてみてとの返信が届いた。プレイステーション2は持っていない。これを機に買うべきだろうかと真剣に検討しはじめる。でも、ここ最近、ゲームを途中でやめてしまう妙な癖がついてしまっていた。好きなゲームほど、この世界が続いてほしい、終わってほしくないって思ってしばらく寝かせておくのですが、そうしているうちに次第に興味が別に移ってしまう。そういうプレイステーション1のソフトが、三つ、四つ溜まっていて。困った癖です。そう書いてメールを送信する。高校に入って那覇でひとり暮らしを始めるようになって、ＰＳを祖父母からもらった小遣いで買った。部活も特にしていなかったので、定期的に親が訪ねてくる時以外は、たくさんのＲＰＧで遊んだ。中学時代、ゲームなしだった長い時間を埋めるように、ＰＳになって表現豊かになったファンタジーの世界に浸っていた。途中でやめるようになったのは、大阪に移ってからだった。写真というもうひとつの趣味を手に入れたことで、単にゲームに飽きはじめていたのかもしれない。でも、久しぶりに耳にしたファイナルファンタジーという言葉に、僕は懐かしさとともに再びあの世界に浸ってみたくなっていた。ＥＳさんもほとんどＲＰＧしかしないそうで、聞くと趣味はほぼ一致していた。ここ数年で好きだったのは『ベイグラントストーリー』、『ファイナルファンタジータクティクス』、『moon』、ＰＳ１のＦＦで好きなのは『８』だと言う。

梅雨明けの少し霞んだ明るい空の下、高速道路も一般道路も忙しそうに車が行き来し、スーツ姿の人びとが駅に向かって足早に歩いてゆく。駐輪場から引っ張り出した黄色い自転車にまたがって、その様子を少し眺めていると、またここに戻ってきたのだ、と不思議な気分になる。高速道路からの柔らかな光が入り込む夜の部屋とは異なる、均一の光量で満たされた世界だ。そうして少しの間、意識をこの世界に合うように調節した後で、ペダルに足をかけ学校に向かう。自転車で五分ほどの距離で、学校帰りや夜に友人たちが訪ねてくることもあった。幸い入口がオートロックの自動ドアだったこともあり、島の部屋とは違い居留守を決め込むことができた。通学時に横切る中大江《なかおおえ》公園の桜は青々とした葉を揺らしている。自転車を止めて、すでに高くなった太陽の陽を受けて揺らぐ枝葉をＬＯＭＯで撮影した。桜も、雪も、大阪に来て初めて見たので、二年目になっても葉桜ですらまだ新鮮に映る。

　教室に入ると、堤と灰司《はいじ》が教室の後ろで何か話し込んでいる。八月に、四万十《しまんと》川にキャンプに行こうかって話してんけど、Ｊも来る？　堤が席についた僕に言う。Ｊというのは彼がつけたあだ名で、入学したての頃、僕が『バック・トゥ・ザ・フューチャー』が好きだというと、そういえばマイケル・Ｊ・フォックスに似てるなということで、Ｊ、となってしまった。似ていない。でもなぜかみんなそれに喜んで手を叩いて笑った。面白くもないようなことを面白いと笑う彼らに、入学当初はなかなか馴染めずにいた。それでも悪くない響きだったのでそのままにしておいたらすっかり定着してしまった。川か……としばらく黙り込む。何なん、そこ悩むとこ？　灰司が苦笑する。入学当初、彼は灰色のカラーコンタクトをつけていて、それが不思議と違和感なく似合っていた。着ている服も灰色が多く、気がつけば本名をもじって灰司とみんなに呼ばれるようになった。尖った印象がない穏やかな丸顔で、特に面白いことを言わなくてもその笑顔は人を惹きつけた。別に無理して来んでもええねんで。いや、行きたい。子どもの頃はキャンプといえば海辺だったので、川でのキャンプというものがうまく想像できなかった。

　大阪に来て、一年と数か月が経とうとしていた。新しい環境に馴染むために、僕もある程度は努力した。沖縄訛りを抑えて標準語で喋ろうとしたけれど、まわりに引きずられるように中途半端な関西弁を身につけてしまった。入学後、堤と灰司はすぐに打ち解けて、近くの中央スポーツセンターでバスケットボールができるらしい、と話していた。さっそく隣のクラスの男子にも声をかけて、月に二回、バスケ会を開くことになった。Jも来る？　隣で本を読むふりをしていた僕を、灰司が誘った。Jてスポーツできへんやろ、絶対。堤が笑う。その通りだった。けれど大阪に出てきてまだ友だちと言える仲の人もいなかったので、行く、と答えた。こう見えて、中学はバスケ部だった。ポジションは？　センター、だったけど気がつくとマネージャーにされてた。全員入部制の中学で、男子は野球部とバスケ部しかなく、野球部に入ることは選択肢になかった。嫌々ながら続けていたら、三年に上がった頃に顧問にスコアボードを投げつけられ、それ以来引退するまでマネージャーとなってしまった。それおもろいわ、というこことで僕もバスケ会に参加することになった。下手だったけれど、ただ楽しむだけの会は部活とは違ってリラックスできたし、ミスしてもいちいち笑ってくれるので居心地がよかった。隔週の木曜午後、授業の後に中央スポーツセンターで二時間ほどそんなふうにしてみんなと遊んだ。バスケが終わると難波《なんば》のびっくりドンキーに行く。毎回パイナップルの載ったハンバーグを注文する僕を堤が気味わるがったけれど、疲れで重たくなった体に甘い果汁とハンバーグの肉汁が口の中に広がる感覚が好きだった。その後は、堤が車で灰司と僕をそれぞれの家まで送ってくれた。堤は僕たちよりもひとつ年上で、高校卒業後中古の大型車を手に入れて、一年国内を旅していたそうだ。百八十センチを超えるどっしりと大きな体は見た目に威圧感があり、この人とはわかり合えないだろうと避けていたのに、バスケ会を通してすっかり打ち解けていた。後部座席の車窓から見る大阪の夜景には、沖縄では見られなかった硬質な艶《つや》があり、緩やかな疲労に包まれた体をシートに沈めて、飽きることなく見入ってしまう。窓の外に流れる夜の街を眺めていると、都会に出てきたのだという実感がこみ上げてくる。昼間にはなぜかそのようなことは感じない。隣で灰司も同じように窓に頭をもたせかけていて、大阪生まれの彼はどんなふうにその景色を見つめているのだろう。街の灯りが、猫背のＴシャツをさまざまな色に縁取っては消えてゆく。黒い瞳が、それらの光を受けてきらめく。いつの間にか、灰色のコンタクトレンズはやめていた。黒目が綺麗すぎぎんねん、俺。だからしばらく隠してた。灰司は茶化してそう言ったけれど、確かにそれは漆のように深い黒だった。それで、行くの、行かへんの。堤が確かめるように聞く。行く、僕が再度頷いたところで、教師が入ってきて英語で授業を開始した。二年制の専門学校で、二年かけて英語の勉強をしながらいくつかの単位を取得した後、海外の大学に編入する仕組みだった。僕はニューヨークの大学への編入を望んでいたけれど、ニューヨークには提携校がないからここで取得する単位も無効になる。それよりも何の勉強したいの、という質問にまごついてばかりの僕に、考え直したら、とカウンセラーは面接のたびに諭そうとする。二年目の夏に差し掛かり、そろそろ進学先を考えないといけない時期だった。でも、灰司も堤も誰も何も決めていないようだった。灰司は二年に入って学校も休みがちになっていた。彼が学校をやめてしまっては、この三人組のバランスも崩れてうまく立ちゆかなくなる……僕は心配していたけれど、彼に学校に来るように促すこともできずにいた。

次の土曜日、学校もバイトもなく給料日後だったこともあり、昼前に自転車に乗って天満橋《てんまばし》の松坂屋まで出かけ、ＨＭＶでＰＳ２と『ＦＦ10』を買った。大荷物をカゴに入れて、バランスを崩しそうになりながら、谷町筋《たにまちすじ》の坂道を自転車で北上する。黄色い自転車は、今年の春アメリカに留学していった友人から譲り受けたものだった。まだちゃんとブレーキも効くし、適度に古いので備え付けの貧弱な鍵だけでも盗まれる心配もない。堤にダサいと笑われた大きめの前かごも、使ってみるとなかなか便利だった。青空に重そうな白い雲が浮かんでいて、ハンドルを握る両手に汗がにじむ。本格的な夏が始まり、間もなく三十度を超えるような陽気になるのだろう。気温は沖縄の夏か、それ以上になる。湿度も高いけれど、沖縄の暑さとは何かが違う。灰司や堤には、沖縄のほうが暑いのだろうとか、湿気が多そうだとか言われるものの、その違いをうまく伝えることができずにいた。中央大通を曲がり、コンビニでペットボトルのアイスティーとサンドイッチを買って、家に帰る。買いました、これからさっそく遊んでみます。まずＥＳさんにメールを送り、それから『ＦＦ10』のディスクをセットして、サンドイッチを冷たい紅茶で流し込みながら遊びはじめる。物悲しいピアノの音色とともに画面が明るくなる。夕暮れ、焚き火を囲む仲間たちの輪を抜け出して、若い男が高台に登る。植物も見当たらない荒れ果てた風景の中にいる彼の眼前に広がるのは、廃墟。元々は高層ビルが立ち並ぶ大都市であったことがうかがえる。ところどころ、小さな光の玉が残像を残しながら寂しげに舞い、空へと消えてゆく。なんだろう……蛍？　明るい金色の髪が風に揺れ、彼はその町並みをどこか懐かしそうに眺めている。頰から顎にかけての輪郭には少し少年らしさが残る。長いまつ毛と二重瞼のコバルトブルーに輝く瞳がほんの少し揺らぎ、悲しげなため息をつく。彼が今作の主人公だ。最後かもしれないだろ？　だから、全部話しておきたいんだ。ゲームのキャラクターが喋ったと驚き、そしてどこかそのことに居心地の悪さを感じていると画面が暗転し、

ＦＩＮＡＬ ＦＡＮＴＡＳＹ Ｘのタイトルが画面に現れた。

見渡すかぎり高層ビルが続く夜のザナルカンドは暖かい光に満ちていて、背の高い尖塔のようなビル群はいつかテレビで見た東南アジアの遺跡を連想させた。街並みは先ほど見た廃墟ともどこか似ている。フードを被った、日に焼けた肌の少年が幽霊のように街をさまよい人混みに紛れているけれど、今のところ誰も彼に気づいていない。ビルを縫うように走る高架の道路はその夜、歩行者天国となっていて人びとが思い思いに歩いている。街のスピーカーから流れるラジオ番組ではＤＪが伝説のブリッツボール選手、ジェクトのことを回想していた。道路を歩いていた主人公はそれを聞いて忌々《いまいま》しそうに首を振り、スタジアムに向かう足を速める。ここで名前入力の画面になり、ティーダという初期設定の名前をマーティと書き換える。今夜は、大事な試合がある。ジェクトはマーティの父親で、飲んだくれの乱暴者、ブリッツボールだけが取り柄のどうしようもない男だった。幼い頃にジェクトは突然姿を消した。そんな父親を毛嫌いしていたマーティも、今ではブリッツボールのエースに成長していた。行く先々で、子どもや女性からサインを求められる。街は祝祭感に溢れていて、誰もが今夜の試合を楽しみにしていた。

しかし試合が始まりしばらくして、マーティは海の方から飛来する火の玉を目にする。え、と驚く間もなく街は炎に包まれ、高い波がいろんなものを押し流してゆく。地面は揺れ、海から何かが近づいている。スタジアムの外にはジェクトの友人だったアーロンが、逃げるそぶりも見せずにマーティを待っていた。彼を追うように倒壊した街並みを進んでゆくと、フードの少年が彼の前に現れた。先ほどのお化けだ。始まるよ、泣かないで。それだけ言って少年は揺らぎ、蛍のようないくつかの光に包まれて消滅する。ビルが真ん中から折れ、高架道路にもヒビが入り倒れてゆく。街を覆うほどに巨大な球体がマーティに近づき、アーロンによればそれは「シン」という存在らしい。ブラックホールのようにすべてを飲み込んでゆくそれにマーティはなすすべもなく吸い込まれてしまう。目覚めた先は半分海に沈んだ遺跡で、アーロンは見当たらない。薄暗く不気味な廃墟を進むと、宝探しでもしていたのか海賊のような一団に鉢合わせ、彼らの船に乗って廃墟を脱出した。よくわからない言葉を喋る彼らのうち、リュックという女の子ひとりだけは同じ言葉を話すことができて、打ち解けたのも束の間、再びシンの影に襲われ海に投げ出され、発生した渦に飲み込まれてしまう。オレを追ってきている？『4』でリディアを飲み込んだリヴァイアサンの渦のようなものだろうか。闇の奥深くに沈んでゆく。これが夢ならいい。

どうだった、『ＦＦ10』。映像、本当に綺麗ですね。登場人物たちが喋ることにはまだ慣れないですが……。熱帯っぽい風景も、沖縄生まれとしてはなんだか懐かしいです。そういえば、初期設定で彼の名前はティーダだった。沖縄の言葉で、太陽。それに何か意味があるのだろうか。あと、ボケの表現が綺麗になったな、と。なるほど、写真家っぽい感想。写真家という言葉に少しくすぐったい気持ちになる。ボケの表現がゲームに取り入れられたのって、いつ頃なんでしょうね。さあ、『8』ではあったかな？　『7』はまだそこまで洗練されてなかった気がする。ＥＳさんはもう後半まで進めたらしい。これまでのＦＦとは物語の質が違う、何度も泣きそうになったよ、と彼が言う。『ＦＦ7』の、エアリスがいなくなってしまう、というセリフは衝撃的だったし、『8』はフェイ・ウォンの曲が最高で、『9』のビビは切なかったけれど、今回はそれ全部超えてる。それから、しばらく過去作の話で盛り上がる。ファイナルファンタジーって中性的な敵キャラが最近多いような気がするけど何故でしょう。クジャとかセフィロスとか。髪が長いだけではなくて？　ＥＳさんが笑う。ああ、でも『10』にもそんなキャラがいる。まだそこまで進んでないだろうけど。中性的というか、種を超越しているというか……。彼らは皆、父親的存在や母親的存在と屈折した関係を持っている。『6』にもケフカがいたね。中性的って言っていいのかわからないけどあのピエロみたいな……。僕、『6』はプレイしていないんです。『4』もスーパーファミコン壊されたからクリアしないままで。『4』、仲間が次々に死んで辛かった。でも、ヤンもシドも戻ってくるよ。ポロムとパロムもいずれ石化を解かれる。テラも？　彼は戻ってこない。ＥＳさんがからりとした声で答える。老いた賢者だけが、死んでしまった。カインの行く末も気になって今も時々思い出します。僕の記憶の中で、彼は宙吊り状態のままだった。カインも、最終的にはまた仲間になる。でも自分のしたことを許せなくて、主人公とローザの結婚を前にひとりで旅に出るんだ。みんなの前から、いなくなる。切ないですね。カインはきっと自責の念にかられながら生きていくのだろう。いっそ死んでしまったほうがよかった、なんて思うこともあるのかもしれない。考えてみると典型的な三角関係だね、主人公とカインとローザ。ＥＳさんが言った。ローザがいたから、主人公とカインの絆《きずな》が強まった。もしかしたらふたりの関係には、友情以上の欲望があったのかもしれない。お互いが男でいるためにカインはふたりのもとを去った、のかもしれない……。欲望の三角形でしたっけ、それ。よく知ってるね。ＥＳさんのブログで読んだのを覚えていただけだ。男ふたりと女ひとりの関係で、恋敵《こいがたき》の男ふたりは女を取り合っているように見えて本当は男同士の絆を強めている、とルネ・ジラールが論じた。さらに進めて、その男同士の繋がりには実はホモエロティックな欲望も存在するかもしれない、としたのがイヴ・コゾフスキー・セジウィック。当然男ふたりはそれを否定するようにより男らしさを強調しようとして何が起こるかと言うと、彼ら以外の存在を排除するミソジニーやホモフォビアが生まれる……そんな感じのことが書かれていた。そこに並んだ言葉のすべてを理解できていたわけではない。それだと、さらにカインが去ってしまったことが悲しいですね。かつての殺戮《さつりく》の記憶を共有するふたりが、一緒に居続けるわけにもいかなかったんだろうね。そうだった。マーティもカインもかつてバロン軍の一員として人びとを傷つけていたのだった。マーティ？　主人公の名前です。いつもＲＰＧの主人公はそうすることにしていて。へえ。その理由を尋ねることもなく、ＥＳさんはまた少し沈黙する。あのラストは少し悲しかったな、俺も主人公よりはカインが気に入っていたから。同じだ、と少し嬉しくなる。電話の向こうでライターを点火する金属質の音が響き、目を閉じた僕は小さな炎が灯るさまを想像する。チリチリ、とタバコを吸う音がかすかに聞こえた。

目覚めると、マーティはエメラルドグリーンの海に浮かんでいた。立ち上がると、水は腰のあたりで揺れている。青空のもと、白い砂浜にヤシの木が揺れ、その向こうの岩場は植物で覆われている。透明度の高い海の底には赤や黄色の珊瑚礁が広がっていて、どうやら常夏《とこなつ》の島に流れ着いたようだった。空にはカモメが舞っている。湿っぽい風が波を揺らし、沖縄みたいだと少し懐かしくなる。でも、またひとりきりだ。暗い気分になり顔を伏せると、飛んできた何かが頭に当たった。痛いけれどそれが何かはすぐにわかった。水に浮かんだブリッツボールを手に取り顔を上げると、浜辺で誰かが手を振っていて、元の世界に戻れたのだと安心する。穏やかな波をかき分けて浜に上がり、ボールの持ち主ワッカに自分がザナルカンドから来たのだと伝えると、ザナルカンドは千年前に滅びたと彼は眉をひそめて言う。混乱したままワッカに連れられていった村で、マーティはこの島で育ったという召喚士の女性ユウナと出会う。白い振袖と紺色の袴を折衷《せっちゅう》したような服を着て、いつの時代に迷い込んだのかとまた混乱する。でもそれは、彼女にとてもよく似合っていた。大きな杖を持った彼女の瞳は右が青、左が緑でまるでオッドアイの猫のようだった。体つきも華奢で少しシャイだけど、発言からは意志の強さが見え隠れする。ユウナは、ワッカや他の仲間とともにシンを倒す旅に出る。父ブラスカがかつてシン討伐を成し遂げたように。そしてどうやら、ジェクトはブラスカと旅をしていたらしい。シンに近づけば、何かわかるかもしれない、そう考えてマーティはユウナの旅に同行することにした。

カーテンを閉めないまま眠ってしまい、差し込む朝日で起きた。窓を開けると眼下の高速道路の交通量は日曜だというのにいつもと変わらず多い。夜に干していた洗濯物を取り入れて、タオルに顔を埋めて大きく吸い込む。高速道路の匂いとしか形容できない埃っぽさもすっかり気にならなくなった。早めに部屋を出て自転車に乗って心斎橋に向かう。バイトが始まる前に先日ＥＳさんに教えてもらった写真家の本をアセンスで探したかった。彼は自分では撮らないそうだ。どんな写真家が好き？　そう聞かれて、僕は目の前の小さな本棚に目をやった。文庫本や単行本に追いやられるように棚のすみに窮屈そうに一冊だけ収まっているハードカバーの写真集『Europeans』。カルティエ＝ブレッソンとか……。それは、K君が教えてくれた写真家だった。きっと好きなはずだよ、なんとなくだけれど。すぐに『Europeans』を買った。K君の言葉通り、僕はカルティエ＝ブレッソンの写真にたちまち恋に落ちた。白壁の街、階段の向こうに走り抜ける少女、路上新聞屋の横で、椅子に座って膝の上に別の男性を座らせてネクタイを引っ張る男性、大きなコントラバスを背に自転車でふらつく男性など、被写体や瞬間の選び方はもちろん、斜めの線を強調した構図を見ていると手前から奥にかけて複数の面が現れて、どれだけ見ても飽きることはなかった。ティルマンスは知ってる？　無言の僕にＥＳさんが尋ねた。知らないです。ドイツの写真家なんだけど、春にこっちのギャラリーで展示をやってて、とてもよかった。カルティエ＝ブレッソンとは全く違うかもしれないけど。ＥＳさんは美術館やギャラリーに時々足を運んでいるようで、僕よりもよほど現代美術に詳しかった。僕は手元のノートにその名前を書き記す。ヴォルフガング・ティルマンス。今度、撮った写真見せてよ。東京行く機会あれば、ぜひ見てほしいです。少しの沈黙の後、ＥＳさんが言う。あのさ、敬語じゃなくていいよ。いや、こちらのほうが落ち着くので。そう、ならいいけれど……。アセンスに入り、エレベーターで四階に上がって棚に一冊だけ残っていた小さな写真集を見つけた。『Walko Book 1999』、東京のギャラリーで二年ほど前に開催された個展に合わせて出版されたものらしい。ＥＳさんが行ったというギャラリーと同じだろうか？　少し値段が高い上にＰＳ２を買ったばかりだけれど、思い切って買うことにした。最後の一冊なのだし。これを口実に、またＥＳさんに連絡ができる。

翌日、灰司が学校に来ているのに堤が休んでいた。学校来んと毎日何してるん。隣に座ったさちこに聞かれて、バンド始めてん、と灰司が答えた。何のバンド？　シューゲイザー。ほんまに。さちこは冗談だと受け取り、笑いながら灰司の二の腕を何度も叩いている。痛いって。僕も冗談だろうと思っていたら、どうやら本気らしい。そうとわかるとさちこの目が輝きはじめる。ライブはいつやんの。彼女が灰司に好意を寄せていることは誰もが知っていて、灰司はそれを器用にかわしている。あんなろくでなし、私のほうから願い下げや。灰司のいないところでさちこはよく笑いながら毒づいていた。そうして少しうつむいた後、あーあ、と声を上げながら背伸びをする。派手な髪型と露出の多い服装で、僕よりも背が高く手足も長い上にいつも高いヒールを履いていた。アイライナーとつけまつげでくっきりと縁取られた目は少しきついけれど、笑うとその向こうに幼さが見え隠れした。入学以来、灰司は何人かの女の子とくっついては離れを繰り返していて、でもどれも数週間から長くても数か月ほど、大抵女の子が愛想を尽かした。さちこから逃げるように僕の隣に座った灰司が、学校終わったら久しぶりにJんち遊び行こうかな、と言った。振り向きかけたさちこに先回りして灰司が腕をバツの形に交差させる。なんやねん、何も言ってないのに。

お、買ったんや。部屋に入ると、テレビの前に置かれたＰＳ２と『ＦＦ10』を灰司が見つけた。ソフトを手に取り、表、裏と眺めている。ゲームなんかしたっけ？　最近は全然やってへんけど、ＣＭ観ておもろそうやなって。クリアしたら感想教えて、と彼がソフトを元の場所に戻す。結局一緒についてきたさちこがソファベッドに座り、機種変更したばかりの携帯をいじりはじめて、これ写真撮れんねん、と灰司にレンズを向けた。左手の親指と小指を伸ばしてポーズをとった後、灰司がコンポの再生ボタンを押す。あれ、J、こんな音楽聴いたっけ。『Distance』だった。最近聴いてみたら意外と良くて、とリモコンで三曲目の「DISTANCE」までスキップする。最初の二曲が良いのに、そう言いながらさちこは立ち上がってベランダに出てタバコに火をつけた。外に目をやると、いつのまにか小雨が降っていて、灰色の雲が低く広がりビルが濃い色に濡れている。灰司はローテーブルに置いてあったティルマンスの写真集を開き、頬杖をついてじっと同じページを見ていた。真っ白な部屋の壁に設置されたラジエーターの上に、黒い靴下がいくつか、その横には真っ赤な衣服が、脱ぎ捨てられたのか乾かされているのか、放り投げられたままのような状態で置かれている。ラジエーターのてっぺんに置かれたそれらの衣類は稜線《りょうせん》のように広がり、靴下は垂れ下がり垂直の線を作っている。一番長く垂れ下がった靴下の爪先はほつれていて、糸が一本飛び出している。深い黒と赤が、白背景に鮮やかなコントラストを生んでいた。謎の解けない抽象絵画であるかのように、彼はその写真を凝視し続けた。K君が好きそうなイメージだ。今度会った時にティルマンスを知ってるか聞いてみよう。車が高速道路を行き交う音の向こうに、雨が街に降り注ぐかすかな音が聞こえた。僕は写真集から灰司の気をそらそうと、雨だ、といつもより大きな声を出した。

海に大きな影が浮かび、水しぶきとともにシンがその姿を現した。鯨のような、それでいて甲殻類のような……頭部にはたくさんの丸い器官がうごめいている。目にしては多すぎる。あまりにも巨大なそれは、突如浮上した島のようにも見えた。ミヘン・セッションという大規模なシン討伐計画に参加することになったけれど、一目見ただけで勝てないことを確信させるような相手だった。計画には、グアド族の若い老師シーモアも参加している。ああ、これESさんが言っていたキャラだ、とすぐに理解する。和服っぽいゆったりとした服を着崩したようないでたちで、はだけた胸には黒い文様が左右対称に刻まれている。青い髪は前と左右で三つの束にまとまり、それらがカブトムシのツノのように突きあがって、そして落ちてゆく。人間とグアドのハーフだそうで、肌は一部植物っぽい質感を持っている。暗雲が垂れ今にも嵐になりそうな天気の中、水しぶきと霧に包まれるシンの体を目指して陸上から砲撃が開始され、地面が揺れた。崖下で、チョコボに乗った兵士たちが突撃してゆく。シンがその巨体のまわりに光のドームを発生させた……と思った瞬間にそれが破裂し衝撃波が放たれ、閃光で視界が真っ白に染まる。再び目を開いた時には、崖下の部隊は影ひとつ残らず消えていた。崖の上に設置された砲台や巨大兵器も破壊し尽くされ、作戦は失敗に終わる。荒れ果てた崖下の浜辺には消え去った兵士たちの鎧や武器や瓦礫《がれき》が散乱し、いたるところで煙が立ち上り、蛍のような幻光虫が舞っている。色彩が消えてしまった風景の中、シンはゆっくりと体を回転させ、海の向こうへと消えた。すべてがあっという間だった。崖の上で、ユウナが異界送りの踊りを舞っている。あたりに、蛍のような幻光虫が漂っていた。死んだ人の魂は幻光虫の光と結びついて、放っておくとモンスターになってしまう。だから、魂をその前に異界に送る。どす黒い雲は今にも天から落ちてきそうで、さざなみの音すら濁って聞こえる。座り込んで立ち上がることができない。顔を上げたくない。先日旅に合流したアーロンが告げる。たくさんの物語が終わった。が、おまえの物語は続くようだ。

　朝から続いていた雨も、居酒屋でのバイトを終えて帰路につく頃には上がっていた。自転車は家に置いてきたので、心斎橋から歩いて帰ることにする。松屋町《まつやまち》の交差点あたりで携帯電話が震える感触を覚え、確認するとESさんだった。携帯を耳に当てる。こんばんは。相変わらず騒がしいね。バイト終わって、歩いて帰る途中です。ほぼすべてのお店のシャッターが降りた通りを眺めていると、風が吹いて街路樹が揺れ、枝に止まっていた白いものが舞い上がる。あ、空に。流れ星とか？　いえ、鳩が、白い。あ、間違えました。コンビニのレジ袋だ。空気を含んだビニール袋が、通りをふわりふわりと漂っている。希望の鳩だと思ったらペーパーバッグだったなんて歌があったな、と鞄に手を突っ込んでLOMOを取り出し、上昇を続けるビニール袋を撮影した。それに、ここは明るすぎてあんまり星は見えないです。見上げた空は厚い雲に覆われていて、またすぐに雨が降るのかもしれない。あの、シンているじゃないですか。『10』の？　はい。あれってアメリカ的な何かなのですかね。なぜ？　ミヘン・セッションでの衝撃波の表現、原爆を連想してしまったのと、今回の世界、風景が沖縄に似ていて、あの崖の風景も……。なるほど。しばらくの沈黙。シンは海の向こうから繰り返しやってきては世界を破壊して回る存在で、十年前、ユウナの父であるブラスカと彼のガード、ジェクトとアーロンが倒した。ジェクトも何らかの方法でこの世界に来ていたようだ。召喚士によってシンが倒された後は、しばらく平和な季節が訪れる。人びとはそれをナギ節と呼んでいた。でも人びとが過去の過ちを完全に償うまで、シンは何度でも復活する。次のシンが現れたらまた別の召喚士が各地のエボン教の寺院を回り、その奥に眠る祈り子と呼ばれる者たちと交信し、その力を授かる……。そのあたりまでの設定は理解できた。でも、祈り子っていう存在がよくわからないのですが。僕はＥＳさんに言う。自らの命を差し出した人びとの肉体から魂を取り出して、石像に宿したもの。彼らは魂のまま夢見ていて、召喚士はその夢を召喚獣として呼び出すことができる、たぶんそんな感じ。ＥＳさんがすらすらと答えた。十年前、シンを倒した後ジェクトがシンになってしまった、とアーロンはマーティに伝えていた。今世界を破壊しているのは、お前の父親に他ならない。ミヘンで姿を現したのは、お前に姿を見せるため。旅の目的は、暴走し人びとを襲い続ける彼を倒すこと。みんなにはまだ言うな、アーロンが告げた。しばらく沈黙していると、シンがアメリカならティーダも半分アメリカ人になるね、とＥＳさんが受話器の向こうで呟いた。そうか……。初期設定ではティーダという沖縄っぽい名前を持っていた主人公。僕は小学校の頃よく遊んでいた、アメリカ人の父を持つ双子のことを考える。頭の中で結びつこうとしていたいくつかの糸が絡まり、こんがらがってしまった。通りは中央大通、そしてその上を走る阪神高速と交差する。家の近く？　はい。賑やかな場所に好んで住んでいるなんて、変わってるね。きっと、静かすぎる島で育ったから。島の暗闇を思い出しながら、僕はいつかの少年の話を彼に話していた。島に漂着した難民船と、そこから逃げたかもしれない少年。へえ、そんなことが。きっと少年は存在しなかった。それでもあの頃は諦めきれなくて、ある日友だちと島の浜から少し離れた先にある小さな離島に探検に行ったんです。僕らは秘境って呼んでました。秘境！　少年は見つけられなかったけど、島には男がひとりで住んでいた。両親が避けるようにと言っていた男。いったい何者だったのか、今でもわからない。僕は農人橋《のうにんばし》交差点の歩道橋を上る。高速道路の底面とその下の中央大通に挟まれた歩道橋からの眺めが好きだった。西側には東船場ジャンクションがあって、阪神高速十三号東大阪線と一号環状線が弧を描きながら複雑に交わっている。高速道路から降りてきた車が信号待ちの列を作り、オレンジ色の街灯に照らされていた。この街灯の光を見ると家に帰ってきた気がして落ち着く。歩道橋の手すりに両肘を置いて写真を撮る。いつもよりゆっくりと、シャッターが開かれそして閉じてゆく。目の前を行き来する車のライトが、光の線となって記録されたはずだ。でも、今でも時々彼のことを思い出すことがあって……その男の人のことを。高速道路の音にかき消されないように少し声を大きくして言う。なんであんな小さな島にいて、社会の端っこに留まっていたのか。もしかすると彼も僕も、同じ種類の人間だったのではないか、って。島の社会から距離を置いて、それでも島から完全にいなくなるわけではなく、ひとりで暮らしている。島の訛りは出さず、話す時は標準語で。かつて東京にいたのかもしれない。島の大人たちは彼を変人呼ばわりしていました。でも、彼は変じゃなかった。僕はこうして都会へ、都会へと移動を続けているけれど、もし留まるという選択肢しかなかったら、どうしていただろう。彼の選択が彼の意志のもとで決定されたものだとしたら、それは彼の強さでもあるし同時に悲しいことでもある。僕は口にしながら、男がもしかしたら都会で見たかもしれない風景を想像する。目の前に広がる風景のように、輝きに満ちたものだっただろうか。留まることはしんどいし、移動することもまたしんどいだろうけどね。少しの沈黙の後、ＥＳさんが言った。どちらにせよ過去は追いかけてくる。

秘境には友だちと四人で渡りました。その中にＹがいた。あれから、秘境にまた渡ったりしたのだろうか。彼もファイナルファンタジーが好きだった。今でも会うの？　中学を卒業して以来、会ってないです。卒業式の日の夕方、Yや和也など友人数人で保健室に集まった。隣でジャンプをめくっていたYが鞄から一枚のCDを取り出した。忘れないうちに返さないと、と僕に手渡したのはスピッツの『インディゴ地平線』だった。どうだったかと聞くと、なんだかよくわかんなくてほとんど聴かなかった、と正直な感想が返ってきた。「渚」はいい曲だね。「インディゴ地平線」とか良くなかった？　相変わらずセンチメンタルだ、と彼は笑う。こんな会話を前にもした。あれはその一年前の秋だった。部活が終わり、Yが着替えながら口笛を吹いていた。スピッツの「ルナルナ」。『ハチミツ』を数日前に買ったそうで、しばらくずっとこれだ。メロディにあわせて頭を揺らしながら汗に濡れたTシャツを脱ごうとして絡まって、纏《まと》った白い布に慣れないお化けのようにうごめいていた。みんなでその姿に笑いながら、僕は白いTシャツの背中に浮かんでいた背骨の線に目を奪われていた。帰り道、『ハチミツ』貸してとYに言った。それから十日ほど経って、Yが僕にそのアルバムを差し出す。それからもう十日して、返した。どれが良かったと聞かれ、「Y」と答えたら、センチメンタルだねと彼が笑った。しかし、新作は彼に響かなかったようだ。永遠に続く苦行みたいに思えた部活動も終わり、中学も卒業する。暑いね！とYが学ランを脱いでTシャツ一枚になる。確かに三月にしてはずいぶん暑いなと考えながら、脱がれた学ランのボタンをなんとなく数えていた。近くの店で買った甘いアップルティーと菓子パンを交互に口に運び、みんなの会話を聞いていた。保健室で飲み食いなんて初めてだったけど、それ以外はいつもと変わらない。でも、これで最後だ。僕は那覇に進学する。島で過ごした五年間、出ていきたいとずっと願っていた。それなのに、なんだか寂しいような。口に出して、すぐに恥ずかしくなる。みんなは不思議そうに僕を見ていた。そうかな？　彼らは島の高校に進学する。意外なことに、Yも。この中で出ていくのは僕だけだ。ひとり減ったくらいそんなに変わらないのだろうか。長らく会えなくなるんだよ。休みには帰っておいでとYが言い、再び視線をジャンプに戻し、口笛を吹きはじめた。小学生の頃以来、久しぶりに聴いたメロディだった。

僕は目の前を流れてゆく車の灯りを眺めながら、彼には年明けの成人式で久しぶりに会うはずです、と言った。まだ二十歳なんだ。いや、十九です。この秋で二十歳に。若いね。三歳しか変わらないですよ。来年から社会人だから、なんだかすっかり老け込んだ気分なんだ。成人式は、島で？　はい、帰る予定です。僕は階段を下りはじめる。そういえば今日電話したのは、とＥＳさんが言った。来月ディズニーシーに行かないかな、チケットが手に入った。提案された日付はちょうど四万十川旅行と重なっていた。行きます、と僕は即答する。マンションのドアの前で携帯を閉じて空を見上げると、ちょうど雨粒がひとつ頬に落ちた。

日が落ちる頃、幻光河にたどり着いた。黄金色に沈む世界、紫のハスのような幻光花が風に揺れ、川面に集まってきた幻光虫が空を舞っていた。夜にはさらに多くの幻光虫がやってくるという。河一面が光って、まるで星の海のようになるそうだ。そういえば四万十川も蛍で有名だった気がする。予定を変えずに行ったら見られるんだろうか。季節じゃないかな……。それなら、と言いかけるマーティを、アーロンが夜まで待つ時間はないと制する。それなら、シンを倒してゆっくり見にこよう。マーティの言葉に、なぜかみんな黙り込んでしまう。自分が彼らに隠しごとをしているように、彼らもマーティに何かを語ろうとしない。幻光河を渡った先で、海の遺跡でマーティを助けてくれたリュックも仲間になった。

賑やかになった一行が到着したグアド族の村グアドサラムは、いくつもの大木が絡まりあったような、神秘的ながらも少々不気味な場所で、そこに住む人びとは長い両腕と木の幹のような肌を持つ独特な風貌をしていた。族長であるシーモアは一行を邸宅で歓待し、そこで彼はユウナに結婚を迫る。唐突だった。かつて世界を平和に導いたという伝説の召喚士とガード、ユウナレスカと彼女のガードであったゼイオンのように……。ユウナレスカ様はおひとりで世界を救ったのではありません。無敵のシンを倒したのは、ふたつの心をかたく結んだ永遠に変わらぬ愛の絆……シーモアが言う。グアドの老師である自分と偉大な召喚士ブラスカを父に持つユウナが結ばれれば、それだけでも民にとっては希望となる。それを聞いてなぜか迷うユウナは、異界に行って両親に相談するという。迷うことでもないはずなのに、とマーティは少し傷つく。この世界で、グアドの老師は特別な地位にあるらしい。グアドサラムの奥に入口がある異界では、訪ねた者の思いに反応し幻光虫が集まり、大切な亡き人の記憶を実体化する。お化けのように。お化けは何も語らないけど、その姿を前にすれば心の整理ができる、そんな場所らしい。両親の幻と向き合って自分がどうすればいいのか考えるため、ユウナは異界に向かう。オレがそこに行けば母さんが現れるのだろうか、マーティは想像する。オヤジはオレをブリッツの選手にしたがっていたけど、嫌がっていつも泣いてばかりだった。そんな自分に母さんは優しかった。それなのに、オヤジといる時だけはまるでオレを無視するように彼との会話に夢中になっていた。そんなことを考えながら、マーティもユウナを追って異界に入る。リュックは、異界に行くことを拒否する。思い出は心の中に。思い出は優しいから、甘えちゃダメなの。

彼女は言った。

　ＥＳさんからの着信と同時にドアベルが鳴った。もう十二時を回っている。インターホンと携帯の画面を何度も見比べて動揺したけど、自分の状態はＥＳさんには伝わらないのだと気づいた。すみません、と着信音を消す。こんな時間に突発的な訪問を仕掛けるのは誰だろう。さちこが最終電車を逃したのだろうか……などと思いながらインターホンを耳に当てる。Ｊ？　穏やかな声は、灰司のものだった。なんでこんな時間に。まあちょっと。とりあえず開けて。僕は入口の自動ドアを開ける。エレベーターで十階までは、一分ほど。部屋はそこまで乱れていない。携帯を開いて、マナーモードにする。こんこんと控えめにドアがノックされ、開けるとニットキャップに半袖のＴシャツ姿の灰司がいた。ざっくりとした大きさの灰色のＴシャツの下に白いＴシャツを重ね着している。これ、誕生日プレゼント、と彼がビニール袋を差し出す。いや、誕生日は秋……入る？　いや、ええわ。渡しにだけ来た。ここまで来たら入ろうよ、と僕はドアを大きく開けた。しゃあないなあ、と灰司は玄関に身を滑らせてニューバランスを脱いだ。濃いネイビーのワークパンツの下に現れる灰色の靴下。扉が閉じられて、汗とかすかな油の匂いがする。バイト帰り？

　せやで。わざわざどうも、と言いながらテーブルに置かれたコンビニの袋を覗くと、鬼ころしの紙パックが四つとケーキ屋の箱が入っていた。バイト先のおばちゃんにケーキもらって、ひとりでこんなの食われへんし、Ｊ、甘いもん好きだったやろ。帰ろうとしていた割には飲む気満々。まあまあ、と灰司が僕に小さなパックを渡し、自分の分を取り出してストローを刺す。それを真似るように僕もストローを刺して、灰司のパックにくっつける。箱の中からショートケーキとモンブランを取り出し、灰司はショートケーキを、僕はモンブランを選んだ。誕生日おめでとう。ありがとうございます。去年に比べてだいぶ静かやな。去年の秋、本当の誕生日、午前零時ちょうどにドアベルが鳴ってみんなが大挙してうちに押し寄せてきた。でも、あれ気づいてたよ。さちこのせいや、Jのいる前で集合場所とか聞くから。Jも存在感なさすぎ、いることに気づかれようよ。さちこだけじゃなくて、みんなそわそわし過ぎてた。ふと、去年の会は灰司が企画してくれていたのかも、と思い当たる。学校に来ることが少なくなった灰司とクラスメイトとの交流は、以前ほどない。ずいぶん久しぶりだね。一週間ぶりくらいやろ。まあ、そうだけれども。寂しいん？　さちこが寂しがってる。はは、そうか。そこでふたりともストローを吸う。音楽かけていい？と灰司がCDラックに向かい、一枚選んでミニコンポにセットする。フレーミング・リップスの『The Soft Bulletin』だった。きらめく音楽は、とても良い選択だった。外の風景ともよく合う。ほとんど飲んだことのない日本酒は美味しく感じられず、少し飲んだだけで喉から下が熱くなってゆく。飲み干すまでに時間がかかりそうだけど、そのぶんゆっくり音楽を聴いていられる。僕は、ちらりと携帯に目を向ける。大丈夫。それでも、電話越しに交わされるはずだった会話の予感がまだ漂っている気がして落ち着かない。音楽のボリュームを少し上げた。僕が一パック、灰司が三パックの鬼ころしを飲み、一時過ぎに灰司は帰っていった。まだいてもいいねんけどな、などと言いながら。まぁ、また来るわ。

　まだ眠くはなかったので、連れ去られたユウナがいるはずの聖地ベベルに飛空艇で乗り込むことにした。ベベルを守る聖竜との戦いでエンジンの一部を損傷した飛空艇は、黒煙をあげながら太陽に向かい限界まで上昇し一気に下降、雲海を急降下して海の上に赤いヒトデのように広がる荘厳な聖ベベル宮に向かいスピードをあげてゆく。幻光虫が渦巻く雲を突き抜け、ベベル側からの砲撃を避けながら猛スピードで進む飛空艇から楔《くさび》付きのワイヤーが二本勢いよく発射される。マーティは、風で大きく揺れる太いワイヤーに飛び乗り、その上を滑走して降りる。ブリッツボールで鍛えたバランス感覚はまだ衰えていない。ワイヤーの上を滑る靴底からは火花が散り、腰を曲げてバランスをとりながら、黒煙立ち込める青空の中を加速して滑り降りてゆく。砲撃を交わすようにバク宙も決めてやる。ベベルでは式典が執り行われていて、人混みの向こう、シーモアと並んで白いドレスを着て憂鬱な表情を浮かべたユウナが見えた。究極召喚を行うと、召喚士は死んでしまう。シンを倒したらユウナは死んじゃうんだよ。先日、リュックが言っていた。それを知りながら、ユウナも仲間も旅を続けていた。それを知らなかったのは、マーティひとりだけだった。そして彼女はシーモアと結婚しようとしている。それはきっと間違っているし納得がいかない。それならば彼女を助け出し、シンも倒して、彼女が死なない方法を見つけるまで……。暗くした部屋の中で僕は、金色の髪を風になびかせながら、曇りのないコバルトブルーの瞳で降りてゆくマーティの姿を眩しく見つめていた。間もなくムービーシーンが終わり、画面が暗転した。

闇夜を疾走していた新幹線がスピードを落としはじめ、もうすぐ東京駅に到着するようだった。反対側に向かう新幹線が彗星のように過ぎ去って、窓の向こうの光の線が無数の点へと戻ってゆく。壁のように視界を遮るビル群の隙間に、時々赤い鉄塔が見え隠れする。窓の外の風景をＬＯＭＯで写真に収めてみるけど、きっと光の筋しか残らないだろう。イヤホンからはマドンナの「Drowned World/Substitute for Love」が流れていた。街は鈍い銀色に沈んでいて、夜の歌は良く合っていた。イヤホンを外し二日分の着替えを入れたバックパックにＭＤウォークマンを仕舞う。ほかにはＬＯＭＯ、三十六枚撮《どり》のフィルムが二本、『ナイン・ストーリーズ』とこれまでに撮った写真をまとめたＡ４のファイルが入っている。ええ、行かへんの？　四万十川に行けなくなったと伝えると堤が迷惑そうに声をあげる。しかめ面にならないように気をつけながら、ごめん、と頭を下げた。沖縄に帰ることになって……。嘘をついてしまった。まあ、ええんちゃう、沖縄遠いし、それに離島なんやろ？　そう帰れるわけでもないし。灰司が言う。なに、それなら私が行こか。さちこが話に割り込んでくる。あかん、堤が即答する。彼女は答えを予想していたように、残念残念と手をひらひらさせ、ヒールを鳴らしながら教室を出ていった。コツコツと音がするたびに肩が傾き歩きづらそうだ。堤と灰司は僕の代わりに誰を誘おうかと話している。Ｊ、ちゃんと埋め合わせしてや。堤が眉を八の字にして僕に言う。ほんまに。今度俺らも島に連れてってて。灰司が続ける。それも、悪くないかもしれない。

ワイン色のＴシャツを着ていると言っていた。指定された改札を出てまわりをちらりちらりと見回し、それらしき長身の男に見当をつけて近づく。どちらの名前で声をかけたらいいのか……と躊躇して歩を緩めたら向こうが気づいて、片手をあげる。思った以上に細長い左手の手首に、シルバーの腕時計が光った。はじめまして、と言おうとしてやめた。こんばんは。喉仏に視点を合わせて挨拶をする。ＥＳさんが、こんばんは、と返す。唇の左端が右よりも少し高く上がる非対称の笑みは、電話越しに想像していた神経質そうな性格をそのまま表していた。写真で見たよりも髪は伸び、特にセットもされず自然に下ろされ、明るい色にブリーチされている。大阪よりよほど歩行難易度の高い人混みの中、何度か肩やバッグを人にぶつけてしまいながらも、ペースを崩さず歩く彼の後ろを追い東京駅の外に出た。僕はカメラをバッグから取り出して、彼の後ろ姿を一枚撮影する。彼がこちらを向いて、これが東京駅、と広げた左手で僕の背後を示した。振り返ると煉瓦造りのモダンな建物で、これはテレビで見たことある、と言いそうになってやめる。あれが丸ビル……工事中だけど。生で聞くと、彼の標準語に少し居心地の悪さを感じてしまう。きっとすぐに慣れるだろう。このあたりの風景、好きなんだ。ESさんが呟いた。人は多いのに静けさがあって。皇居の方も空が開けて良いのだけれど、それはまた今度かな。中央線に乗って新宿に行こうと歩きはじめたESさんに、山手線に乗ってみたいと声をかける。電車が趣味とか？　いえ、東京の風景をぐるりと見てみたいなと。中央線も山手線も景色はほとんど同じだけどね。そう言いながらもESさんは山手線のホームへと方向転換する。人混みの迷路、ESさんの黄色と赤のポンプフューリーを見失わないようにジグザグに追った。高校の頃、クラスの誰かが履いていた気がする。久しぶりに見た。その目立つスニーカーのおかげで彼を見失うことなく、やってきた外回りの電車に乗る。肩を並べて手すりにつかまりながら、ぼんやりと外の風景を眺めていると、有楽町の駅を過ぎたあたりでビルの隙間に先ほど新幹線で見た東京タワーが突然その姿を現した。あ、東京タワー、と口にする間にまたビルの向こうに隠れてしまった。寄っていこうか、夜のタワーも綺麗だよ。いや、大丈夫です、行かなくて。高いところが怖い？　どうしても受け入れることができなくて、東京がそそり立ってる感じで。ははは、全くわからない。横を見ると視線が合い、彼の頬にかすかに笑いじわが刻まれる。それが左側にだけ現れることに気づいた。東京の象徴みたいに見えるのかな、目立つしね。

　新宿、結構遠いんですね。五反田《ごたんだ》を出たあたりで二人の間の沈黙を打ち消すように言ってみる。電話と違い、実際に会うと沈黙は気まずさを伴う。だから中央線で行こうって……とＥＳさんがこちらを見て苦笑する。もうすぐだから、と彼は窓の外に目を戻した。手持ち無沙汰《ぶさた》になり、これ読んでいるんですと『ナイン・ストーリーズ』を鞄から引っ張り出した。いつかＥＳさんがホームページに上げていた「ゾーイー」についての長い感想に触発されてサリンジャーに興味をもち、『フラニーとゾーイー』と『ライ麦畑でつかまえて』を読んで現在三冊目だった。「ゾーイー」で、母親ベッシーがフラニーに食べさせようとする「清められたチキンスープ」についての箇所を読んでまず想像したのはキャンベル缶だった、と彼は書いていた。だとしたらチキンヌードルスープなのか、クリーム・オブ・チキンなのか……。それを読んで僕は、母親が入院していた時期に父がよくキャンベルのチキンヌードルスープを用意してくれたことを思い出して嬉しくなった。退院した母は、缶詰ばかりの生活に愕然としていたけれど。

恵比寿、渋谷、原宿、代々木、と聞き覚えのある駅名に電車が止まる。どの駅も等しく都会で、大阪とは規模が違うことを実感した。電車がスピードをあげるたびに、窓の外をたくさんの光が流れていく。新幹線で読んだ「バナナフィッシュにうってつけの日」の内容をたどっているうちに新宿に到着した。巨大な駅構内をはぐれないように進む。改札を出て、ここが新宿、とＥＳさんが長い両腕を広げた。無秩序に歩く人びとの流れが彼を迂回して分かれ、そこだけ中州のように開けた。色とりどりのネオンが空を埋め尽くすようにまっすぐ伸びる道路の向こうへと続いていて、それを背景にした彼はまるで手品師のようだった。

まずは腹ごしらえを、と大戸屋に入った。気の利いたお店じゃなくてごめん。彼がさばの炭火焼きを、僕はチキンの味噌かつ煮を頼んだ。どう、東京は。大きな街、疲れそう、中心っぽい。まあ、東京の中心は空虚……。そのバルトの引用も日記で読んだ気がする。彼の言葉に触発されて、混んだ電車の中では言いづらかったことを話してみる。三十年ほど前に、沖縄の扇動家が東京タワーを占拠した事件があったんです。俺たちがどちらも生まれていない頃。そう、まだ生まれていなくて、まだ沖縄はアメリカでした。彼は東京タワーの展望台に登り、そこにいたアメリカ人宣教師の首にナイフを突きつけて言ったんです。韓国人と二十歳以下の者は降ろす、と。日本人よ、君たちは沖縄のことに口を出すな、そんな言葉が手書きされたシャツを彼は着ていた。俺は二十二で日本人だから、残らなきゃならないね。僕は降りることができる。きっとその時、東京タワーの網目のように交差する赤い鉄の構造が、フェンスのように内側と外側を分断した。内側に止まるか、フェンスの向こう側に逃げるか……。ぼんやりと想像していると、料理が届き、目の前を覆っていたフェンスが崩れ落ちた。それからしばらく無言で食事に集中する。『10』はどこまで進んだ？　ＥＳさんの声に、顔を上げる。飛空艇を手に入れてユウナも救出しました。もう後半だね。物語はさらにエモーショナルなものになって行くはず。飽きずに終わりまで進めたら、だけど。帰ったら一気にクリアします！

大戸屋を出て、何度か角を曲がり、賑やかな新宿通りを脇にそれて細い路地の奥にあるクラブに入る。大学生向けのイベントが開催されているらしい。僕、大学生ではないんですが。気にしない、気にしない、と片手を頭の上で振りながら路地を進むＥＳさんを追って扉の向こうへ身を滑らせる。途端に中から溢れてきた音楽に体が押し返される。クラブなんて初めてだった。気を取り直して、中に進む。堂山とか、行かないの？　行ったことないですね。楽しいのに！　さっそくESさんは音楽に合わせて体を揺らしている。あっという間にフロアの中に彼が吸い込まれ、僕は壁際でその様子を眺めていた。ライトがホールを横切り、ホールにひときわ白い前腕と上腕を繋ぐ機械のように骨ばった肘が輝きの中に浮かぶ。カウンターでビールを頼み、飲みながらその様子を眺めていると曲が終わり、額にうっすら汗を浮かべたESさんが隣にやってきた。踊らないの？　見てるだけで充分です。そう、楽しいのに。それでも彼は一曲踊っただけで満足したのか、その後は首を揺らしながら僕の隣でビールを飲んでいた。ここでは、特に言葉を交わす必要はなさそうだった。

　一時頃にクラブを出て、さてこれからどうしようかと話す。金曜の夜、街は賑やかだった。一階から最上階までバーで埋まった建物が並び、さまざまな色のネオンに優しく照らされた路上には、缶ビールを手にしながら歩いている若者たち、仕事帰りのスーツ姿の男女、観光客らしい外国人のグループ、ドラァグクイーンなど色とりどりの人で溢れていた。その間を、タクシーが慎重にゆっくりと進んでいる。立ち寄ったコンビニで僕はペットボトルのアイスティーを、ESさんは缶コーヒーとプリンを買った。街の様子を眺めていると、隣でESさんがプリンの蓋を剥がして、大きな塊をプラスチックのスプーンですくって喉に流し込む。横目に見たゴクリと動く喉仏が、いつか図鑑で見た何かの化石を連想させた。プリンはあっという間になくなり、ESさんは満足そうに深呼吸してからタバコに火をつけた。セブンスター、過去にそれを吸っていた人がいた……砂川先生だ。誰？　島にいた時の、小学校の先生です。よくそんなふうに休憩時間、先生はインスタントでしたけど、コーヒーとセットでセブンスターを吸ってました。それからふと砂川先生が出てきたプールの夢のことを思い出し、ＥＳさんに話してみた。今でも水が苦手？　彼が質問する。相変わらず泳げないし海は苦手だけど、そういえばあの夢も中学に入ってからはすっかり見なくなった。実は俺も泳ぎは苦手、とＥＳさんが笑ってタバコを吸う。あの夢について、気の利いたことでも言ってくれないかなと待っていたけど、タバコを吸い終わったＥＳさんはコーヒー缶をゴミ箱に入れ、カラオケでも行こうか、と背伸びをした。

暗い部屋、テーブルを挟んだ反対側で、すっかり酔っぱらったＥＳさんが、セブンスターを吸いながら「Like a Prayer」を歌い、三日月のように広がり閉じる薄い唇を僕は眺めていた。分厚いリストから「American Pie」を探すうちにマドンナを僕が歌うことに気恥ずかしさを覚え、オリジナル版を入れてみたらそれが予想以上に長い曲だったので、途中でマイクをＥＳさんに押し付けた。画面の歌詞を眺めていて、drinking whiskey in the rye だと思っていた歌詞が、drinking whiskey and rye だったことに気づいた。想像していた歌詞世界に歪みが生じる。歌われる死とライ麦畑の風景はよく合っていた気がしたのに。窓の外を見ると、広い通りの反対側、明かりが消えたビルの黒い窓がこちら側のネオンを反射して輝いている。深夜の空気は澄んでいて、ざらついた夏の靄《もや》のようなものも見えない。下を覗くと街は今も賑やかそうで、何階かは忘れてしまったこの部屋のまわりだけが隔離されているような感覚を覚えた。地上の喧騒が視界に入らないように体を引くと、再び風景は調和を取り戻す。ここはどこだろう？　新宿のどこかということくらいしかわからない。これが東京、呟いた声は「American Pie」にかき消される。

この日こそ、僕が死ぬ日。この日こそ、僕が死ぬ日……。音楽に耳を傾けながら、目を閉じて深々とソファに背を沈めた。胸のあたりに溜まっていた酔いが、体全体に広がってゆく心地よさに身を任せて目を閉じる。生まれた島の砂浜に僕は寝転んでいて、波の音と近くで遊んでいるらしい男と幼い子どもの声を聞きながら、バナナを食べる魚について想像を膨らませていた。男の声には聞き覚えがあるけど、波の音が記憶を遮ってしまう。

肩に置かれた細い指の感触に目を開く。そろそろ出ようか。六時、終了の時間だった。カラオケ屋を出ると早朝の新宿が目の前に広がり、その眩《まばゆ》さに目を細める。高架の線路上を電車が行き交い道路も混雑しはじめていて、一日はすでに始まっていた。少し前まで透明に見えた空には、うっすらと朝靄がかかっていた。緩慢に動く少し乱れた服装の人びとと、仕事に向かうしっかりとした足取りの人びとが交差点で交わる。ちょっと歩こうか。いつのまにか白いTシャツに着替えたESさんが言う。少し眠ったからか、疲れはない。ところでアメリカンパイって何でしょう。歩きながら僕は聞く。スーツ姿の人びとが、僕たちを追い抜いていく。さあ何だろうね、アップルパイとか？　それなら、アップルパイは死の象徴……？

短い夢の余韻が残る中口走ってしまう。どうだろう。信号が赤になり、立ち止まる。ESさんが腕組みをしてそれについて真剣に考えていて、喉仏も静止している。無言で並んで青になるまで待つ。アップルパイ、死というよりは死の予感じゃないかな。ESさんが答えた。まだ死ぬかはわからないし生きるかもしれないような……さて、朝食なに食べようか。アップルパイ、僕は迷わず答える。この時間にアップルパイ食べられるお店なんかあるかな。太陽の下でESさんの細い両腕は、少し青白く見えた。彼の背後では、新宿駅に覆いかぶさるように連なるビル群が朝靄の向こうへと薄れてゆく。Tokyo Morning だ。僕はティルマンスの作品集にあった風景を目の前の風景と重ねる。何、急に当たり前のことを。ＥＳさんが笑う。そういえば、彼が見たと言っていたティルマンスの展示は今年開催されたもので、九九年の展示に合わせて刊行されたらしい作品集の写真を彼は見ていないのかもしれない。《Tokyo Morning》は二年ほど前に撮影されていて、新宿駅近辺のビル群が並ぶ幾何学的な風景を俯瞰で撮影したものだった。無機質な街はその向こうへどこまでも続き、朝靄で見通しは悪いけれど夜の静謐さがかすかに残っているようにも感じた。ティルマンスも、僕と同じような新鮮な気持ちであの風景を撮ったのかな……そう思いながら、ＥＳさんの横に立ち、目の前の風景を写真に収めた。

朝から営業している店でアップルパイが食べられるのはマクドナルドくらいで、脂っこいパイを食べながら、昨晩と今日見た東京の風景を覚えていたいと思った。そして、これから太陽の下で体験する東京を想像する。ここに、来てよかった。シナモンの香りが鼻の奥をくすぐった。アメリカンパイは、向こうに行って探してみることにします。アメリカには、いつから？来年の春から。まだ何をしたいのか、全然決めていないんですが。ＥＳさんがホットコーヒーを用心深くすすり、喉仏が上下する。アメリカ、楽しみだね。しばらくして彼が言う。きっと、良い風景が見つかるよ。テーブルに置かれたカメラを見て、彼が微笑んだ。

10 HD

音楽に気を取られていたため、電車が品川に到着していることに気づかずにいた。慌てて荷物を手にして立ち上がると、乗車する人の波に体が車内に押し戻され、できるかぎり丁寧に人をかき分けてホームに降り立ち、バックパックと三脚を背負い直す。緑の車体は速度を増しながらホームを離れていった。東京にはニューヨークとも大阪とも全く異なる歩き方のルールが存在しているのか、なかなか慣れない。私は深呼吸をして、一見無秩序に流れる人波の合間を縫いながら、ペースを落とさずに進む。集中していればたやすいこと……と、誰とも衝突せずに京急線の改札を抜けたことに安心し、再びイヤホンから聴こえるブラームスの交響曲第一番に意識を戻した。引っ越してから最初の数年はアメリカに戻りたいとばかり考えていたのに、気がつくとすっかり東京の暮らしにも慣れてしまっている。音楽の趣味も変わり、iTunesライブラリの半分をクラシック音楽が占めていた。第四楽章はクライマックスに差し掛かり、ガーディナーの指揮によるフィナーレが、夏の終わりに感じる類いの楽観に満ちた喜びを発散させながら加速してゆく。間もなく羽田空港行きの京急電車が到着し、珍しく見つけた空席に腰を落ち着けたところで曲は終わりを迎えた。シャッフルに設定していたiPhoneのミュージックアプリはその次に、久々に聴くストロークスの「What Ever Happened?」を流した。初めて聴いたのは、大阪にいた頃だろうか。いや、あれはファーストだったから、アメリカに渡った後だったのかもしれない。二本のギターがブリッジミュートで歯切れよく音を刻む。良い予感に満ちた音だった。

数か月後に控えていた個展で、初めて映像作品を発表することにしていた。カメラをデジタルに変えてから写真よりも映像を撮ることが増えていたこともあり、これまでは躊躇していた物語性の高い長編の映像作品を撮ろうと決めた。さまざまな風景を映し出す映像に語りが載せられ、場所の記憶と個人の記憶、そして閲覧者の記憶が結びついてゆく、そんな作品にしたかった。ナラティヴを美術に持ち込んではいけない、いつかそう私に言ったニューヨークの批評家の顔が眼前に浮かび、頭を振ってそれをかき消して車窓の外の風景を眺めた。作品の映像素材として島の風景を撮るため、数年ぶりに帰省する。物語の導入部分はすでに頭の中にできていた。生まれ育った島のビーチで幼馴染の男Yと再会する「僕」。祖父の葬儀で島に帰ったのだとYは言い、それから一九四五年六月、彼の祖父が島に流れ着いた顚末を語る……。そんな感じだろう。作品に繋がるかはわからないものの、その帰省の旅に『路上』と『フラニーとゾーイー』を一緒に持っていくことにした。アメリカに住んでいた頃、それらの小説を読んでいるとなぜか島の風景が頭に浮かぶことがあった。例えば、『路上』の最後の数行、主人公がニュージャージーの地平線に沈む太陽を見ながらその先に広がるアメリカの土地と親友ディーン・モリアーティについて物思いに耽《ふけ》る箇所だ。それを読みながら私の頭の中に浮かんだ風景は、ふるさとの木麻黄の林を抜けた先にある誰もいない砂浜から見る海と水平線、そして秘境だった。いつか、Yや和也と遊んだ浜辺、木麻黄の向こうではアイオワと同じように子どもたちが泣いていたかもしれない。そんな穏やかな風景の中で私は、海の向こうにある本島やアメリカへのあこがれを強めていた。そしてすぐ向こうの秘境には、外へと出てゆくことを選択せず島社会の隅に留まった不思議な男がいた……そんなことを思い出していた。「ゾーイー」の最後、部屋に閉じこもったフラニーに語りかけるゾーイーの言葉は、ニューヨークの暮らしに馴染めず半分引きこもりになりかけた私を、そしてニューヨークから東京に移った当初の私を励ましてくれた。ニューヨークには大学卒業後も継続して住むのだと私は信じていた。ギャラリーがつき、個展もできた。しかし、結局アーティストビザの取得には経歴もお金も足りず日本に戻ってきた。東京の暮らしは楽しくなってきたが、妥協したのだという思いは消えることがなかった。島に戻り、両親の寝室でその語りを読んでみれば、いろいろ諦めがつくかもしれない。『路上』は浜辺で試してみよう。

那覇からフェリーに乗ってたどり着いた島はまたいちだんと寂れていた。バスで実家に着いた後、荷物を部屋に置いてすぐにカメラと『路上』をトートバッグに入れ、三脚を肩にかけて母の自転車で西の浜へと出かけた。海辺で『路上』を取り出す。まわりに誰もいないことを確かめ、カメラを三脚にセットして海に向け、『路上』の最後のページを朗読してみる。アメリカを離れて時間が経ち、英単語の発音がうまくいかず、たびたびつっかえてしまう。このまま、覚えた英語も忘れてしまうのかもしれない。同じくアメリカについても忘れていくのだろうか。読んでみると、わかりきっていたことだったけれど目前の海は物語の世界からはほど遠い。風が冷たかった。アメリカから、ずいぶん遠く離れたところまで来てしまった。

日が、沈みかけていた。荷物をまとめて、木麻黄の林を右手に見ながらゴツゴツした岩場を抜けしばらく砂浜を歩くと、白いリゾートホテルが見えてくる。成人式の日、ホテルで開催された二次会のあと、皆でビール片手にこのあたりまで散歩した。ホテルから少し離れると木麻黄の林がその灯りを遮り、砂浜は信じられないくらい真っ暗で、波の音だけが大きく聞こえた。誰かが砂浜で焚き火を始めていたが、皆疲れたのか散り散りになって、あてもなく歩き回り、星のない空を見上げ、スーツ姿のままで砂の上に仰向けになっている。私は少し寂しげな焚き火から離れ、波打ち際にしゃがみこんで砂をいじっていた。手を柔らかい砂にもぐらせると波が指を濡らし、青白くわずかに発光する何かが指先に触れた。すくって手のひらに載せると、ぼうっとすこし強い光を発した。暗くてよく見えないが、生きているようだ。私は驚いて近くに立っていた誰かに海蛍だ、と手のひらを差し出した。隣にいたのはＹだった。彼は夜釣り用の浮き輪のかけらだろうとなぜか気のない返事をして、ＨＯＰＥに火をつけた。良い名前のタバコだ。ライターの炎が、沖縄の人間らしくない横顔とふたつ目のボタンまで開いたシャツの下の胸元をオレンジ色に照らした。そういえば山の上の広場でも、いつか蛍を見たね。私は彼に声をかけた。星でしょ。いや、ベンチに寝転がってふたりで蛍を……。冬に蛍がいるわけがない、お化けでも見ていたのかとＹが言い、その笑顔に安心する。誰かが携帯用スピーカーで時季外れのクリスマスソングのような音楽を流しはじめた。センチメンタル！　Ｙが振り返って音楽の方向に声を投げた。私はそのセリフが自分以外に投げかけられたことにほんの少し落胆するけれど、嫉妬するほどでもない。ジョニ・ミッチェルだ、と和也が答えた。いつの間にか彼もそんな音楽を聴くようになっていた。私は冷たい水に手を突っ込んで光る何かを海に返す。ジョニ・ミッチェルはＥＳも好きだといつか言っていた。ジョニ・ミッチェルの歌をサンプリングしたジャネットの曲があり、それが素晴らしいのだ、と。あれからジャネットのアルバムを手に取ることはなかった。「River」は、飽きるほど聴いた。

貝殻でも探すかのように靴で砂に弧を描きながらホテル周辺の浜辺をうろついてみるものの、Yや知った顔は現れず、島の子どもたちや海を眺める観光客ばかりとすれ違う。その数も、だいぶ減った。子どもの頃は本土からの観光客でずいぶん賑わっていたはずだが、今ではかなり寂れてしまっている。ビーチを後にして、近くの小さな飲み屋街を散策してみることにした。

夕方、まだ営業を始めたお店はほとんどない。成人式の夜、焚き火の後に皆で行ったフィリピンパブは今もまだ営業しているようだった。私が思い描いていたよりも店内はずっと広くて、入ってすぐにカウンターが並び、奥に広いカラオケルームがあった。その時、私たちは男女合わせて十数人いたが、まだまだ入れそうなくらいに広かった。友人たちは高校生の頃からここに入り浸っていたのか、慣れた手つきで端末を操作して曲を入力した。店のママが飲み物を満載したトレイを持って部屋に入ってくる。大人になって、と嬉しそうに笑う彼女の顔には見覚えがあった。ペドロのお母さんでしょうか。そうだよ、と隣にいたYが頷く。ペドロは元気ですか。あなたたちの後輩、同じ中学校に通っている、と彼女が答える。すっかり背も伸びて、バスケ部のエースになった。そういう彼女はあの頃とほとんど変わっていない。私のことを覚えていたようで、宝石をありがとうと微笑んで彼女はカウンターに戻った。私は酔いに任せてYの隣に腰を下ろし、フェイ・ウォンの「Eyes on Me」を歌ってみた。『FF8』のテーマ曲で、シリーズで初めて歌入りの曲が採用されたものだ。いい曲だね、英語よくわからないけど。Yが言った。最後に遊んだFFは『6』で、高校に入ってからはゲームで遊ばなくなったそうだ。それから「渚」を彼が歌い、中学の卒業式の日から時間が止まったままのような感覚を覚えた。

あれから、長い時間が経った。外から覗き込んでも開店まで時間があるのか、パブの店内に人の気配はない。ペドロの母親はまだここで働いているのだろうか……そんなふうに考えていると、父からの着信に気づいた。ビーチの近くにいると伝えると、ちょうどいいからホテルで晩御飯にしよう、と彼はそれだけ言って電話を切った。

そういえば、スーパーファミコンはあの後どうしたの。食事も済みビールも飲み終えて、気になっていたことを私は父に聞いてみた。お前の部屋にある。捨てていない？　なぜ捨てる必要があるんだ、まだ遊べるはずだ。遊べない、壊れたのに。いや、あれはツトムにお下がりであげて、高校に上がるタイミングで返してくれたよ。ツトムは私のふたつ下のいとこだ。でも、お父さん目の前でひどい壊しかたしたよね。そんなことするものか。話は全く嚙み合わない。家に帰ればわかること、と会話を切り上げ窓の外を眺めた。少し前から雨になっていて、ホテルのプールの表面に大粒の水滴が躍っている。ふたりの兄も本島に職を見つけ、祖父は数年前に亡くなり、祖母は隣村の施設に入った。家には父と母だけが住んでいる。父も母も最近一緒に外で食事をする時はいつもコーラを飲んでいて、彼らの味覚も変わったのだと妙な気持ちになる。皿とジョッキが片付けられ、私はもう一杯ビールを頼んだ。若いウェイターがおぼつかない手つきで食器をキッチンに運んでいったところで、この瞬間を待っていたとばかりに母が口を開いた。和也が今年結婚した。子どもも来年生まれる予定らしい。Yは？という言葉が口をつくことはない。二杯目のビールが届き、私はそれを五分の一ほどひと息に飲んでから、窓の外、プールのそばに立っている自分を想像してみた。プールのへりに足をかけて、しばらくの間雨に服が濡れるままに任せる。水が怖くなくなったのは、きっと秘境へ旅した後だった。

以来、プールの夢も見なくなった。振り返るとレストランの中では両親が首を振りながら、お前はどうなんだ、などとこの頃は会うたびに口にする小言を交わしていて、私は曖昧に相槌を打ちながらプールの方を眺めている。もう、誰も背中を押さない。それならば、と私は自ら水の中に倒れ込むように落ちた。雨がかすかに背中を押して、私の体は水に飲み込まれる。視界は無数に増殖する気泡に覆われ、鼻先がプールの底に当たる寸前でふわりと体が浮き、泡が消え静寂の世界に包まれた。体をそっと回転させて水面を見上げた。雨の水滴が円を描いては互いにぶつかり曖昧な形になり波に消えてゆく。その向こうで人影が私を見下ろしていた。ホテルからの光を背に受け表情は影になって見えない。金色の髪が白い波に揺れていた。しばらくそのままで、水の向こうの彼を見ていた。行くぞ、と言う父の声に私は我に返って残りのビールを飲み干した。席を立ってプールをよく観察してみたものの、雨が描く模様のせいで水中には何も見出せなかった。

家に戻り部屋のタンスを探してみると、確かにスーパーファミコンはあって、目立った傷もない。本体の上には、『ＦＦ４』のカセットも置かれていた。プレイしてみたい欲求にかられるものの、やめておく。代わりに、iPhone で YouTube を開き『ＦＦ４』のメインテーマを探した。検索結果の一番上に出てきたのは歴代作品の代表曲を集めたもので、それをクリックした。アルペジオの「プレリュード」、『ＦＦ４』の「愛のテーマ」、『ＦＦ７』メインテーマ、「Eyes on Me」、「Melodies of Life」と、次々流れる懐かしい音楽に耳を傾けた。ベッドに横たわっていると、次第に眠気が枕に載せた頭を覆いはじめた。「ザナルカンドにて」のピアノが流れる。『ＦＦ10』のオープニングで流れた曲だ。まだ水の中にいるような感覚を覚え、瞼が重くなる。

結局あのゲームもラスト直前でプレイをやめてしまった。東京から大阪に帰ったあの日以降、すっかりゲームに手をつける気がしなくなっていた。どこまで進めただろうか……iPhoneが手からマットレスに滑り落ちるかすかな音が、外の雨音に紛れた。

　海からかすかな風が吹いて体をすり抜けていくような感覚に目を覚ますと、開け放した木窓の向こうに蛍が一匹、中空を舞っていた。隣の枕には、つい先ほどまでいた人が残したかすかな窪みがあった。柔らかな光に見とれていると、庭のハイビスカスの前に見慣れぬ小さな影を見つけた。フード姿の少年だった。いつかの冒険者たちが探していた少年だろうか。歩き出した少年を追うように、シャツを羽織りサンダルを履いて、細い小径を抜けて浜辺に向かった。島の森はいつの間にか巨大な一本の木に成長していて、内海を覆うようにその枝葉を広げていた。ずっと追ってきていたのか、背後から現れた蛍が海へと向かう。二匹、三匹、とそれに続くように数えきれないほどの蛍が現れ、水上に舞いはじめた。水辺に立って海を眺めている見慣れた後ろ姿を見つけた。眠れない時は、いつもそうしていた。少年が道を空けてくれ、そっとその影に近づいて、肩に手を置いた。その時、まだ雨が降り続いていることに気づいた。大丈夫、ザナルカンドは眠らない。懐かしい声だ、私は思い出す。このシーンは、覚えている。夜明け前に、海を見にいこう。街の灯がひとつずつ消えて星も消えて、かわりに水平線がぱーって明るくなってく。バラ色って、いうんだろうな。海と、空と、街もぜんぶ染まる。きれいなんだ、すごく。私は記憶を探る。いつかの東京、夜明け頃の風景を。私もかつて、確かにそこにいた。しかし……両頬に張り付いた金色の髪を伝って、水滴がいくつも水面に落ちてゆく様を眺めていた。そんなことはできない。それはふたりともわかっていた。もう、戻れないのだ。蛍が秘境の奥へと消え、夜の世界は暗闇に戻されてゆく。ふたつの人影が闇に混じって消え、少年の気配もなくなった。雨粒が、私の体を透過して砂浜を重く濡らしていった。

階下から漂ってきた味噌汁のかすかな匂いが鼻先をかすめ、私は目を開いた。窓を開けて、黄緑に輝くさとうきび畑と青い空をしばらく眺めていた。雨もあがり、夜の気配はもうどこにも感じられなかった。物語の続きを知りたくなり、マットレスの上の iPhone を手にとって、ＦＦ10、あらすじ、と検索をかける。めぼしいサイトを探して検索結果をスクロールしていると、ＦＦ10 ＨＤリマスターの文字が目に入った。最近リマスター版が発売されたようだ。それならば、プレイして終わらせてしまおう。すぐに、ＰＳ3とソフトをアマゾンで注文した。結局、「ゾーイー」を両親の寝室で読むことは叶わなかった。今度来た時は、必ず。そう考えて、『フラニーとゾーイー』は部屋に残していくことにする。朝食の後、母の運転する車で港に向かった。

明るい金色の髪が風に揺れ、彼はその街並みをどこか懐かしそうに眺めている。コバルトブルーに輝く瞳がほんの少し揺らぎ、悲しげなため息をつくけれど、なぜか安堵しているようにも見える。最後かもしれないだろ？　だから、全部話しておきたいんだ。ついにたどり着いたザナルカンドの廃墟を前に、焚き火を囲む仲間たちにマーティはザナルカンドでの暮らしのこと、これまでの旅のことを振り返り語った。ザナルカンドはずっと昔に滅びていた。それは廃墟を眼前にした今、彼にとっても否定しようのない事実となったようだ。日が暮れて、満天の星に幻光虫が舞っている。でも、マーティはまだまだ話し足りなさそうだ。彼がどうやら祈り子たちが夢見るザナルカンドの住人であることを、ユウナは気づきはじめている。夢の世界の住人であることを。そうすると、すべてが終わった後彼はどうなるのだろう。なあ、もっといろいろあったよな。そういえばあの時とか……誰か、なんかない？　ユウナは立ち上がって、喋り続けようとするマーティを優しく制した。思い出話は、もう、おしまい。

　うちに泊まっていいよ、もともとそのつもりだったから。あの日ＥＳが言い、どうしようかな、と私は返事になってない返事をした。長蛇の列に辛抱強く並び、いくつかのアトラクションを体験したあと、カフェに入りシフォンケーキとアイスティーを頼んだ。さすがにお互い疲れていて、無言でケーキにフォークを突き刺しては口に運んだ。座るとさらに疲労が重く体にのしかかった。私はその時になって、持ってきた写真のファイルをＥＳに見せるのを忘れていたことに気づいた。しかし、視線を脇のバックパックに落としてもソファに置かれた手は痺れたように重たく動かなかった。言葉少なにどうにか会話を繋ぎ会計をしようとレジに立ったところで、私は財布にお札が入っていないことに気がついた。別に後でいいよ、ＥＳが全額を払った。気まずかった。東京駅に戻ったらＡＴＭに寄ってすぐに返します、私はそう言って出口に向かうＥＳの白いＴシャツを追った。園内はどこもかしこも人で溢れなかなか駅にたどり着けず、それがまた疲れから来る苛立ちを増長させた。西日が差し込む電車の中、寝たふりをして東京駅に到着するのを待っていた。眠くないわけではなかったが、なかなか眠りに落ちることはできなかった。ＥＳが愛想を尽かしたのではないかという不安は消えず、そして一緒にいると感じるかすかな圧迫感のようなものにも気づいていた。東京駅に着いて、彼に借りていたお金を返した後、やはり今日は大阪に帰ることにしますと伝えた。そう、とＥＳも答え、遠慮なんかしないでいいのに、と言いながらも私を強く引き止めるわけでもなく、じゃあ、またいつでも遊びに来るといいよ。と微笑んだ。その笑顔を見て、東京にいたいという願望がくすぶった時にはもう遅かった。発車のベルが鳴ってドアが閉まり、日が落ちた東京の街から私を高速で引き離しながら、新幹線は西へと向かった。

星空の下のザナルカンドを進んだ先にある寺院には千年前に死んだ伝説の召喚士ユウナレスカがいて、彼女は仲間のひとりを選べとユウナに告げた。そのひとりを、祈り子にする。究極召喚によって祈り子は究極召喚獣となって、その強い絆がシンを倒す力となる。究極召喚を発動すれば、召喚士も祈り子も必ず死ぬ。恐れることはありません。悲しみはすべて解き放たれるでしょう。究極召喚を発動すれば、あなたの命も散るのです。あなたの父ブラスカも同じ道を選びました。そして、それ以前の召喚士たちも。寺院の広間には幻光虫が舞い、それらが結びついて過去の記憶を呼び覚ます。まだ間に合う、帰りましょう！と若きアーロンが叫んだ。それでもブラスカの意志は固い。ジェクトは自ら究極召喚の祈り子になるとまで言っている。オレの夢は、ザナルカンドにいる。でももうザナルカンドには帰れないらしい。それならここで意味あることを成し遂げたい。過去の幻が現れては消える。ユウナレスカは執拗に選択を迫った。いやです。ユウナは断言した。

秋の終わりごろからすっかり学校に来なくなっていた灰司は、卒業式にも姿を現さなかった。式の後、二次会で私はさちこを前に飲んでいた。彼女は年末にもう一度灰司にデートを申し込み、いつもより丁重に断られていた。結局今日も来なかったね。私が言うと、もうあんな男からも卒業やと一杯目を早々に飲み干してさちこが言った。そもそも入学してない。おもろないし、とさちこはおしぼりを私に向けて放り投げ笑ってくれる。それから心斎橋での三次会も終了となり、私は自転車を押しながら御堂筋を上る。留学先も決まり、三月中に部屋を引き払うことになっていた。この自転車はどうしようかと考えながら右折して中央大通に入ったところで、灰司に譲ったらどうだろうかという考えが浮かび、深夜であるにもかかわらず酔いに任せて彼の携帯に電話をかけた。卒業おめでとう。すぐに懐かしい声が応えた。ありがとう。四月からは、どちらへ？　ちょっとアメリカまで。ええなあ。遊びに行けるかな。きっと何もない田舎だよ。田舎もたまにはええやん。いや、田舎で育ってるから……。田舎の質が違うんちゃう？　そうかもしれない。ところで、自転車欲しくない？　あぁ、あのおんぼろ、あったらあったで助かるかも。あと二週間ほどで部屋を引き払うのだけど、取りに来る時間あるかな。今行ける。今？　そう、ちょうどバイトあがりやから。わかった。たしか堺筋《さかいすじ》本町の駅を越えたあたりで私は電話を切った。自転車を押しながら農人橋交差点を渡ると、懐かしい猫背の影がマンション脇のガードパイプにもたれかかっているのが見えた。早いな。たまたま、やで。そう言って手に持っていたコンビニの袋を持ち上げた。誕生日プレゼントかな？　そうそう。兼、卒業祝い。ふたりでガードパイプに腰を委ねて、鬼ころしのストローを吸った。背後では高速道路が轟々とうなるような音をたてていた。あの音も部屋から見る高速道路の景色も、過去になった。スーツなんか着て、すっかり大人やな。そっちは、どうすんの？　俺は大阪に残る。バンド？　わからへん。でも、やりたいことが何かわからないから、どこにも行かない。こっちはやりたいことすらわからないのにアメリカに行くけど、私はそう言って、その夜は無縁でいたかった不安で胸の奥が絞られるような痛みを覚えた。Jなら大丈夫やろと灰司が微笑み、鬼ころしを持った手で肩を優しく叩いた。お酒がパックの中で波打ち、その寄せては返す重みに胸の疼きがほぐされる。寂しくなるなあ、と口にした後すぐに中学の卒業式を思い出し、後悔する。彼はマンションを見上げながら、せやなあ、と言っただけだった。その瞳は何の光を反射するでもなく、黒く艶めいていた。

鬼ころしを飲み干して、ビルと高速道路の間に伸びる細長い夜空の向こうへ灰司は自転車を押しながら歩いて帰っていった。その背中を見送り、もう少しだけ飲もうとコンビニに入ると聴き覚えのある歌声が耳に入る。ESに東京で会った頃には、この「DISTANCE」のバラードバージョンも発表されていたはずだ。この曲について話したことはあっただろうか。ESはバラードが嫌いだといつか言っていたから、このバージョンは気に入らなかったかもしれない。オーケストラをバックに歌う系が苦手だ。缶ビールをレジに置き、彼の言葉を思い出し笑いをこらえる私を店員が怪訝《けげん》そうに盗み見て、視線を落としたまま金額を伝えた。部屋に入り、ビールを開けてパソコンを起動させた。しばらく躊躇して、ブックマークしていた彼のホームページ名をクリックすると、それはすでに閉鎖されていた。

じきに私自身もホームページの更新をやめてしまった。K君の言っていた、ネット上には急速に情報が増えてゆき、見たくもないものが目に入ることもあった。情報に圧倒されるということも少しずつ理解するようになった。もっとも、私が日記の更新をやめたのはアメリカに住みはじめて新しい暮らしに馴染むことに精一杯になったからだった。そんなふうにして数年かけてアメリカの言葉や文化に慣れてゆく中で、少しずつ大阪や東京でのことも忘れていった。

時々、東京でのことを思い出すものの、答えや提示されていたかもしれない手がかりは時間がどこかへ流してしまった。ディズニーシーで少しだけ、本当に些細《ささい》な言葉、何かしら気に障ることを言われたのかもしれない。あるいは言ったのかもしれない。それが何だったのかわからないし、私には傷つけられたという明確な記憶はすでにない。しかしあの日私は傷ついており、その感覚は長らく消えることがなかった。同じように彼も傷ついただろう。そして、ＥＳと共有した東京の夜景は今でも記憶の底で遺跡のようにぼんやりと輝いていた。その東京は、今私が暮らしている東京とは全く別物の、夢の中の風景であるような気がした。

シンの体内にはその核ともいえるエボン＝ジュがいて、それは究極召喚でシンを倒しても死なない。シンは殻のようなもので、倒してもエボン＝ジュは別の殻を探すだけなのだ。負の循環は終わらない。ベベルで再会したフード姿の少年が言った。謎めいたその少年、ずっとマーティやユウナらを見守ってきた少年は、夢見ることに疲れはじめていた。シンを倒せてもエボン＝ジュは君たちには倒せない、だから僕たちを呼んでと彼は言う。今まで君が出会ってきた祈り子たちの力を借りれば、どうにかなるかもしれない。でも、すべてが終わったら、僕たちは夢見ることをやめる。僕たちの夢は、消える。少年がそう伝える。ユウナは、彼が何を言わんとしているのか理解しはじめている。祈り子たちが見る夢のザナルカンドの住人であるマーティも、夢とともに消えてしまうかもしれない。どうにかしなければ……。今日はここまでとコントローラーを置き、身支度をして外に出た。そろそろ映像作品の素材をまとめなければ。撮影しているうちに構想は大きくなり、「アメリカの恋人」と仮で名付けた作品は、沖縄だけに留まらず東京とアメリカも舞台にした三部作になる予定だった。三つの場所を巡る諸問題や、そこに埋もれかけた記憶、そしてそれらの場所で「僕」が関係した人たちについての、映像詩のような物語に。東京では隅田川沿いの景色も撮影しておきかったので、地下鉄に乗り京橋まで出かけて川沿いを下見することにした。途中、落ち着いた雰囲気の洋菓子店が目に入り、昼食を摂っていなかったこともあって中に入った。ショーケースの中でもひときわ目立つ、花びらをあしらった薄いチョコレートで包まれた黒い宝石のようなケーキには、アンブロワジーという名前がついている。単語の響きに惹かれてそのケーキを私はひとつ頼んで、あわせてコーヒーをオーダーした。席について iPhone で調べると、アンブロワジーは神々の食べ物という意味らしい。ああ、アンブロジアだ。ＲＰＧ的だと思い、子どもじみた連想に頭を振った。きらめく小さな金箔が載せられたチョコレートの層の下にはチョコレートムース、そのさらに奥にはピスタチオのムースとフランボワーズソースが隠れていた。ブラックコーヒーのまろやかな苦味に一息つき、そういえばＥＳもコーヒーと甘いものが好きだった、と思いだす。それから私は、いつか東京のどこかでＥＳに再会する様を想像する。その時、東京の風景はどのように変化するのだろうか。彼は甘いものが好きだから、再会にはきっとお菓子が関係しているはずだ。例えば秋。京橋の交差点で赤信号に引っかかる。眼の前で立ち止まった男が横を向いて、見覚えのある喉仏が目に入る。信号が青に変わる。後を追い、歩き方で確信する。再会したところで喜んでくれるだろうか。そう躊躇していると彼が角を曲がる。「僕」は慌ててそのジャケット姿の背中を追って、もうこの際恥も何も関係ないと開き直り、声をかけてみようと決心をする。あ、でもどう呼べばいいんだろう。ＥＳ、それとも本名？　本名、なんだったっけ。彼は気配に気づいて振り返り、微笑んでくれる。お菓子でも食べようかと思って。

でも、そんな都合の良いことは起こらないのだ。空《から》になったコーヒーカップをソーサーに下ろし、洋菓子店を出た。アンブロワジーの余韻に浸りながら京橋を抜けて隅田川沿いを歩き、秋空を反射してところどころ茜色に輝く川面を眺めていた。川沿いに立つ隅田川を示す東京都が設置した看板には、「昔、今、そして永遠の流れ」と記されている。これもまたＲＰＧ的だと少しおかしくなって永代橋《えいたいばし》に目を向けると、ちょうど橋はライトアップされて、水上に鮮やかなブルーのアーチが架かった。頭の中で『ドラクエ１』の終盤、虹の橋がかかった時のメロディが響く。どれだけ歳を重ねても、ゲームの記憶は残っている。橋の先にいる竜王を倒せば、アレフガルドの地に平和が訪れるだろう。橋の向こうには銀色に輝くスカイツリーが藍色の空にそびえていた。完成から数年が経った。建設時からずっとその異様な高さの塔を視界に入れないようにしていた。しかし、それは事あるごとに私の視界に入ってきた。もう受け入れるしかないのか……。いつの間にか東京の人間気取りで、私はそう考えたりしていた。十年以上前に初めて見た東京とは全く違う風景だった。今なら、ディズニーシーに向かう電車からもきっとこのタワーが見える。そのように想像していると、肩にそっと手が置かれ、優しく二回叩かれた。

あんなに思い切りふり向かんでも！　突き指するかと思った。ビールをひと口飲んで、さちこがまた笑った。爪がちょっと折れたわ。今時そんな古典的ないたずら誰もせえへん、頰、血出た。あんたのえせ関西弁も相変わらずやなあ。彼女が目を細める。橋を歩いていたら見覚えのある男が川辺にぼんやり佇んでおったから。夢見がちな目で川なんか見つめて何考えてたの？　まるで恋する男の目やったで。ＥＳのこと、とはさすがに言えなかった。あの頃さちこや灰司と共有した世界は、ＥＳの世界とは別だった。隅田川って、セーヌ川と姉妹河川だって知ってた？　なんやそれ。相変わらず不思議だね。さちこの口調には標準語が混じっており、左手の薬指には細いゴールドのリングが光っていた。留学から戻って、ずっと東京で働いているという。長かった髪は黒いボブにして、体つきに合った黒いスーツを着て、ハイヒールだけはあの時と同じように高いものを履いていた。しばらくふたり並び、五隻ほど遊覧船が目の前を通過するのを眺めた。なあ、とさちこが私に顔を向ける。これからビールでも飲もうかと思ってんけど、一緒に来る？　彼女とともにタクシーに乗り込みたどり着いたのはスカイツリーの真下だった。見上げると首が痛くなりそうなほどに高い塔は遠近感を狂わせた。バブイルの塔みたいだ、と私は口走る。この形はどっちか言うたらクリスタルタワーやな。驚いて隣にいる彼女に顔を向けると、グキリと首の骨が大きな音を立てた。あんたらだけのファンタジーやないで。そう言って彼女が歩き出した。コツコツと一定のペースでヒールを鳴らし、肩が大きく上下することもない、ごく自然な歩き方だった。登る？　小学生の次兄がさまよっていたクリスタルタワーの輝くダンジョンを思い出しながら私はさちこの背中に声を投げた。いや、登ってもいいけど今日はそっちじゃない、と彼女はすみだ水族館に入る。私は年間パスあるから、あんたの入場料半分払うわ、と千円札を素早く窓口のトレイに置いた。彼女についていき、たどり着いたのは、ペンギンたちが泳ぐガラスの水槽を前にビールを飲めるカフェだった。疲れるとペンギンたちに癒されにくるらしい。時々、ペンギンたちの食事も見られる。あそこの岩場にみんな飛び乗って、係員さんから小さな魚をもらうねん。食べたペンギンの名前を係の人が叫んで、それを別の係の人がメモすんの。誰が食べたかわかるように。がめつい子、いつも取りこぼしてしまう子とかおって、可愛い。確かに癒されるけど、疲れてる？　まあな、でもあんたの顔見たらなんか元気出た。ペンギンよりよほど良いわ。それは、どうもありがとう。少し酔いが回り、私は気になっていたことを聞いてみた。もしかして、『10』もプレイした？もちろん。大阪にいた頃に。せやで。でもあの金髪、さちこのタイプと違わない？　そんな基準で遊んでへんわ、と言って彼女が綺麗に折りたたまれた薄いお手拭きを私に投げる。胸にあたって膝の上に落ちたそれをテーブルに戻す。ほら、ＦＦって毎回ちゃんとした女性キャラ出してくるやろ、ファリスとか、セリスとか、ダガーとか。それがええな、って。『10』も、最後ティーダが朝日に燃える雲海に飛び込んでいなくなるのが切なくて泣いたなあ。そん時な、ああ、この物語の主人公はユウナやったんや、て気づいた。彼女も最初は頼りなかったのに、すっかり成長して……。ずっと、父と息子の物語だと思ってた。事実そうだったし、そんなんあまり興味持てへんし古臭いわって少しうんざりしながら遊んでてんけど、最終的にユウナが自ら物語を動かしはじめたのが、当時の私には驚きだった。そうだ、究極召喚を手に入れないと決断したのはユウナだった。しかし……ネタバレされた。あれ、Ｊ、クリアしてへんの、あの時買ってプレイしてたやん。いろいろありまして、ちょうど今リマスター版を遊んでいるところです。まあ、だいたい予想してたやんな。からからと笑ってさちこが立ち上がり、二杯目のビールを持ってきてくれた。それでＪ、恋はしてるん？　頬杖をついて、とろりと垂れた目で彼女が私を見る。特にしていない、と私は小さく首を振った。ほんまに、と彼女は呟き、しばらくふたりでペンギンを眺めながらカップを傾けた。そういえば、とさちこが先に口を開いた。灰司、Jの部屋が本当に好きやったな。一緒に行った時の、安心しきった様子覚えてる。せめて、あんたらみたいに仲良くなれたらもっと楽しかったのかな。果敢に挑んでいくさちこが好きだったし、私だってそんな性格になりたかった。そんなことは言えず、酒ならいくらでも付き合うとすでに半分になったカップを掲げた。ペンギンがこちらにお尻を見せて逆立ち状態のまま水槽の底を突いている。灰司には卒業してから会った？　会っていない、と私は答える。そうか。ていうかあんたも連絡くらいしてもいいのに、私からも何年か前に一度連絡したやろ。再会が苦手なんだ。時間を埋める作業が途方もなく感じられて、いつも躊躇してしまう。そんなことかと思ったわ。近々みんなで会えたらええな。そうだね。そう言ってまた十年くらい私らの前からいなくなるんやろ……まあそれでも、またいつか会えるかもしれないね。今日みたいに。

三杯目を終え、さちこが帰り支度を始めた。Jはまだいてもええよ、入場料もったいないやん。そう言われたもののひとりだと場違いな気がして立ち上がり、目で追えないような速さで頭上をオットセイが行き来するガラスのトンネルで散々頭をガラスにぶつけて笑いあった後、一緒に水族館を出た。彼女はタクシーで帰り、私は地下鉄に乗った。今日こそ『ファイナルファンタジー』を終わらせてしまおう。十年、引きずってしまった。家について、電気もつけないままテレビとＰＳ３の電源を入れた。

式典会場となるブリッツボールのスタジアムは、集まった聴衆で埋め尽くされている。今日は、集まった人びとに平和を宣言する記念すべき日だ。あの夜明けの空に、鯨のような巨体をのけぞらせたシンは無数の光の粒となり大きく散っていった。星は白みはじめた空に薄れてゆき、雲海もまた燃えるように輝いていた。この世界のどこかで、フードの少年も静かに消えていなくなった。ユウナは、聴衆に向きあう。これからは私たちの時代、だよね。その言葉に、人びとは温かい声援と拍手で応える。少しだけ不安になって、仲間を振り返ってみた。その言葉に、大それたことを言ってしまい大丈夫だったのだろうか。頷くみんなを見て安心する。そこに、彼はいない。深呼吸して再び人びとに向き合う。ひとつだけ、お願いがあります。胸元のネックレスが音を立てた。ずっと身につけていたはずなのに、ずいぶん懐かしい響きだった。いなくなってしまった人たちのこと、時々でいいから思い出してください。そう言った後、少しでも体を動かしたら消えそうなほど繊細に光る光が、虹色の残像で曲線を描きながら目の前を横切ってゆく。蛍のような光は視界の端で一度その灯りを強くして、蒸発するように消えた。

六月、この季節に島を訪ねるのはずいぶん久しぶりだ。曇り空の下、実家の寂れ具合は相変わらずだった。しかし、家の中は二年半ほど前に帰ってきた時よりも賑やかだ。昨年長兄一家が那覇から島に戻り、現在は家族三人で二階に住んでいる。彼は父の会社で働きはじめ、いずれは継ぐ予定であるそうだ。それによって私の部屋は彼の息子ケイのものとなった。部屋にあったためぼしいものはまとめて一階の階段下の物置に詰め込んだという。必要なものがあったら東京に送るからまとめておくといい。彼の言葉に物置を覗いてみると、本の束の上にスーパーファミコンと『ＦＦ４』が置かれていた。ケイにとっては古すぎるゲームなのだろう。そして、『フラニーとゾーイー』も見つけ出し、それを束から引き抜く。両親の部屋は長兄夫婦の部屋になっていたので、今さらあの場所で「ゾーイー」を読んでも意味はない。もともと祖父母のものだった両親の寝室は私には馴染みのない空間だった。ならば、もう東京に持って帰ってしまおうと私はそれだけ手にして物置を抜け出す。外に車が止まる音がして、賑やかな声が聞こえてきた。今も島に住むいとこのツトムの一家が到着したようだ。夜には那覇から次兄も着く予定になっている。今夜は祖母の通夜だった。

晩は親戚一同で集まり食事をして、夜は私とツトム、次兄で寝ずの番をすることになった。縁側に出されたクーラーボックスにはケース二箱分の缶ビールが入っており、朝まで充分持ちそうだった。私は、物置にまだスーパーファミコンと『ＦＦ４』があるのだとふたりに伝えた。あ、俺『４』は遊んだことない、持って帰ろうかな。次兄が立ち上がろうとするので、ケイに残してあげたらと私はたしなめる。あんな古いゲーム、と言いながら、次兄は腰を下ろす。ツトムに『ＦＦ４』のどのデータを消したのか尋ねると、マーティってよくわからない名前のデータを消したらしい。それは私のデータでしかも途中だった。マーティってなんだよとツトムが笑う。昔からその名前だったな、と次兄がすかさず言う。そういえば、もうすぐ『ＦＦ15』が出るね。私が遮るように言うと、男四人のロードムービー風らしい、子どもの頃からの夢が叶ったじゃないか、と彼が返した。ツトムはスーパーファミコンでゲームは卒業したが、次兄は今でも時々『ＦＦ』をプレイするそうだ。数本の缶をそれぞれに空けた後、次兄とツトムがタバコを吸いに縁側に立ち、障子を取っ払った隣の部屋に横たわる祖母とふたりになる。供えられた花の香りが鼻をついた。あの日、私が秘境で落としたのは何だったのだろう。そして彼女は、行ってはいけない場所にいたことをなぜ感じることができたのか。子どもだった私を、何から遠ざけようとしていたんだろう。多くのことを聞けずじまいだった。話されなかったことは、話されなかったままにとどめておけばいい。私は新しい線香を立てて、外に出た。縁側で飲みはじめていたふたりに散歩に行くと声をかけて、クーラーボックスから缶ビールを一本抜いた。午前三時に散歩とは。そう言いながらもふたりとも行き先すら聞かない。私は森の道を登り、山の頂上を目指した。展望公園にはすぐにたどり着いた。さすがにこの時間だと誰もいない。そこから、iPhoneのライトをつけて頂上に向かい、そこにも誰もいないことを確かめて、ビールを開けた。知らないうちにベンチは撤去されていた。ベタ塗りされたような真っ黒な空の下、私はジャケット姿のまま芝生に仰向けになった。蛍が現れる気配はない。私は、目の前の暗闇を見る。心地よい風と木々の音だけが、私が島にいるのだということを伝えていた。湿った土がジャケットを湿らせるままにして、首を持ち上げてビールを飲んで、目の前の暗闇がかすかに揺らぐ様を眺めていた。

翌日の告別式の後、仕事があるからと次兄は夕方のフェリーで那覇に帰った。私は実家に部屋がないことを口実に、ずっと泊まってみたいと願っていた海辺のリゾートホテルに一泊する予定だった。親戚もほとんど帰って一息ついたところで、父母、長兄の家族、そしてツトムと、オードブルの残りをつついた。長兄の息子と会うのは数年ぶりで、八歳の彼は影の薄い叔父に戸惑っていた。ケイ君、那覇は恋しくないですか。私も甥にどう接していいのかわからずに、敬語で話しかけてしまう。マーティおじさん、とケイが待ち構えていたように応えた。ツトムに顔を向けると、大げさに首を振る。アメリカにいたんだよね。そう、いた。なんで戻ってきたの。本当は、いたかったんだけど。俺なら戻ってこない。ケイが宣言する。ちょっと、と彼の母がたしなめる。そうだね。ケイ君は、アメリカに行きたいんだ。わかんない、でも、出ていったら戻ってこないように頑張る。それならおじさんに英語を教えてもらうといい、と父が微笑む。やはり、『フラニーとゾーイー』は物置に戻しておこう。いつか、ケイが手に取るかもしれない。ケイは秘境に行ったことがあるのだろうか、そしてあの男はまだいるのだろうか。今度帰ってきたら、みんなで西の浜に行こう。私が言うと、ケイが歓声をあげた。おいおい、と長兄が口を挟む。車運転できないくせに。歩いても行けるよ。波が速くて危ないから、と母が諭す。マブイ落とすよ、と誰から習ったのかケイがどこかそれを期待するように叫んだ。私はその背中に、戸惑いつつ手を置いてみる。ひとつくらい落としてもどうにかなるものだよ。「七つの子」が流れはじめたところで私は腰を上げた。車で送るという長兄の申し出を、歩いても十分少しだからと断ってホテルに歩いて向かう。マーティおじさんまたね。ケイが手を振った。次回会う頃にはその呼び名を忘れていてくれたらいいのだけど。彼に手を振り、実家を後にする。雲はまばらになり、空が少し開けている。初めて泊まるホテルのベランダから見える海は、砂浜から見るよりもずっと先まで見渡せるような気がした。カメラは持ってきていないので、私はただ目の前の風景を眺め、記憶にとどめておこうとした。梅雨時だからか浜辺に観光客の姿はない。島の子どもたちがTシャツ姿のまま水に入り、プラスチックのブイを沈めては勢いよく浮かび上がってくる様に歓声を上げている。声変わりが始まった、少しおぼつかない音調だ。少し離れた場所で、彼らと同い年ほどの女の子ふたりが浜辺を歩き、先を進むひとりが石を拾っては水切りをしている。十回ほど跳ねるのがここからも見え、海の中の少年たちも見ていたのか拍手をする。彼女は片手を上げてそれに応え、また歩きはじめた。その後ろを歩くもうひとりが、水辺にかがんで何かを拾う。彼女はジャージのポケットにそれをしまった。少年たちが海から上がって少女たちと言葉を交わし、皆で連れ立って浜辺に放り出された自転車に乗り、去っていった。ブレーキの金切り音が断続的に鳴っていたのも聞こえなくなる。

海辺には先ほどのブイが打ち上げられていた。この海の先に沖縄本島があり、その向こうに太平洋が広がっている。しかしこの高さからでは水平線に何も見えなかった。海面に小さな丸い影が浮かび上がった。潜っていたのか、人……男の頭だった。彼が立ち上がって頭を大きく振ると、日に焼けた髪がピンクに染まった。そのまま、裸の上半身を水の上に出したまま男は海を眺め、私もその後ろ姿を見つめていた。柔らかい光を背中に浴びていた男が振り向き、浜辺に向かう。日が沈み、風景は急速に明るさを失いはじめていた。浜に上がった男はもう一度頭を強く振り、ホテルの方に歩いてきた。水着の下に伸びるO脚に見覚えがある気がしたが、歩き方が違う。男はプールのそばにあった屋外シャワーの水を浴びて、ノブを回して水を止めた。水滴を体から垂らしながらしばらくプールを見ていた彼が、すっと顔をあげた。私と目が合う。男はごく自然に視線をそらして顔を両手で擦り、プールに飛び込む。私はデッキチェアに仰向けになり、暗くなりはじめた空を眺めていた。かすかな波音が聞こえた。男も水に浮かびながら、同じように空を眺めているのだろう。レストランから足音がして、男が水の中で立ち上がってさざ波が生じた。がらがらだね。この調子だから今夜はすぐ帰れるはず。出てきたのは、ここのウェイターらしい。聞こえてくる言葉の断片から、ふたりとも島の人間だとわかった。男はじゃあ、と声をかけ、もう一度プールに体を沈めて反対側へと泳いだ。体を一気に引き上げ、水がデッキに跳ね散った。日没を待っていたように、色を失った雲が海の向こうから流れはじめる。男はホテルには入らず、ホテル脇の駐車場へと歩いていく。海風が、プールに波を立てる。砂に沈む足音が遠ざかり、車のロックを解除する電子音が聞こえた。ドアはしばらく開けられたままになっていた。車からタオルを取り出して体を拭き、車の陰で水着からショートパンツとTシャツ姿に着替え、車に乗り込む。ドアが閉まった。カーステレオで音楽をかけるが、それは外に聞こえない。車は抜けのよい軽い音を響かせながらホテル前の幹線通りを抜けて、灯りのともった村の方へと走ってゆき、その音もじきになくなった。

ストレンジャー

Stranger #1

ブザーが鳴り、カップの中に重く沈んだコーヒーがかすかに揺らいだ。午後七時、時間ぴったりだ。アリスターはドアを開けて、ようこそ、と来客に声をかけた。こんにちは。相手がぎこちない笑顔を見せた。十月にしてはずいぶん冷え込んだ、風の強い一日だった。外気にさらされた男の頬は乾燥し、桃色に染まっている。ダイニングの丸テーブルを指してとりあえずどうぞ、とアリスターが促す。機材の入った重そうなバッグと大きな三脚を両肩に掛けたアジア人の男は、体をそっと滑らせるように部屋に入る。ありがとう、と呟きながら椅子のそばに機材を下ろし、頭を右左に傾ける。こきり、と小さな音がした。コーヒーでもどうかなとキッチンからアリスターが声をかけると、ごめんなさいコーヒーは飲めない、と小さな声が返ってきた。

腰を下ろした男に紅茶の入ったマグカップを渡すと、彼は両手で包むようにそれを持った。アリスターもテーブルを挟んで反対側に座り、飲みかけのぬるくなったコーヒーをすすった。

さて。簡単な説明は聞いたけど、私は具体的にどうすればいいかな。カップから口を離し、男が深呼吸をする。カップの紅茶が湯気を立てている。そんなに緊張しなくていいのに、とアリスターは思う。むしろ緊張しなければならないのは撮影を引き受けた私のほうなのだから。写真家だという男に会ったのはイーストヴィレッジのバー、フェニックスだった。

会う約束をしていた男から急な仕事で行けないとメッセージが届き、アリスターはひとりフェニックスのカウンターに寄りかかってビールを飲んでいた。よくあることだ。一杯だけ飲んで帰るつもりだった。いや、お前なんか部屋に入れないし誘いもしないから、と刺々《とげとげ》しい声が背後から聞こえた。ちらりと声の方向を見ると、華奢なアジア人が気の強そうな短髪の白人の若者と向き合っている。ふたりとも二十代前半だろう。明らかにおかしいのは、アジア人が胸の前にボードを掲げていて、そこに「Take Me Home」と書かれていたことだ。短髪の男は顔を真っ赤にして腕組みをしている。アジア人はきっと美大生か何かだろう、アリスターは白けた気持ちになって彼から視線をそらそうとしたが、その黒い瞳が揺れるさまに目を惹かれた。美大生にしては、押しが弱すぎないか。どういう目的で彼がそのメッセージを掲げているのかを知りたくなって、短髪の男から離れる彼の姿を目で追った。もともと虫の居所が悪かったのだろうか、短髪の男はファック・ユー、と吐き捨てるように言って手にしていたビールを呷《あお》った。アジア人は入口から一番遠く暗い壁際のスツールに、所在無さげに腰を下ろした。ボードはまだ胸の前に掲げている。何してるの、とアリスターが声をかけると彼がびくりと身構えた。怒らないから大丈夫。そう微笑むと、ありがとうと男が安心したように言った。初めて面と向かってファック・ユーなんて言われたかも。左頬にかすかなえくぼができた。何か飲むかと男に尋ねる。話を聞かせてよ。少し迷って彼がステラと答え、カウンターで瓶を二本買って彼に一本渡す。さて、それについて教えてくれないかな、とボードを顎で示した。男が語りはじめ、アリスターは頭を傾けてか細い声に集中する。どこの国の訛りなのだろうか、いまいち特定し難い、不思議な響きの英語を喋る男だった。発音はしっかりしていて聞きづらくはないけれど、声が小さいので、自然と前かがみの姿勢になる。誰かがジュークボックスで選んだらしい流行《はや》りのポップソングが流れる中、言葉を拾ってゆく。

僕をあなたの部屋に連れていってほしい。そして、あなたと僕、ふたりの写真を撮らせてほしい。まるで、僕たちふたりが恋人同士であるかのような写真を撮りたい。カメラのタイマーをセットするから撮影者はいなくて、僕たちふたりだけで……。男はそこで語りをやめ、ステラを飲む。丘のようになだらかな喉仏が上下する。それから続きを話すのかとアリスターは待っていたけれど、そのままこちらの様子を窺っている。君と僕が恋人として、か。それは構わないとアリスターが言うと、見上げた彼の瞳が照明の光を受けてきらめいた。でも、もう少し詳しく教えてくれないとまだ無理かな、君をうちに招くのは。男は二、三度瞬《まばた》きをして、瓶を口につけた。面白い写真ができあがることは想像できる。ただ、なぜ君がそれをしたいのかよくわからないから。君にとって何かしらの意味があり、そして私にとって参加する意義があるなら、うちのドアはいつでも開けるよ。

僕のアイデンティティに関わることだから。確かに聞こえたけれど、少しいじわるしたい気持ちになったアリスターは何？と眉をひそめる。僕のアイデンティティに関わることなのだ、と少し大きな声で男が言う。賑やかな店内で、近くにいた数人の男が確かに意識をこちらに向けたのを感じた。この言葉に敏感に反応する人間がまだ多い場所なのだ。アリスターは無言で彼が続けるのを待つことにした。赤の他人である男性と僕が、まるで恋人同士であるかのように写真に収まっている。そのような写真を一枚、また一枚と違う男性と撮り続け、そして、その写真を作品として見せることで、僕がどういう人間か見た人が理解してくれる。そんな作品にしたい。そこまで一息に言ってから男はビールを飲み干した。今、幾つになる？　アリスターは少し間を置いて質問する。二十三、と男が答えた。出身は？　オキナワ。知らない土地だった。日本、と男が付け加える。台湾に近い東シナ海に浮かぶ亜熱帯の島々。文化的には日本本土とはかなり違っていて、気候はハワイみたいなところ、といえばわかりやすいかな。暑くて海が綺麗で何もないところで、その中の小さな島で育った。一番大きな島には、いくつもの米軍基地がある。アリスターは見たことのない南国の島で男がこれまでどのように生きてきたのかを想像してみる。おそらく、アメリカとは異なる規範があり、差別や偏見もあるだろう。日本だってセクシュアル・マイノリティにさほど寛容である印象のない国だ。その国の南端にあるらしいところから、ここニューヨークまでやってきたらしい。冷たく湿ったスコットランドの田舎町を出てきた自分と、そう変わらないのかもしれない。幼い頃から、エジンバラやロンドンに住むことを夢見ていた。灰色の雨と雪に沈んでゆくような、陰鬱な町だった。ビールを飲む。わかった、いいよ。男は驚いたように目を見開いてアリスターを見ている。うちに来てよ。本当に？　ありがとう、と彼が小さくお辞儀をする。どうぞよろしく、とアリスターは手を差し出した。ジャック、男が言う。みんなは僕をジャックと呼んでいる。

服、少し脱げるかな、全部でなくても、嫌なら着たままでも……リビングでもじもじしている写真家に応えて、アリスターは下着だけになってベッドに横たわり、両手を頭の後ろに組んで開いたままのドアの向こうに目を向けた。カメラの調整をしていたジャックがそっと部屋に入ってきて、あたりを見回す。アリスターの体を見ないようにしているのか、言葉を交わしても目を合わせることなく照明の位置やシーツの乱れ具合などを確認している。ちょっと動かしてもいいかな、先ほど脱ぎ捨てた服をジャックが指差す。どうぞ、とアリスターは答えて少し背伸びをする。彼がTシャツとジーンズを曲げたり広げたりしてベージュ色の絨毯《じゅうたん》上にアレンジする。待たせてごめん。満足するまでいろいろ動かして。時間はたっぷりある。ベッドに再び仰向けになった。ジャックは寝室を出て、三脚にセットした中判カメラのファインダーを覗く。マミヤの645だった。試し撮りを、とポラロイドフィルムをセットした彼が、シャッターリリースを押す。じぃ、とタイマーの音が鳴りはじめる。そこでじっとして、試し撮りだから姿勢はとりあえずそのままで大丈夫。アリスターに言ってジャックが壁の向こうに消えた。僕はこっちのソファに座ってるので。

リビングのソファは寝室のドア脇に置かれていて、向こう側から撮ると開けられたドアの枠がもうひとつの縦長のフレームを作り、リビングのジャックと寝室のアリスターが分断されたようなイメージになるのだろう。壁の向こうで相手がどんな表情をしているのか、アリスターにはわからない。切ないな、と思ったところでシャッターが切られ、再び視界に入ってきたジャックがポラを引き抜き、両手の平でそれを挟む。現像には一分ほどかかる、ちょっと待ってて。アリスターは起き上がり、サイドボードに置いた水を飲む。スコットランド出身なんだよね、いつニューヨークに来たの？　手を合わせたまま開いたドアの向こうから彼が聞いた。もう六年くらいになる。大学を出て今はウェイターの仕事をしているけど、しばらくしたら大学院に進んでキュレーションを学びたいと思っている。スコットランドには、戻るの？　帰りたくはない、とアリスターが答える。そっか、とジャックが言ってポラロイドの印画紙を台紙から引き剝がした。ポラロイド特有の柔らかい描写で部屋の様子が写し出されている。白熱球の暖色に染まったリビングの壁にはいつかのロバート・ラウシェンバーグ展のポスターが貼られていて、ソファにジャックが横たわっているが、動いていたのか少しぶれている。窓際、花瓶に生けた花束は枯れかけ、花びらのいくつかが落ちていた。開け放たれたドアの向こう、寝室の床にはアリスターの衣服が脱ぎ捨てられ、シーツが乱れたベッドにアリスターの姿がある。恋人同士という設定ならば、なぜ君と私は同じ部屋にいないんだろう。アリスターの指摘にジャックは、初めての撮影で同じ部屋に被写体と一緒にいることに気後れしてしまって、と正直に口にした。こんな作品作っている割にはずいぶんシャイだ。きっとこういう気質だから作品で少しだけでも変わってゆけたらと思って……二十三にしてこんなこと思うなんて、遅すぎるとは思うけど。そんなことないよ。

それじゃあ、本番の撮影に進めていいかな、とジャックがフィルムをセットした。アリスターは再びベッドに横たわる。ポーズはどうすればいい、さっきと同じ？　彼が腕組みをしながらアリスターを眺めた後、右腕を頭の後ろに置いて、右膝を少し立てて、と言う。あ、間違えた、左膝。左手はどうすればいい。お腹の上に。そう、でも……ちょっとごめん、とジャックがアリスターの右手をそっと持ち上げて、ボクサーショーツのバンドのあたりまで下げる。そんな感じでいて、とりあえず何枚か撮ってみる。ジャックが部屋を出て、こちらに小さな背を向けたまま着ていた服を脱ぎジーンズだけの姿になって、また壁の向こうに消えた。無造作に床に広がる紺色のスウェットと小さな白いＴシャツが雪山のようだった。じゃあ、このまま何枚か続けて撮るよ。壁の向こうから彼が声をあげた。かしゃん、と中判カメラが音を立ててシャッターが切られた。

撮影を終え建物を出て、ジャックは大きく息を吐いた。冷たい風が上気した頬を冷やしてゆく。ポケットから携帯電話を取り出して、ひとり目の撮影が無事に終わった、とソラヤに寒さと緊張のほぐれから少し震える指先でメッセージを送ると、よかった！　今度詳しく聞かせて、とすぐに返事が届いた。ソラヤはジャックと同じ大学の写真コースに通うイラン系アメリカ人だった。知らない男たちと一緒に写った写真を彼らの部屋で撮影する『Strangers』を始めるきっかけとなったのも、一年前の夏、学期最後の日にソラヤや他のクラスメイトらとミッドタウンのバーで飲みに出かけた夜の出来事だった。アメリカに来て数年が経ち、ジャックもやっとそのような飲みの席にも誘われるようになってきた。それまでは、ほとんどひとりで過ごしてきた。

こんなはずではなかった。ニューヨークに来て最初の一、二年、ジャックはそう思いながら暮らしていた。街で親密な様子の男性ふたり組が目の前を通り過ぎれば、すぐに目を落とす。バーに出かける勇気もなかった。ここにいても何も変われないのだ、ここにいてはいけない人間なのだという絶望感にとらわれ、不適合者である自分に人の視線が注がれているような気がして、外を歩くのすら苦痛になりはじめていた。颯爽《さつそう》と流れるように歩くニューヨーカーたちの中、うまく歩けていないような気がして、立ち止まっては人にぶつかって舌打ちをされた。歩道の端を歩くようになった。ああ、くたびれているな、と思いながらも、何もできずにいた。毎晩部屋で、日本から持ってきた一冊のアルバムをめくっていた。ほとんどは大阪にいた頃、ＬＯＭＯ ＬＣ－Ａで撮った日常のスナップだった。日本にいたときはカムアウトできず、それが辛かったはずなのに、その日々すら懐かしく思えてしまう。学校の友人たちや、ネットを通して知り合った、いくらか心の許せる友人がいる日々。それはそれで居心地が良かったのかもしれない、そんなふうに考えるようになっていた。ある日、目の前を歩くスーツ姿の男の背中を無意識のうちにずっと追いかけていることに気がついて、ジャックは自分の行動に驚いた。ちょうど歩調が一緒だっただけかもしれない。いや、彼のほうがずっと足が長くてジャックはいつもより早歩きだった。しかし、足を止めることができなかった。その背中が自分を救ってくれるような気がして、彼の後ろを歩き続けた。男が地下鉄の駅手前で振り返り、ジャックを見た。急いでそらそうと思ったけれど、向こうの目がジャックの目を捉えて離さない。身が竦《すく》むような心地だった。どうにか歩みを緩めずに彼の横を通り抜けたところで、男がジャックの肩に手を置いて、微笑んだ。ハロー、ストレンジャー。ジャックは立ち止まる。端正な顔立ちの男で、長めの黒髪をオールバックに整えていた。そのブラウンの瞳に吸われるように、顔から血の気が引いてゆくのがわかった。肩に置かれた手を振り払って、歩き出した。自分は、彼を追い続けて何をしたかったんだろう。逃げずに彼についていって、例えば彼の部屋に入ったら、どうなっていただろう……突飛な考えが浮かんで頭を振る。数ブロック先にある地下鉄の駅を駆け下り、じっとゴミの散乱した線路を眺めていた。視界の真ん中に黒いものがあり、間もなくそれがネズミだとわかった。それは一点を見つめたまま静止している。目がぼんやりとオレンジ色に光った。視界の隅から電車が滑り込んでくるところで、ジャックは目を伏せた。

ソフィ・カルは知ってる？　騒がしいバーでもよく通る声でソラヤがジャックに話しかけてきて、顔を上げる。夏の夜だった。ビールのグラスに口をつけたまま、彼は無言で首を横に振る。きっと好きだと思うな。彼女は黒く大きな瞳と力強い眉をよく動かして、表情豊かに喋る。彼女大好き、とソラヤの隣にいたクラスメイトが声を上げる。翌日からは夏休みだったので、集まった皆が開放感に包まれていた。知らない男を尾行して、彼の写真を撮りながらヴェネツィアまでついて行ったり。その言葉にジャックはどきりとする。写真も美しいのだけれど、とても親密で謎めいた文章と合わせて展示することがあって、とにかくクールなんだ。ソラヤの言葉に、君も文章書くんだから参考になるはず、とレベッカも頷く。彼女は写真コースの講師で、学生たちとも歳《とし》が近かった。写真史や機材についてはやたらと詳しいだけの教授らとは違い、現代美術にも明るい。ソラヤは一年ほどのパリ留学から戻り、フランスで観てきた展覧会や作家についてレベッカ相手によく話し込んでいた。彼女が積極的にジャックに話しかけてくれるおかげで、クラスメイトたちとも少しずつ打ち解けはじめていた。レベッカは完璧とは言えない英語で書かれたジャックの作品ステートメントを読んでいつもアドバイスをしてくれた。確かにおぼつかない部分もあるけれど、胃をぎゅっと絞られるような何かがある、と彼女は言う。だからこれからも作品を作ったら必ずそれに添えるステートメント、というかどんな文章でもいいから書いて、そしてよければそれを私に見せて。

九時を過ぎて、ほとんど酒を飲まないレベッカは一足先に帰り、テーブル席にはあまり交流のない学生が数人残るのみになっていた。ジャックとソラヤはカウンターに移動して最後の一杯を飲むことにした。メニューを見ていたジャックは Cuba Libre というドリンクを見つける。なんとなく指をさすと、それにする？とソラヤが聞いた。何、これ？とジャックは聞き返した。知らないの、コーラとラム、ライムの……。そう言われてやっと気づく。ああ、日本ではキューバ・リバーと呼ばれていたから、すっかり River だと思っていた。Rじゃなくて L、Vじゃなくて B、英語教師のように人差し指を立てながら言う彼女に、わかってるよと笑って首を振りながら、せっかくだから、とジャックはクバ・リブレを頼んだ。それなら私もそれを、とソラヤがオーダーした。夏休みはどうするの。ドリンクを受け取って、まだ何も考えていない、とジャックが少し戸惑ったように口ごもる。ひとりきりの日々がひたすら続く夏休みは、ジャックにとって憂鬱なものだった。ソラヤは夏の間、恋人と一緒にパリに行くという。撮影旅行にでも行こうかな。去年の夏も、いろんな場所を巡って風景を撮影してきた。近郊、メトロノース鉄道やロングアイランド鉄道の海に近い駅を適当に選んで、半日ほど撮影しては帰ってくるという繰り返しだった。今年は遠くに行こうかな、そんな思いつきを口にしたところでカウンターに置いたソラヤの携帯電話が光り、彼女がごめんとそれを手に外に向かう。母からみたい。

半分ほどになったクバ・リブレが入ったグラスの足元にできた水たまりを、ジャックはぼんやりと眺めていた。僕にもクバ・リブレを、と声がした。ソラヤがいた場所に男が立っている。僕にも？　そう思いながら外に目を向けた。ガラス窓の向こうのソラヤは眉をひそめながら話し込んでいる。まだ戻ってくるまで時間がかかりそうだった。ハロー、と男が言った。確かに自分に向けて言っている、とジャックは彼を見上げた。乾杯しよう、男が言い、それに従うようにグラスを持ち上げる。夏に、と男がグラスを持った手を伸ばした。ジャックは苦笑して自分のグラスを軽く当てた。悪くない乾杯の仕方だった。

ちょうど明日から夏休みで、と自分よりもひと回りほど年上らしい男に伝えた。学生なのか、何の勉強しているの。カウンターにもたれかかって男が聞いた。写真を。いいね、でもカメラ持ち歩いていないんだね。学校で課題として写真を撮るようになってから、撮ると決めた時以外はカメラを持ち運ばなくなってしまっていた。いろんなものが目に入って疲れるのかな、と男が自分を納得させるように言った。ニューヨークに来たての頃、見るものすべてが新鮮であらゆるものにレンズを向けていた。間もなく街を出歩くことすら億劫《おっくう》に感じるようになったけれど、あの感覚をまた味わってみたいとは思う、かな。どんな写真を撮るの、と男が聞く。酔いのせいか面倒になって、風景、とジャックが呟いてもう一度外に目を向けると、ソラヤはタバコを片手に、店の前を行ったり来たりしながら通話を続けている。早く戻ってきてほしいと思いつつ、彼女や他の学生たちに男といることをどう思われるだろうか、と不安になる。ソラヤはアメリカで生まれ家族とともにニューヨークに住んでいるが、両親がイラン出身で親戚や知人の多くがテヘランに住んでおり、最近市長になったというアフマディネジャドの動向を注視していた。ちょっと不安、と彼女は苦々しい顔をした。彼女は当分戻ってきそうにない。夏休みは、旅をして写真を撮って回ろうかと思う、と男に視線を戻してジャックは言った。いいじゃないか、男が笑顔を浮かべた。白く歯並びの良い歯が現れ、魅力的な横顔だなと気づいた。三十代半ばだろうか、笑顔になると髯《ひげ》のない頬に細い縦じわが刻まれ、優しい表情に陰を与えていた。どこに行く予定なの。男が聞いた。海、と思いついたことを言うと、男がまた声をあげて笑い、ジャックはその歯並びに見とれた。海を見るのは僕も好きだ、と男がジャックの肩を叩き、もう一杯どうかと聞いた。それなら、ビールを。男がバーテンダーに頼み、再びグラスを合わせた。一口飲んで、ジャックは外にいるはずのソラヤの姿を探すけれど、見つからない。テーブル席にいる学生たちはジャックと男のことを気にかけるでもなく、次の店に行こうと盛り上がっている。休みに故郷に帰ったりはしないの、と男が聞いた。遠いところだから。どこ？　沖縄、と言ったところでカウンターに置きっぱなしにしていた携帯電話が振動した。ソラヤからのメッセージだった。彼、キュートだね。楽しんで！　あっと窓の外を見ると、クラスメイトたちもちょうど店を出ようとしていた。また学校でね、と言う彼らに中途半端な笑顔で手をあげた。

ハロー、ストレンジャー。

はじめまして。突然の連絡ですみません。

僕は大学で写真を勉強している学生で、『Strangers』という写真シリーズを制作しています。それは僕自身のアイデンティティに関わる——もっとはっきり言ったほうがいいですね。僕のセクシュアル・アイデンティティに関わるものです。またこの街に居場所を見つけだそうという目的もあります。あなたにもお手伝いをお願いできないかと連絡をしました。

手順は簡単です。あなたの部屋に僕を呼んでください。そして、あなたと僕、ふたりの写真を部屋で撮らせてください。まるで、恋人同士であるような。

この撮影の目的は、僕たちふたりの間にある種の交流、一時的な関係を構築し、それを写真として記録すること。それは親密なものかもしれないし、ふれあいはとてもささやかなものかもしれません。ただ、ふたりでソファに座っているだけでもいいかもしれません。

僕はニューヨークに来て二年以上が経ちますが、まだ居心地の悪さを感じていて、そして、がんじがらめになったような気分なのです。この作品がどのような影響を自分にもたらすのかは未知数ですが、この制作を通して自分がどのように変化するのか、解放されたような気持ちになれるのか、興味があります。顔を出したくないのであれば、顔が見えないように撮影します。

もしご協力いただけるのであれば、連絡をもらえると嬉しいです。撮影について、疑問や質問などあったら教えてください。

長いかな？　ジャックは不安になって、メッセージ原稿をプリントアウトしたものを読んでいるレベッカに聞いた。バーでボードを抱えて声をかけられるのを待ったものの、結局撮影に応じてくれたのはひとりだけだった。フレンドスターやマイスペースなどのＳＮＳで知らない男性に連絡してみたらとレベッカが提案していた。連絡する時にメッセージのフォーマットを決めてしまえば楽だろうから書いて持ってきてよ、一緒に読もう、と。少しまどろっこしいかもしれないけれど、意図は伝わると思う。自分からメッセージを送るのは、作品のあり方に反するような気がする、ジャックは言う。この方法だと自分好みの人しか選ばないいんじゃないかな。それはあなた次第だけど、とレベッカが吹き出す。それなら、クレイグスリストとかのネット掲示板にも定期的にポストすれば、バランスが取れるはず。このメッセージとほぼ同じ文面を、男性同士向けの出会い系掲示板にポストすれば、君の好みでない人もコンタクトをとってくるかもね。確かにそうかもしれない。でも、その際は充分注意して。良からぬ考えで近づいてくる人もいるかもしれないから。危険を感じたら逃げること。メール段階で変だと感じたら必ず相談すること。

それと、とレベッカが姿勢を正してジャックを見る。撮影の時は必ず同意書にサインしてもらうようにして。この先展示とか出版の時にきっと必要になる。このあいだ授業で渡したテンプレートを少しいじればいいから。窓の外に目を向けると、ここしばらく続いている曇り空の下で、つい先日まで青々としていたはずの木々がその色を失いはじめていた。茶色い街が、ますます茶色くなってゆく。冬の休みに入ったら、ソラヤたちと一緒に山小屋においでよ、レベッカが言った。山小屋は、何度か彼女が話してくれた、ニューヨーク州北部のキャッツキルにある小さな別荘だ。みんなで暖炉の火を囲んでのんびりしよう。一年少し前までは、そんなふうにみんなで旅行に行けるなんて考えてもいなかった。楽しみ、そう言ってジャックは雪深い森の風景を想像した。

Stranger #2

部屋の中から撮影されたポラロイド写真の左側に、部屋の白い壁と室内に置かれたレモンの木が写っている。ロウワーイーストサイドに建つアパート最上階の一室を、フリアンの恋人は五年ほど前に手に入れた。マンハッタンの夜景を一望できるベランダが気に入り、見つけてすぐに決めたのだと言っていた。しかし恋人は月の半分は出張に出ていて、夜景を見ながらふたりで酒を飲む機会もほとんどない。彼が長期出張に出た日、見知らぬアジア人の男からマイスペース上で写真を撮らせてほしいというメッセージをもらい、暇つぶしに引き受けてみることにした。近頃恋人はフリアンの存在を忘れたように出張ばかりだから、ちょっと羽目を外したっていいだろう。

中途半端に開けられたスライド式の窓の外、ベランダに置かれたガーデンチェアにジャックが座り、手すりに両肘をついて背を預けるようにして立っているフリアンが、開かれた窓の枠に収まる構図になっている。コンクリートの手すりと屋根に切り取られ、マンハッタンの青い夜景がパノラマのように広がって、紫にライトアップされたエンパイアステートビルがひときわ目立つ。室内の黄色い照明にふたりの顔は暖かく照らされていた。ジャックは部屋のほうに視線を投げていて、フリアンは彼を見つめている。ふたりを分かつような窓枠の位置は写真家によって意図的に決められたものだろう。なんだか、ナン・ゴールディンの写真を見ているみたい。ジャックが差し出したポラを見てフリアンは言った。ポラロイドフィルム独特の滲みもその効果を与えているのだろう。ありがとう、ゴールディンはちょっと苦手だけど、七〇年代後半のボストンスクールの写真家からの影響を受けていて、このシリーズでも参考にしてる。あの刹那《せつな》的な自由……。エイズ危機直前の、フリアンは付け加えた。

ジャックが部屋に入りカメラをセットした後、何かを決めかねているように腕を組んでいる。しばらくして、もし抵抗がなければと首をかきながら彼が言う。服を脱いでくれたら……。その提案について少しのあいだ考える。もう秋だし寒いし、ベランダに裸でいるって不自然だ。それもそうか、と彼が頬を少し赤らめて笑った。脱いでもいいんだけど。フリアンは言う。いちおう趣味でボクシングやってるから良い体してるよ、とおどけて左腕に力こぶを作ってみせる。ジャックがそれならばと口を開いた。例えば、君がシャワーを浴びた後っていう設定にしたらどうだろう。上半身だけ脱いでもらって肩からバスタオルをかけている。それでも寒いだろうけどね……でもわかった、芸術のために一肌脱ごう、とフリアンは室内に入る。ベッドルームでスウェットパンツに着替え、Tシャツを脱いで肩からタオルをかけた。リビングに戻ると、本当にボクサーみたい、と彼が笑う。なんならグローブもつけようか、とフリアンが茶化してファイティングポーズをとって、ビールでも飲みながら撮影しようよ、と提案する。ボストンスクールっぽい酔いどれ感が出るんじゃないかな。ボストンスクール、酔いどれ……。ちょうど、冷蔵庫にサミュエル・アダムスがある。ボストンのビールだよ。駄洒落かと苦笑するジャックに一本渡し、瓶のまま乾杯をする。じゃあ、本番。よろしくお願いします。ベランダに出ると、秋の風が背中を撫でた。こうしてカメラに向き合っていると、マンハッタンの夜景を背負っているような不思議な気分になった。もっとも、自分にその資格はない。

撮影が終わり、フリアンはサミュエル・アダムスをもう二本冷蔵庫から取り出した。冷たい空気が裸のままの胸に触れ、肩にかけたタオルを胸元に引き寄せる。ダイニングテーブルに座ったジャックの前に一本置いて、向き合うように座る。さっき、ゴールディンは苦手だと言っていたけれど、誰か好きな作家がいるの。先ほどから気になっていたことをフリアンは聞いてみる。マーク・モリスロー、とジャックが答える。エイズで死んでしまった作家だね。そう。彼が頷いて一口ビールを飲んだ。モリスローが撮った、《魅惑（ジョナサン）》という題が付けられた当時の恋人の写真がある。知ってる？　知らないなあ。フリアンは、椅子の後ろ脚二本でバランスをとりながら、前後に揺れはじめた。説明してみてよ。ええと、とジャックが天井に目を向ける。ベッドルームらしき場所の写真で。スプリングなしで、マットレスだけが無造作にフローリングの床に置かれている。緑色のブランケットの下、若きジョナサンが裸で、朝の柔らかな光に包まれ横たわっている。部屋には、ベッド以外に特筆すべきものはないけど、猫が何匹か彼を囲んでいる。ジョナサンは、カメラを、モリスローを見ている。ベッドには淡いピンクのさらりとした布地が広げられていて、プリーツが入ったそれはスカートのようにも見える。前日にドラァグパフォーマンスでもしたのかな。猫たちはその布を避けるように座ってる。ジョナサンの若い右腕がすらりと中空に伸びていて、不思議なことにその指先に一羽のインコがとまっている。物語の可能性に満ちた写真だよ。ふたりの関係とか、荒い粒子の向こうにあるジョナサンの曖昧な表情だとか。それから八〇年代という悲しい時代の一歩手前、今の時代の僕たちが体験することのできないあの時代。写真を撮ったモリスローは、その後数年のうちに亡くなってしまう。モリスローがジョナサンと呼んでいた彼が、アーティストのジャック・ピアソン。酔いのおかげで饒舌になったのか、ジャックはすらすらと語る。なぜ、モリスローは彼をジョナサンと呼んでいたんだろう。それはわからない。彼は正直に首を振る。そっか。フリアンは体を前に傾け、椅子の前脚を床に下ろした。そういえば、ジャックというのも君の本当の名前じゃないよね。もともと日本にいた時にJってあだ名で呼ばれていたんだけれど、それを前のルームメイトが聞き間違えたのかジャックと呼ぶようになって。それが気に入ったから。

そう、とフリアンはビール瓶から口を離した。俺の名前、フリアンなんだけど、初めて会う人はたいていジュリアンて言うんだ。それが嫌で先に自己紹介するようにしてる。出身はアルゼンチンだっけ。いや、生まれも育ちもクイーンズだけど、父と母がアルゼンチン出身。生まれた時から両親や親戚にはフリアンと呼ばれていた。でも、学校や社会に出てみんなにジュリアンと呼ばれるのが嫌で。祖父の名前と同じらしいんだ。おじいさんは、アルゼンチンに？　ああ、ブエノスアイレスにいる。会ったことはない。両親ともにうちは不法移民だから、ブエノスアイレスに行くことは不可能ではないはずだけど、一度アメリカを出たら戻ってこられない……行ってみたいけどね、ブエノスアイレス。祖父の姿や、彼が住む町の風景は、父親が持ってきた一冊のアルバムに収められた写真でしか知らない。フリアンが十歳くらいの頃、一度永住権を獲得できる機会があった。しかし父は、面接日を再三すっぽかしたあと、やっぱりやめようと言い出した。なぜ父がそうしたのかはわからない。母は激怒した。激怒どころの騒ぎではなかった。一言も口をきかず、食事も自分とフリアンの分しか作らなかった。そして、それ以外の家事を一切放棄した。父は外食をし、掃除や洗濯を黙々とこなした。夏休みだった。

そんなふうに二週間が過ぎた頃、父が突然古ぼけたシボレーのピックアップをどこからか買ってきた。休みなんだから、家族で二週間ほどアメリカを旅しよう。母の顔が赤く震えたのを見てフリアンは恐怖を感じたけれど、なぜか彼女はすぐに表情を和らげて、ふたりで行けばいい、と寝室に引っ込んだ。追いかけて部屋に入り、ベッドに横たわる母に俺も行かないと声をかけたけれど、いいの、行っておいで、と彼女が優しく微笑んだ。少し疲れた様子だけれど、久しぶりに見る笑顔だった。そのまま母がいなくなってしまうような気がして、毎日電話するからと彼女に念を押して、父とピックアップで旅に出た。

それが、初めての家族旅行だった。ひとり欠けていたけど。フィラデルフィア、ボルチモアを通り北西に上がりクリーブランド、南下してナッシュビル、そしてとりあえずテキサスに……ニュージャージーの陰鬱な沼地を通り抜けながら、地図を片手に父と行先を決めていった。冷房は壊れていたから窓を開け放って、ラジオから流れるアメリカの音楽を聴いていた。その夏に感じていた不安が、ニューヨークから離れるほどに薄れていった。日が暮れて入ったピッツバーグのモーテルで母に電話をかけ、一日のことを報告した。電話を切って、ウイスキーを飲んでいた父に、まだ家にいた、よかったと無邪気に伝えた。父はそうかと囁くように言って、ウイスキーを呷った。テレビを見ながらガソリンスタンドで買ってきた、湿ったツナサンドイッチとコーラという母が見ると怒りそうな夕食をとっていると、変化が怖かったのだ、と確かに父がそんなことを言った。このままでいいんじゃないか、と思った、と。それは、子どものフリアンですら矛盾しているとわかるような物言いだった。永住権取ったほうが安心してこのままでいられる。そうだな、と父が弱々しく笑った。

二日目は特に見所のないクリーブランドを早々に抜けて南下し、インディアナ州からテネシー州へと抜けた。風景が、どんどん広がってゆく。どこまでも続くような緑の草原にぽつりぽつりと建つ納屋、背の高い木々と深い森。行ったことのあるロングアイランド東部やニュージャージーの風景と一見そう変わらないようにも思えたけれど、世界はどんどん広くなっているような気がした。そして、少しずつ乾いてゆく。見渡す限り、限りなく直線に近い地平線も見た。これから南に向かい、どのような風景が見えるのか、楽しみだった。でも、まだ見ぬ風景に巡りあう前にポンコツのシボレーが音《ね》をあげた。全く動かなくなってしまった。そこから、一日かけてグレイハウンドのバスでニューヨークに戻った。母親に大目玉を食らうだろうと思っていたら、おかえりと笑顔で迎えられた。それからは、まるで何もなかったかのような生活。二十歳の時にバイトして貯めたお金でバイクを買って、ひとりでテキサスからカリフォルニアまで行って、帰ってきたよ。アメリカは広いんだなって、二十歳にしてようやくわかった。まだまだ、見たことのない風景がある。アメリカの外にも、きっと。

ジャックは空になったビール瓶を手の中でくるくると回している。ラベルに描かれた、頬を上気させてジョッキを掲げた男がこちらに顔を向けては消えてゆく。アメリカにいたい？　それは、このままいられるのなら、いたいよ。ボーイフレンドと一緒に、いろんなところへと旅したい。フリアンは言った。それは本心だった。君は、アメリカでこの先も暮らしたいの？　ビール瓶の動きが止まり、ジャックが頷いた。瓶は空になっていた。帰りたくない。それはまた、固い決心だね。別に、何かドラマティックなことがあったわけではないけれど。なんというか……言わずにいたことが積み重なって、息苦しくなって。もう無理だ、ここから出たい、とそんなふうに思っていた。この街に来て、このプロジェクトを始めて、自分の居場所があるんじゃないかって気にやっとなってきた……。それはこれまでになかった感覚で。とにかく、あの生活には戻りたくない。自分の核心に触れられないように、常に迂回して行動し、言葉を発していた。失ったものも多いだろうね、フリアンは呟く。俺もふと親父の選択について思い出しては、怒りを覚えたりもする。今でもね。そう言って、二本残ったビールを冷蔵庫から取り出してテーブルに置いた。まあ、飲もうじゃないか。

その日の午後はフィールドトリップとしてレベッカの案内でチェルシーのギャラリーを巡っており、最後に訪ねたのはアンドレア・ローゼン・ギャラリーだった。スペースに入ると、コンクリートの床にカーペットのように広がる黒光りする何かがジャックの目に留まった。近づいてみると、黒いビニールの包装紙に包まれたキャンディーが綺麗な長方形を床の上に形作っている。手にしていたプレスリリースに目を落とす。作家名はフェリックス・ゴンザレス＝トレス、キューバ出身の作家らしい。これ食べていいんだよ、とレベッカが学生たちに言い、ひとつ拾い上げて包装紙を広げ、黒いキャンディーを口に入れる。亜麻色の髪をひとつに束《たば》ねてタートルネックのセーターを着た彼女は、まるで少女のようにも見えた。同じようにキャンディーを口にしたソラヤに何味なのかとジャックは聞いた。リコリス味。なう、いいや。ジャックは手にしたそれを床に落とした。キャンディーは跳ね返り長方形の外に転がり出てしまった。あの味は苦手で。何よりも、言われたとおりに口にすることが悔しかったし、その作品がとても異様なものであるように思えた。《無題（プラシーボ）》という作品だった。レベッカが作家について話しはじめる。彼の作品はミニマリズムとコンセプチュアリズムの流れを継承しているけれど、それまでの作家には見られないセンチメントを有していて、時にきわめて感情的な反応を閲覧者から引き出すような作品を発表した。ほぼすべての作品タイトルが《無題》とされ、時々括弧つきで副題のようなテキストが添えられている。それは彼にとってとてもパーソナルな意味を持っていた。恋人をエイズで亡くし、彼自身もエイズによる合併症で亡くなった。すぐれた書き手だった……。エイズ危機の時代、時のレーガン政権はエイズから目を背け、治療薬の認可も遅かった。多くの人が苦しみ、命を落とした。このプラシーボは甘い。でも、それだけで何の効果もない。同時に、と人差し指を持ち上げてレベッカは言う。ここ大事、という彼女の合図だ。会期中は誰でもキャンディーを持って帰ることができるけど、毎日キャンディーは補充されて形も整えられる。食べた人には何の効果もない。でも作品は元どおりになる。

　今日の予定はここまでだけど、私はこれからプリンテッド・マターに行く、とギャラリーを出てレベッカが振り返る。街路樹の茶色い葉を木枯らしが揺らしている。くたびれた倉庫街のようでいて、立ち並ぶ無骨な建物には無数のギャラリーが入居していた。プリンテッド・マターもそのような建物に入居する書店だった。アーティストによる出版物を中心に取り扱っているから、もし興味があるなら来て。そう言いながら彼女がちらりとジャックに視線を投げる。ジャックは一緒に行くという数人の学生らとともに、二十二丁目のビルの一階、奥まった場所にある店に入る。一般書店では見たことのないような本や冊子が並んでいた。奥の部屋に進むとガラスケースの中には七〇年代の、ジャックも名前を聞いたことがあるようなコンセプチュアルアーティストの貴重な印刷物が並んでいた。それらに見入っていると、癖毛の長髪と髯に顔の半分を覆われた長身の男が店に入ってきて、何か知りたいことがあったら聞いてね、としゃがれ声で言った。外で吸っていたのだろう、タバコの匂いが鼻先をかすめた。レベッカが、フィールドトリップで来ているのだけれど、店の成り立ちについてなど教えてくれないかと聞くと、ああレベッカじゃないか、もちろん、と入りかけたカウンターから出てくる。彼はＪＤ、ここのディレクター。レベッカがＪＤとハグを交わす。彼はお店が非営利で運営されていて、スタッフは原則として皆アーティストであることを説明した。一九七六年に、女性の批評家やコンセプチュアルアーティストらによって、本や印刷物といった形態で発表された美術作品を専門に扱う場としてオープンした。作家自身で作った本や、ギャラリーや独立系出版社などによる書籍など、必ずしも一般流通に乗らないものが多い。そして、うちで扱う書籍についてはデモクラティックであることが求められる、つまり極端に少部数だったり高価だったりするものは基本的には扱わない。もう数十年も続いているから、昔から扱っていたものに価値が付いたり、歴史的に重要なものなどはこんなふうにガラスケースに入れて展示販売しているけれど。持ち込みも受け付けているから、君たちも自分で何か作ったら持ってくるといい。審査は厳しいけどね、とＪＤは一呼吸おいてがらがらと笑う。まあ、ゆっくり見ていって。質問があれば声をかけて、と彼がカウンターに入った。彼、この店で働きはじめて二十年になるんだ、だからなんでも知ってる。レベッカがカウンターに寄りかかる。ＪＤが顔の前で手を振り、腐れ縁だよ、と自嘲気味に笑った。

作家が自費出版したジンが並ぶ一角を眺めていると、半裸の男性のポートレイトが表紙になっているものがあり、手に取ってぱらぱらとめくってみる。表紙は写真やタイトルや作家名がプリントされた紙を切り貼りしたシンプルなコラージュで、シリーズものなのか『Photographed No.5』というタイトルだった。自然光のなか寝室で撮影されたのであろう、白壁を背景に、若い赤毛の男性が乱れたベッドに腰掛けてこちらを見ている。胸は薄い毛で覆われ、左腕には幾何学的な模様を描いたタトゥーが刻まれていた。無精髭に穏やかな笑みを浮かべている。同じ部屋で撮影された彼の写真のみが収められたシンプルな一冊だった。途中から全裸になってベッドに横たわり、リラックスした様子でカメラを見つめている。自然光のせいかそれとも健康的な体軀のせいか、エロティックな印象は受けない。どこにでもいそうな青年を、彼のパートナーか友人が何気なく撮ったような印象だったけれど、構図や彼のポーズなどは熟考されていることがジャックにもわかった。それを手にとってカウンターに向かうと、JDがいいチョイスだ、と頷く。彼はここ数年このシリーズを不定期ながらもずっと出し続けてる。今あるのは残念ながらその号だけだけれども、きっとまたもうすぐ新作ができあがると思う。そう言って彼はジャックに向かって親指を立てた。

ドアを開けると、暖かな空気がそっと体を覆った。ディナーの時間帯も過ぎて、平日のナイチンゲールには静かな老夫婦が一組いるだけだった。生きてたんだね！　カウンターでグラスを拭いていたソラヤが出てきてジャックをハグする。体が硬直したのが伝わったようで、いつまで経っても慣れないねと彼女が笑う。押しやるように彼女の体を引き離して、とりあえずビールを、と機材を床に置きながらジャックは頼んだ。撮影は大丈夫だった？　うん、変な人ではなかった。良識ある大人の男性で、三脚を振り回す必要もなかった。

先週クレイグスリストにメッセージを投稿して、真っ先にメールをくれたのが先ほどまで撮影していた男だった。お風呂の後、鏡ごしに携帯電話で撮ったらしい上半身裸の粗い写真が添えられた、エクスクラメーションマークが多めのメッセージが届いた。面白そう、ぜひ参加させて‼　ふたりでシャワー浴びながら撮ってもいいかもね！　年齢は、四十六。ソラヤにメールを見せると、不安しか感じない文面だ、と腕組みをした。でも、連絡くれた人は断らないと決めたから。その頑固さ、何かあった後で後悔しない？　そういう時のために、武器にもなるほどの重たい金属製の三脚を買った。ソラヤが天を仰ぐ。とにかく、撮影終わったら連絡してね。心配で眠れなくなりそう。実際に会うと落ち着いた紳士で、撮影は順調に進み、最後にハグをして別れた。少しだけ長いハグだった。軽く指で彼の背中を叩く。ああごめんごめんと笑い体を離して、こうしてハグするなんて久しぶりでつい、と笑っていた。それってどうなの、ソラヤが眉をひそめる。少しだけ、寂しかったんじゃないかな。どうだか……彼で何人目？　まだ、五人。地道にモデル探しをするしかないね、と彼女がカウンターに腰掛けたジャックの前にグラスになみなみ注いだ１６６４を置いた。このワインバーには、一種類しかビールがない。

あ、そういえば。ソラヤが顔を上げる。今日ギーも来……と彼女が言い終わらないうちに、かつかつかつとブーツの音が聞こえ、間もなくドアが開いた。ちりん、とドアベルが鳴る。見ると、ギーが片手をあげてカウンターにやってきた。首に軽く巻かれた細いマフラーが入り込んできた風になびく。ひとりで来るなんて珍しいね。ソラヤが言うと、いろいろあってね、とため息交じりにギーがスツールに腰を下ろし、やれやれ、と頬杖をついた。白にする？　いや同じので、と気だるそうにジャックのグラスを指す。高校卒業後フランスからアメリカに出てきた彼は、よどみない完璧な英語を話し、そして書いた。アメリカに来て数年経ってもジャックの英語は完璧とは言えなかったので、それがうらやましくもあり、嫉《ねた》ましくもあった。フランス帰りのソラヤにとってギーは良き話し相手のようだ。一年ほど前までは授業以外ではほとんど見かけることはなく、学校外での交流もほとんどなかった。

今日撮影だったらしいけど、ギーが言った。どうだったの。うまくいったと思う。それだけ? ポラはないの? あげちゃった。心配してたんだよ、ソラヤはそう言ってビールの入ったグラスをギーの前に置く。大丈夫、いざとなったらこれがある、とジャックは隣の空いたスツールに置いた三脚を叩く。体の小さい非力な君では意味がない、ギーが苦笑する。ないよりはまし、とジャックは言ってビールを飲んだ。それにしても君がこんな作品を始めるなんてね、と頬杖をついたままギーが呟いた。去年の夏以降、すごく楽になれた。でも、当たり前だけど自分の性にまつわる問いかけが止まるわけではなく、カムアウトし続けることが面倒に感じて。なら、写真でそれがわかるようにすればいいと思ったから。まあ、君の場合は初めて会った時から見てすぐわかったけどね。ギーが笑う。自分だって公言してなかったくせに。出かかった言葉を残り少ないビールで流し込んだ。

学校がハーレムにあるためか学生のほとんどは有色人種か、アジアや中南米からの留学生だった。白人であるギーの姿は目立つ。初めての授業の日、一定のリズムでブーツの音が近づいてきて、まるでマントを翻すように黒いコートを脱いでジャックの前の席の背もたれにかけた。かすかに香水の香りがした。少し癖のついた短かめの金髪、細く高い鼻のまわりには少しそばかすが残り、細い眉毛と少し目尻の下がったブルーの瞳は冷徹な印象さえ与える。やあ、と彼が少し笑顔を作り、ジャックの前の席に座った。それ以来、ラボで話しかければ応えてくれるものの、常に本を読んでいるかイヤホンで音楽を聴いているかで近寄りがたかった。ギーがジャックに話しかけるようになったのは、一年前の秋学期だった。クバ・リブレの男との出会いの後、夏休み明け最初の授業が始まる直前。

彼とはその後どうなった？　教室に入ってくるなり隣に座ったソラヤが嬉しそうな顔で聞いた。連絡先はもらったけど、恥ずかしいし連絡していないと正直に伝えたら、なんてもったいない。お似合いだったのに、と彼女は首を振った。前の席に座っていたギーが振り返り、今からでも連絡したら、と言った。キュートだったし、とソラヤが嬉しそうに言う。今までほとんど交流のなかったギーが会話に入ってきて少々驚きながらも、ジャックはちょっと好みと違ったかなあ、とうそぶく。ギーもバーにいたはずだけど、彼は少し離れた場所で他のクラスメイトらと飲んでいて、あまり記憶になかった。せっかくの出会いなんだから、楽しんでしまえばいいのに。ソラヤが諦められないように、ねえ、とギーに同意を求める。全くだよ。ふたりがフランス語で一言二言交わし、笑い声をあげた。今まで恋愛話の類を学校でしたことがなかったので、ジャックはむず痒《がゆ》い心地になってもぞもぞと椅子の上で体の位置を調整する。しかし、ほとんどひとりで過ごした夏休みの後ではその会話も嬉しかった。教室の賑やかさが心地よい。青春だなあ、と頬杖をついたギーの薬指にシルバーのリングがはめられているのに気づいた。夏休み前にはなかったはずで、後にパリでパートナーと事実婚の手続きをしたのだとギーは言っていた。その日以降、ジャックやソラヤも彼に誘われ、よく出かけるようになった。次第に他のクラスメイトとも打ち解け、みんなでレベッカが勧めてくれた展示を見たり、理論書を読んでは酒を飲みながら意見を言いあった。最近はその回数も増えていたけれど、いつも夜十時になると、家が遠いからとギーは先に帰った。ギリシャ出身で、一回りほど歳の離れたパートナーのニコと時々ナイチンゲールに夕食に来るようで、ジャックも一度彼らとここで食事をしたことがあった。

二杯目を飲み終えたギーがちらりと携帯電話に目を落とし、そろそろ帰るよと背伸びをした。十一時を過ぎていた。また学校でね。ため息をつくようにそう言って、指をひらりと波打たせて彼はドアを出ていった。開いたドアから冷たい風が店内にさざ波のように広がり、ジャックの足元も浸してゆく。何か言いたいことがあったのかな、ソラヤが言う。それに、ちょっと疲れているように見えたけど、何か聞いてる？　さあ、と生返事をして、ジャックはグラスについた水滴を指で拭った。

アパートの扉に鍵を差し込もうとすると、内側から乱暴に開けられジャックは驚いて身を引いた。クソ野郎、とリビングルームに言葉を投げたリジーがちらりとジャックを見て、おやすみ、と硬い声で言って廊下に飛び出してきた。ドアノブを摑んで彼女が階段を駆け下りてゆくのを見届けてから部屋に入る。ごめんごめん、ベンジャミンがソファの上で片手を上げた。月に一度は喧嘩しているようなふたりだったので、すっかり慣れてしまっていた。修羅場にいなくてよかった、ジャックは笑って自室に入りノートパソコンを開く。新着メールが一件届いていた。ストレンジャーの応募かと期待したけれど、ギーのアドレスからだった。こんにちは、ジャック。君が私のパートナーと仲良くしてくれていることには感謝している。でも、私たちには私たちだけの時間が必要だから、あんまり彼を誘わないでほしい。短いメールの文末にはNと署名がされていた。戸惑いを覚えながらジャックはいつか一緒に食事をしたニコの落ち着いた振る舞いを思い出す。ジャケット越しにもわかるアスリートのような肉体と、目の覚めるような金色に染めた髪を綺麗に整え、贅肉のない顔にメガネをかけたさまはいつか映画で見たアンドロイドのようだった。適度な距離感を保った彼らの関係性は、歳の離れた兄弟のようにも感じられた。あれ以来、彼に会ったことはない。

ジャックは部屋を出て、冷蔵庫からバドワイザーの瓶を取りリビングのソファに腰掛けた。ベンジャミンも隣でギネスの缶を片手に新聞を広げている。それぞれ飲むビールが決まっていた。ウィリアムズバーグの南側にあるこのアパートに引っ越してから半年が経とうとしていた。周辺は少々荒れていたしアパートの外観も綺麗とは言えないけれど、ベッドフォード・アベニュー駅のほうに少し歩けば賑やかになる。自室の窓が隣の建物に面して日当たりが悪い以外、室内の居心地も悪くない。ニュース番組が流れるテレビは無音で、隣のレコードプレイヤーがブルースを流していた。何度聞いても、ジャックはそのシンガーの名前を忘れてしまう。喧嘩した割にベンジャミンは落ち着いている。追いかけたり電話をしなくても良いのだろうかと考えていると、リジーは怖いよなあ、と肩をすくめてビールを飲み干した。彼もまた同じ大学に通う学生で、共産主義に傾倒していると公言してはばからなかったが、ただのスタイルであるらしいことはすぐにわかった。中国には高校生の頃家族旅行で一回行っただけらしい。貯金して在学中にキューバに行くと言っているものの、準備している気配はない。時代に間にあわなかったヒッピーのようなもんでしょう、といつかソラヤが言っていた。二、三日に一回ほどのペースでしかお風呂に入らないのが気になったけど、それ以外は良きルームメイトだった。ニコからのメールのせいか胸の奥が重くなり、背伸びをしたりベンジャミンに気づかれないように深呼吸をしたりするけれど効果はない。あのさ、ニコって会ったことある？　ビールを半分ほど飲んでジャックはついにベンジャミンに聞いてみた。ギーのパートナーだよね、俺はないよ。そいつがどうかしたの。うーん、なんでもない。そう、と膝に両手をついてソファから腰を上げ、ベンジャミンはキッチンに入っていった。ぼんやりとビールを飲んでいると、新しい缶を手にした彼が、キッチンの間仕切りに寄りかかってこちらを見ている。昨日と同じBlack Flagのロゴ入りTシャツに色落ちした細身のブラックジーンズ。まあ、何か困ったことがあったらいつでも言ってくれ。ありがとう。ジャックは半分残ったビールを手に部屋に戻った。開いたままのノートパソコンの画面に目をやると、再びギーからのメールが届いていた。クリックすると、Jack san、と敬称付きの奇妙な、見慣れた書き出しに安心する。同居人が恥ずかしいメールを送ってしまったようで、本当に申し訳ない。私のアドレスから送ったのは、気づくようにわざとそうしたんだろう。今は彼も反省している。二度とこのようなことは起こらないから。君さえよければ、近々またみんなで夕食でもどうかな。とりあえずは学校で。ジャックはその短いメールを読んでパソコンの蓋を閉じた。両手で顔を覆い、長く息を吐いた。

Stranger #12

彼の動悸がその手を通して伝わってくる。ニルスは自分の胸に置かれた、見慣れないアジア人の手に目をやってから、顔を横に向けて窓の外を見た。視界の端に、ジャックの緩やかに弧を描いた肩から背中にかけての稜線が見える。数回メールのやり取りをしただけで今日初めて会った男と半裸でベッドに寝ているというのも奇妙……ということもないけど、少なくとも今回の状況はかなり変だ。相手が緊張しすぎているのか、セミダブルのベッドの上、隣で寝ているのに指二本分ほどの距離をずっと取り続けていて、腕だけがニルスの体に置かれていた。その手も浮いているみたいに軽かった。彼との距離を、この後どれだけ縮めることができるだろう。ちょっと試してみたくもなる。三十分ほど前にブザーがなった時は、すっかり撮影のことを忘れていた。前夜バーで知り合った男を連れ込み、朝に彼を帰した後、昼過ぎまで寝てしまっていた。慌ててベッドを整え、写真家をリビングのソファに座らせてシャワーを浴びた。

カーテンをつけなければと思っているのに、いまだに良いものを見つけることができていない縦長の窓からは灰色の空しか見えない。まわりは低層の建物ばかりなので、三階にあるこの部屋が覗かれる心配はなかった。夕方から雪になるかもしれないと天気予報は伝えていたが、まだその気配はない。フィルムが巻き上がる音がした。隣に寝ていたジャックが手を離して起き上がり、カメラに向かう。ニルスは体を起こしてベッドの縁に腰掛けた。だいぶ色落ちしてしまったブルージーンズの下に、グレーの靴下を履いたままだ。ジャックがレンズを付け替えてファインダーを覗き、また元のレンズに付け替える。ジーンズも脱ごうか、レンズを見つめて問いかけてみる。彼が顔を上げて、それじゃあ……お願い、と言ってすぐにまたファインダーの向こうに顔を隠した。ニルスは立ち上がり靴下を脱いで、ベルトを外す。脱いだジーンズを畳もうとすると、あ、畳まないで、ちょっと乱れた感じでベッドから垂れているふうに置いてもらっていいかな、またファインダーを覗いているジャックが指示を出す。ジーンズがSの字を描くようにベッドの縁から床にかけて置いてみる。彼がその造形を観察する。畳まれた靴下が几帳面すぎるように思えたので、足でそれを崩すとちょうどいいバランスになった。いいね、とジャックはファインダーを覗く。その様子を見ながら、サイドボードに置いてあったリップクリームを手に取り、唇に塗る。こん、とリップクリームを置く音が大きく響いた。それじゃあ、さっきと同じようにベッドに仰向けになってもらえるかな。ようやく彼が言った。

ニルスはベッドに体を横たえて、先ほどと同じように左腕を頭の後ろに、右手はもうひとつの枕の上に伸ばした。タイマーをセットした彼がベッドに近づき、穿《は》いていたチノパンを脱いでニルスのジーンズのそばに落とした。小さな体を隣に滑り込ませ、ニルスに顔を向けて横たわる。右腕の下、ちょうど胸の横あたりに頭が来て、それじゃあまた置くので、と丁寧な申告の後、彼の手が置かれた。このまま、しばらくタイマーで何回か撮るから。暖かい息がふわりと体にあたり、暖房が効いているとはいえ少しずつ冷えはじめた肌の向こうにかすかな体温を感じた。シャッターが等間隔に切られるあいだ、動きのない冬の雲を眺めていた。今度は顔をこっちに。ジャックの言葉に雲から視線を離し、彼の顔を見下ろす。下を向いている彼の表情は見えない。アジア人にしては長いまつ毛が瞬きのたびに上下している。そっと姿勢を変えた彼の体がわき腹に触れた。体温がじかに伝わる。寝不足だったこともあり、その温度にまどろみを覚えた。フィルムが巻き上げられる音が静かな部屋に響き渡った。同時にジャックが体を引き剝がして起き上がり、カメラに駆け寄っていった。肌寒さを覚え、もう少しそのままでもよかったのに、と小さな背中を半分夢の中にいるように眺めていた。これでいい写真が撮れたはず、と彼がフィルムを取り出しながら笑顔で言う。撮影のために、見知らぬ男とこうやって親密な関係性を偽装するのは、奇妙なことでありながら冬の午後の過ごし方としては悪くないようにも思えた。サイドボードの時計に目をやると、三時を指している。お茶でも飲んでいく？ すっかり上下ともに服を着て、カメラを三脚から外しているジャックが、それじゃあ、と頷く。ニルスは背伸びをしてベッドを下りた。

濃いめにしたダージリンティーを用意して、戸棚にあった板チョコを広げてテーブルに置いたところで、機材を抱えたジャックが部屋から出てきた。シティ・カレッジに通ってるんだってね。レベッカという教授がいるでしょう、と聞く。僕の教師だ、と彼が両目を見開く。友人だよ、時々僕が働いているギャラリーにフィールドトリップで学生たちを連れてきてくれるし、ディナーを一緒にすることもあるよ。アップステートにある彼女の山小屋に行ったことは？ ジャックの質問に、ないかな、何度か誘われたけどとニルスは首を振る。今度の冬休みにみんなで行こうと話していたんだ、とジャックが嬉しそうに言う。雪がすごいらしい。寒そうだなあ、と立ったままニルスは板チョコの角を小さく折って口に運び、銀の包み紙をジャックのほうに押しやる。ありがとう、彼もチョコレートのかけらを口に放り込んだ。こんこん、とヒーターが立てる音以外には何も聞こえない。ついに始まった冬が部屋の中に少しずつ侵食してきているようで、ニルスは少し身震いをする。音楽が必要だ。彼は本棚の前にしゃがみ込んで、下段に並ぶレコードを入れた箱のひとつからグラム・パーソンズのレコードを引き抜いた。レコードをセットして振り返ると、テーブルに一枚の紙とペンが用意されている。忘れていた、同意書にサインをお願いしてもいいかな。二枚あるから、一枚は僕に、もう一枚は君が保管して。写真はできあがったら見せてくれるね。ニルスが聞くと、もちろん、ジャックが答える。もしそのほうが安心だというなら、写真を見た後にサインでもいい。大丈夫信じるよ、とニルスはリリースにざっと目を通してサインをする。ありがとう。ふっとため息をついて彼は両手でカップを抱えて紅茶を啜った。ちょっと質問してもいいかな、その様子を見ながらニルスは言った。例えば君が被写体のストレンジャーと恋に落ちたら、どうするの。その辺りは、やっぱりプロフェッショナルに線を引いている？　ジャックはカップをテーブルに置いた。それもまた、プロセスの一部だと考えてる、なんて都合よすぎかなあ。さまざまな関係性が生まれて、本当に撮影一度きりの関係もあれば、友だちになれるかもしれないし、もしかしたらもっと親密な関係に発展するかもしれない。それは、流れに任せていたい。そうして得た体験や関係性の発展もまた、作品の一部だと思うから。なるほどね。ジャックの背後にある窓の向こう、灰色の空に白い羽のようなものが舞っている。それが雪だと気づくのにしばらくかかった。雪だ、と言うとジャックが立ち上がり、窓辺に立つ。けっこう降ってきたよ、きれい。寒そうだ、予定がないならしばらくゆっくりしていくといい、ニルスも彼の背後に立って白くなってゆく外の風景を眺めた。音楽も温かいお茶も、なんなら酒もたくさんあるから。

美術学部のゴシック調の建物は通いはじめて以来ずっと改修工事が続いていて、足場や灰色のメッシュシートに覆われている。一昨日の雪は街をうっすらと白く覆っただけで、積もることもなく消えてしまった。土曜日で学生のほとんどいないキャンパスは静かで、誰もいない校庭の芝生に足を踏み入れてみると、湿った土の感触が靴の裏に伝わった。ここ数日は十一月にしてはずいぶん冷え込んでいた。灰色の雲からは今にもまた雪が降ってきそうだった。そんな空を眺めていると凍《い》てつく風が吹き、逃れるようにジャックは校舎に入り、二階にある写真科のラボへと階段を駆け上がる。硬直した頰が緩んでゆく感覚にほっとして、コートを脱ぐ。

　カラープリントの現像機はすでに稼働していた。暗室脇の長テーブルには見慣れた黒のレザーバッグがあり、ギーが暗室内にいるらしいとわかる。土曜日だったので、彼の他は、モノクロの暗室に数人の学生がいるだけだった。ジャックは棚に納められたCDケースのうちひとつを抜き取り、メッシュのスリーブに入ったCD‐Rをパラパラめくる。どれも学生が持ち寄ったもので、音楽の種類もさまざまだった。中からソニック・ユースの『Murray Street』を抜いて、CDプレイヤーの開閉ボタンを押した。中にマドンナの『Music』が入っていてジャックは苦笑する。ラボにあるマドンナのCDはギーが持ってきたもので、それをかけるたび、ヒップホップ至上主義でメインストリームのポップミュージックを軽蔑しているソラヤが顔を歪めて手刀で首を切る仕草をした。CDを入れ替えて再生ボタンを押すと、オフィスの扉が開いて助手のパーシャが出てきた。グッドチョイス、とジャックを見て笑顔を見せる。

　暗室から現れたギーが音楽に気づき、なんてことを、と目を見開く。もう終わってたから、とジャックはバッグからネガを取り出す。プリントの進み具合はどう、とパーシャがギーに聞いた。まああだ、と彼が何枚かのプリントをテーブルに並べる。ギーは記憶にまつわる『Home』という写真シリーズに取り組んでいた。それは、彼の故郷や現在住んでいるアパートで撮られた写真で、彼の人生において重要な意味を持つらしいものごとを6×6のハッセルブラッドで撮影したものだった。しかし、写真のフォーカスはすべて手前にある何かしらに合っていて、主題であるべきモチーフはぼかされていた。例えば祖父のお墓を写した写真は手前の木の幹に合焦していて、ボケの向こうに板のような灰色の構造物がぼんやりと滲んでいた。家族分の豪勢な年末のディナーが用意されたテーブルを写した写真は、手前に置かれたメノーラーに並ぶ七本のロウソクに。ものだけではなく、ギーとニコがふたり掛けのソファに並んで座る写真もあった。写真のフォーカスはまるでセザンヌの静物画のようにローテーブルに配置された白い布やフルーツ、陶器などに合っていた。しかし、ボケはそれほど大きくなく、ふたりの表情やニコの手がギーの腰に回されている様子も見て取れた。お父さんが見たらなんて言うかな、とジャックが何気なく言うと、彼がどう思おうと関係ないよ、と硬い答えが返ってきた。ボケが大事なイメージを遮るような写真表現について父親がどう分析するだろうか、と聞いたつもりが、ふたりが一緒にいることについてどう思うのかと勘違いしたらしい。彼の父親は精神分析医らしく、その影響なのかギーは時々他人の言い間違いや表情を深読みすることがあって、そのたびにジャックを興ざめさせた。訛りもなく冷静で硬い彼の話し方は、時に高圧的に感じてしまう。それに、とギーは続ける。両親は何度もニコに会ってるし、私も十代の時から恋愛のことなどをいろいろ相談していたから。僕は家族に何も伝えていない。ジャックが言うとギーが返答に困った様子で背筋を伸ばす。君のことを知ってるはずだよ、ジャックさん。諭すような口調にジャックはうつむいてため息をつく。さん付けはやめてくれないかな。伝えればいい、簡単なことだよ。

ジャックは暗室に入り、クリアシートに入れたネガを印画紙に密着して感光させコンタクトシートを印刷する。モノクロの印画作業は微妙な調整のしがいがあって楽しんでいたけれど、カラーでは印刷の大部分が機械任せであることもあり、どうしても単調な作業になる。印画紙を現像機に差し入れて暗室を出るとちょうど「Karen Revisited」が始まった。リズムに乗せて控えめに肩を揺らしていると、ご機嫌だね、とギーが言う。ジャックは雪の午後のことを思い出して頬が緩みそうになって慌てて抑える。いや、別に。ニコのメールについて、ジャックは誰にも話していない。ギーもその後は何事もないかのように振る舞っている。そう、とギーは自分のプリントに向き直り、赤鉛筆で細かく修整点を書き込んでいる。最終的なプリントまでかなり時間をかけて仕上げていく彼とは対照的に、ジャックにとって印刷は苦痛で、詰めが甘いとよくパーシャに注意されては再プリントをする羽目に陥っていた。

間もなく、マシンがコンタクトシートを三枚吐き出し、ジャックは急いでそれを手にとる。半裸の自分が写った写真を作業室の長テーブルで見るのも恥ずかしかったので、時系列にイメージが並んだシートをその場でゆっくりと確認した。一枚目は服を着た状態のニルスがベッドに横たわり、同じく服を着たジャックがその足元に腰掛けている写真が続く。最後のいくつかで彼はニルスの隣に寝転んでいるけれど、お互い背を向けあっている。二枚目でニルスは上半身裸になる。途中から、ジャックがニルスの胸に手を置いている。あの時手の平に感じた穏やかな鼓動を思い出す。またいつでも音楽を聴きにきて、と言っていた。レベッカの山小屋にも行けたらいいね、とも。機械から出てくる温風で顔の左側が熱くなる。三枚目では、ふたりとも下着だけになり、最後の一枚は肌を密着させている。持てる小さな勇気を振り絞ってニルスの顔を見つめていたはずが、自分の視線は喉仏のあたりで固定されていた。少しずつ近づいてゆく感じがよくわかるね。後ろからパーシャの声がした。はっとして振り返ると、シークエンスとして見ても面白い、とウィンクをして彼はオフィスに入っていった。

お金に余裕があるときは全額払ってもいいけど、あくまでも推奨金額だから、金欠の時は一ドル、なんならクオーターでも大丈夫、とにかく足を運ぶことが大事だから……レベッカの言葉を思い出しながら、一ドル札を渡して入館バッジを服につける。メトロポリタン美術館では自分なりのコースができあがっていて、まず二階のアメリカンウィングに行き、ハドソンリバー派の画家たちの作品を見て、トマス・エイキンズの作品をいくつか見た後、ぶらぶらとヨーロッパ絵画を見て回る。最後に現代美術の区画に足を運んでクリフォード・スティルの部屋で椅子に座り、ぼんやりと時間を過ごす。スティルの部屋は、座っているだけで落ち着いた気分になることができた。ぼんやりと吸い込まれそうになる絵画を見ていると、隣に男が座った。少し距離が近い。スティルの絵の中でこれが一番好きだ。その声に、心臓が大きく一打ちした。ニコだった。そうなんだ、とジャックは彼に顔を向ける。こんにちは、久しぶり。相手に動揺を悟られないように、少し驚いたふりをしてすぐに言葉を続ける。こんなところで会うなんて、珍しいね。スティルの部屋は、私も大好きなんだ、とニコが笑顔を見せた。私も、と確かにそう言った。ジャックはその意味を考えるけれど、うまく頭が回らない。よければセントラルパークを散歩でもして話さないか。ジャックは言われるままに、無言でニコの後をついて美術館を出た。

露店で買ったコーヒーをニコがひとつ差し出したので、ジャックは無言でそれを受け取った。紅葉の季節でセントラルパークはどこも人通りが多く、それが少しだけ不安を和らげた。歩きながらニコはひとり話し続けていた。私は歳を取ってしまった。やりなおしが利かないんだ、わかるかな。私にはもう彼しかいない。彼が私の元を去ってしまったら……。パリに部屋も買った。いずれはふたりで住むはずのね。それも実現しないのだろうか。パリに住むことは、私にとってもギーにとっても夢だったんだ。ニューヨークに来てもう二十年になる。ギーに会ったのは六年前、彼がこっちに来てすぐの時期で、彼は二十歳手前だった。それからずっと、パートナーとして、家族として一緒に暮らしている。私にとっての家族は、彼だけなんだ。彼がいないニューヨークにいる意味はない。ギリシャになんか戻れない。私の居場所は、彼がいるこの街だけだ。まるで自分に言い聞かせるようにニコは話し続け、半歩後ろを歩きながらジャックの緊張は少しずつ溶けはじめていた。ニコの横顔に刻まれたしわが深くなってゆくように見えた。彼が歩調を緩めた。ジャックがコーヒーに口をつけずにいることに気づき、毒なんて入れてないから温かいうちに飲むといいとため息をつく。その仕草はギーそっくりだった。しばらく青い紙カップを眺めていたジャックは、コーヒーは飲めないのだ、と答えた。ニコの顔に疲弊した苦笑いが浮かぶ。それなら先に教えてくれたらよかったのに、紅茶を買うこともできた。そんな雰囲気ではなかった、とジャックは呟く。それは、そうだ。なあ……君はギーのことをどう思ってるんだろう。ニコの質問に、ジャックは哀しい気分になった。相手を脅すというよりも、どんどん自分を追い詰めているようだった。

　ただの友人として、とジャックは短く答えた。すぐにでも逃げ出したかったけど、彼のそばを離れることができなかった。それ以上の感情は抱いていないし、むしろ最近は鬱陶しく思うことすらある……とそんなことをパートナー相手に言うこともできず、友人としてしか見ていない、と繰り返した。数日前、ニルスと雪を眺めながら音楽を聴いた午後のことを思いだす。どうしてその言葉を信じられる、とニコは急に弱々しい表情になった。寒さのせいだろうか、顔色は青白く、美術館にいた時よりもずいぶん歳をとったように見える。どうしたらいいのかな、とジャックは質問で返す。彼に会わないでほしい。発言とは裏腹に、彼の顔は真っ青になっていて、先ほどまでの威圧感は無くなっていた。それは、彼が決めることではないかな……。ニコが肩を落とした。彼の顔は、また少し老いていた。わかった、もう行くといい。こんなふうに驚かすことは、もうしないから。その言葉にも、ジャックは立ち上がることができない。それを察したように、いや私がいなくなったほうがいいな、と自嘲気味に笑い、ニコは北のほうへと歩いていった。肩幅の広い鍛えられた上半身を強調するような紺のジャケットに、筋肉のついた太ももの形がわかる細身のスラックス、そしてギーが履いているような先の尖った革靴。足音が聞こえなくなり、彼がすっかり見えなくなった後、ジャックは南側へと足を向けた。冷たい風が木々を揺らし、身震いをして空を見上げる。枯れ葉が舞う。美術館のあとは公園の紅葉を見ながら散歩しようと考えていたのに、すっかり気持ちは萎《な》えて風景も褪《あ》せて見えた。いつもならベンチに座りぼんやり眺めているベセスダの噴水脇を素通りして、巨木が列をなして並ぶプロムナードを足早に歩いた。葉が足元で潰れる軽い音がした。紅葉の見頃は過ぎたようで、鮮やかさを失った木々は乾いた風に耐えるように身を寄せ合っている。ニューヨークに来て最初の年、セントラルパークの紅葉に魅了され、寒さも忘れて日暮れまで歩いていたことを思い出した。ただ授業に出て、誰とも交流せずに家に帰る毎日の中で、風景の移り変わりだけが新鮮だった。それもずっと昔のことのように思えた。

アパートに戻りドアを閉めて、身震いをする。ベンジャミンの部屋の扉も開いており、音量を抑えてシューベルトのピアノ・ソナタが漏れていた。ここにいれば安心だとため息をついた。ずっとこわばっていた体がほぐれてゆく。歩こうとするとめまいがして、壁に寄りかかる。部屋からビール片手に出てきたベンジャミンが、どうした具合悪いの、と言う。真っ青だよ。ジャックは荷物も置かずに冷蔵庫から瓶ビールを抜き取り、半分ほどを一気に飲み干す。荒れてるな、ベンジャミンはどこか楽しんでいるようだ。どうしたものか、と少しのあいだジャックは考えたけれど、話してしまうことにした。もしかしたらここに住んでいることも彼は知っているかもしれない、と一通り伝えた後ベンジャミンに言った。もし奴があのドアをノックでもしたら俺が一発かましてやる、と彼が細い腕を繰り出す。真顔のジャックに、冗談だよ冗談、と笑いながら彼の肩を叩いた。そうだ、これから飲みにいこうと思ってたんだけど、一緒にどう？　ここにいても落ち着かないだけだろう。

マンハッタンに入ったタクシーは、ハウストン通りと二番街の角で停まった。一ブロック北に歩いて、グラフィティやステッカーまみれになった廃屋めいた小さな建物の前でベンジャミンが立ち止まる。ここ俺の行きつけ、と得意そうに振り返る。なにこれ、お店なの？　思わずジャックが聞く。まあどうぞどうぞ、と彼が扉を開けると、カウンターだけの店内は十人入ればば満員という狭さだった。外見に劣らず内装も薄汚れている。ここがニューヨークいちのダイブバーだ、とベンジャミンが大声で耳打ちをする。すでにカウンターは埋まっていたように見えたけれど、ふたりに気づいた客が詰めてスペースを作ってくれた。ニコもさすがにここまでは追ってこないだろうとベンジャミンが笑い、マスターにテキーラショットをふたつ頼んだ。とにかく、今日は飲んでお互い嫌なことは忘れてしまおう。乾杯をしてショットを飲み干して、ジャックはぶるぶるぶると頭を振った。酔いが体中に染み渡っていくのを感じながら、疑問が浮かぶ。お互い？　まあ、飲もう飲もう、とベンジャミンは質問には答えずにマスターに目配せして、今度はビールがふたつ運ばれてきた。やあ、と大きな声が背後から聞こえ、やあ！とベンジャミンもさらに大きな声で答えた。振り返ると、五十くらいの大男が空のビールジョッキを掲げた。いつもの彼女はいないのか、それとも今日はボーイフレンドがご一緒か、と微笑む。彼女とは別れたんだなあ。彼はルームメイトのジャック、彼が今夜は俺を慰めてくれるんだ、とベンジャミンがジャックの肩をぎゅっと抱きしめる。なんていいボーイフレンドなんだ、と男も反対側からふたりまとめてその太い腕で抱いて、マスターにビールを頼んだ。

人生に、とビールを受け取った男がグラスを持ち上げ、三人は乾杯をした。人生に、ジャックの声は音楽にかき消される。少しずつ雰囲気にも慣れてきて、心地よさすら覚えていた。客同士の物理的な距離は近すぎるほどなのに、知り合いでもないかぎりあまり他の客に干渉しない。店の雰囲気に似合わない紳士然とした初老の男性マスターにも安心感を覚えた。この店好きだな、午後からの緊張感がやっと解けたような気がして、ジャックは少し大きな声で言った。

そうだろう、そうだろうとベンジャミンが嬉しそうに肩を抱く。今日はなんでも奢ってやるから、気にせず頼んで。この際悪酔いしてもいい、とジャックはカンパリソーダをマスターに頼んでみる。すぐに、ピンク色のカクテルが届けられた。よく飲むねえ、とまた右側から太い腕がジャックを抱きしめた。雑に扱うな、まだアメリカ式の挨拶にすら慣れていないんだから、とベンジャミンが腕をジャックの体から引き剝がす。そうか、どこから来たんだ？　沖縄から。アメラジアンなのか、と彼の意外な言葉にジャックは顔を上げる。そうは見えないけれど名前が、と男が付け加えた。アメリカ人の血は混じってないし、ジャックというのはただのあだ名で、気に入ってるから。そりゃいい、と男が背中を叩いた。ずっしりとした手の重さを感じる。俺もかつて沖縄にいた。幾分抑えながらもよく通る声で男が言った。ベトナム戦争の時だった。ジャックはは っとして彼の顔を見上げる。いや、いや。ジャックの心を見透かすように男が首をふる。そんなひどいことはしないよ。恋はしていたけど実らなかった。ただ、見ているしかなかった。ひゅう、とベンジャミンが口笛を鳴らし、遠い昔のことだ、と男が再び大きな声をあげた。

そうして三人でいろんなお酒を深夜まで飲み続け、店を出る頃にはみんなすっかり泥酔していた。男は朝まで飲むと豪語してジャックとベンジャミンを見送った。寒い寒い、と転がるようにタクシーに乗り込んで、ウィリアムズバーグブリッジに入ったところでジャックは隣で静かに口笛を吹くベンジャミンに聞いた。あの人は？　さあ、何度も会っているけど、名前なんか尋ねたことなかったなあ、と彼は窮屈そうに背伸びをする。少し開いた窓から入り込む冷たい風が金色の髪を揺らしていた。ベンジャミンがあくびをして、今日はありがとう、と微笑んだ。

Stranger #15

　ドアを開けると、思ったよりも小柄なアジア人が柵の外で遠慮がちに手を挙げた。こんにちは、ジャックです。部屋は二階だから、どうぞあがって。アンドレは彼を家に入れて階段の上を手で示す。お邪魔します、と入った写真家がリビングで賑やかに輝いているクリスマスツリーや壁にかけられたルームメイトたちとの写真を物珍しそうに眺めている。アンドレやルームメイトはそれを冗談めかしてファミリーポートレイトと呼んでいた。飲み物を用意して上がるから、先に部屋見ていて。あ、階段上って左側の部屋ね。そう言ってアンドレはキッチンに入りアールグレイのティーバッグをふたつポットに入れて、水の入ったやかんを火にかけた。メキシコ出身の女の子、香港出身の年下の男子学生と一緒にブルックリンの一軒家へ去年引っ越してきて、疑似家族を始めてみようと半分冗談で役割設定をしてみたら、だんだんと家庭的な雰囲気が出てきた。訪ねてきた友人らには実家のようだと笑われることもあった。高校までテキサスで育ち、肌の色のせいで露骨な差別を受けたり蔑みの言葉を投げかけられることも多かった。ニューヨークの大学に通いはじめてからはそのようなことは減ったものの、ふと忘れた頃に聞きたくない単語が飛んでくる。それはゲイコミュニティにおいても同じだった。賑やかなバーで出会った相手のふとした仕草や言葉に傷つけられる。それでもようやく、安心できる家を手に入れたように思えた。

アンドレはトレイにポットとカップふたつを載せて二階の自室に入った。部屋と廊下を区切る壁にはなぜか横長の窓がはめ込まれていて、ふだんは花柄のカーテンで目隠しをしていた。部屋の真ん中、ジャックが腕組みをして立っていて、アンドレを見ると腕を解いた。ちょっとシーツとブランケットをくしゃくしゃにしてもいいかなと聞く彼に頷き、カップに口をつけた。ジャックはベッドシーツに手をかけて、しわを作る。ベッドの枕側にある窓から柔らかな午後の光が入り、彼がシーツを動かすたびにさざ波のように白く揺らめいた。それから廊下側のカーテンを開いて、向こう側から撮ってみたいと言った。窓と両側に寄せられた花柄のカーテンが作るフレームの中にふたりが収まるような構図になるのだろう。これまでの写真もフレーム・イン・フレームの構図が多いね。何気なく言うと、彼があっと声をあげた。無意識だった、今回はやめておこうかな……。君が撮りたいように撮ればいいよ。アンドレが言うと少し迷って、花柄カーテンの魅力には抗えないかな、と笑った。

ジャックの指示通り、スウェットを脱いでTシャツ姿になり、ベッドに上がる。窓の外、裏庭を見るようにして座って。彼はファインダーを覗いて構図を決めている。少し開けたままだった上下式の窓の隙間から入った冷たい風がTシャツの袖を揺らした。裏庭に一本立つ背の高い銀杏《いちょう》がちらちらとその黄色い葉を落としている。十二月に入ったというのに葉が残っていた。週末には総出で落ち葉を集めなければならないだろう。僕は、と声がして振り返る。部屋に入ってきたジャックが、この辺りに座っているから、とアンドレの背後に腰を下ろした。定期的にシャッターが切られる心地よい音と、寝息のように穏やかなジャックの呼吸が聞こえた。銀杏の枝に、つがいのアオカケスがどこからか飛んできて止まった。黄色の葉に鮮やかな青い羽毛はひときわ目立つ。見とれているとフィルムが巻き上がる長い音がして、ありがとう、とジャックが背後で立ち上がった。背伸びをして首を回す。ええと、次は……新しいフィルムをセットした彼がうつむいて考える。イメージは決まっていて、それをどう伝えようかと思案しているようにも見えた。今度は、僕が背中に寄りかかっているふうに撮ってもいいかな。ＯＫ、アンドレは窓の外を向く。ベッドの縁に腰掛けたジャックが、そっとアンドレの背中に寄りかかり、首筋に頭を置いた。Ｔシャツ越しにその体温と少し速い呼吸を感じながら、銀杏の木が揺れるのを見ていた。先ほどのつがいのアオカケスはいなくなっていた。左肩にジャックの手がそっと置かれた。そのまま、一分少しほどの短い時間だったけれど、自分の呼吸と、彼の呼吸と、そして風に揺れる銀杏の動きが重なったように感じた。

そういえばしばらく前にプリンテッド・マターで『Photographed』っていうジンを買ったんだ。機材を片付けながら、ジャックがベッドに視線を投げる。この部屋だね。君があのアンドレ・Ｄなんだって撮影途中にやっと気づいた。買ってくれてありがとう。今新作を作っていて、とアンドレは棚からファイルを取り出す。まだプリントができあがっただけで印刷とか製本などはしていないんだけど、今回はセルフポートレイトにする予定。先ほどまでふたりが座っていたベッドの上、ちょうどジャックが座っているあたりにアンドレが裸で座り、その手にはケーブルレリーズが握られている。自然光の中、白い壁と彼の肌が際立つコントラストを生んでいた。ほかのアフリカ系アメリカ人よりも濃い肌の色で、十代の頃はそれが自分の体であることにずっと馴染めなかった。でも、写真をはじめて他者を撮り続けるうちに、ごく自然に、被写体のひとりであるように自分を撮影することができるようになった。ベッドに膝を立てて全身が写ったもの、ベッドに直立し顔だけカメラを向いた後ろ姿。綺麗なお尻でしょう、と冗談交じりにルームメイトに写真を見せるほどには、成長したらしい。セルフポートレイトって、こんなに自然な感じに撮れるものなんだ、とジャックが口にする。ヌードでも、なんだか健《すこ》やかだ。健やか、か。ありがとう。アンドレは笑って、それも慣れかなあと言った。繰り返し撮って、やっと形になってきた。こうして冊子にまとめて、作品にできるって素敵だね。『Strangers』はこれまでに何人撮影したの？　今日で十五人目、かな。それじゃあ、君もジンにしてみたら？　見開きで十五枚の写真があれば、三十ページになる。キンコーズなんかに行けば簡単にできるよ、こんなふうにまずはレイアウトを決めて、それを原本に印刷して綴《と》じればいいだけだから。中綴じ用の長いステープラーは画材屋で買えるはず。そうか、とジャックの表情が明るくなる。これを売ったり配ったりすれば、モデル集めにも役立つね。そのとおり。製本のこととか、わからないことあったらなんでもメールして。

　アンドレがふと思いついたように、ところで、とジャックに声をかけた。せっかく来てくれたんだし、よければ撮影させてもらえないかな？　僕を？と彼は少し躊躇したけれど、お互いさまだから、と了承した。さっそくクローゼットを開けて、大判カメラを取り出した。シノゴだ、いいなあとジャックが無邪気に言う。ベッドに、さっきの位置に座って。服は……どうしたらいい？　無理のない程度で脱いでもらえたら。首を傾けて少し考える仕草をしたジャックが、じゃあ、上着を、とこちらに背中を向けて、着ていたニットとTシャツを脱ぐ。ベッドに腰掛け、しばらく座り心地が悪いのか体を動かしていた彼が、せっかくだから、と立ち上がりズボンも脱いだ。それを几帳面に折りたたんでベッドの下に置いて、体を隠すように腕を組んでベッドに腰を下ろした。ありがとう、と言ってファインダーを覗く。枕のあたりに、先ほど自分が座っていた跡が少し沈んで残っていた。誰かが隣にいたという予感が写真に現れるだろう。左手で右の二の腕を掴んだり、両腕を組んでみたり落ち着きのなかったジャックが、両腕を下ろした。ちょうどピントが合う。そのままで、とアンドレは声をかけた。上腹部からうっすらと下着の中に消えてゆく毛がアジア人らしい華奢な体に不釣り合いだった。うな垂れるように股のあいだに下ろされた細い二の腕から手首にかけて血管が浮き出ている。視線を、こっちに。合わせた両手を見下ろしていた彼がそっと顔をカメラに向けて、まるでルネサンス時代の肖像画のように曖昧な笑みを浮かべた。黒髪が風に揺れてふたえの瞳にかかり、ジャックは瞬きをしながらさっと右手でそれを払い、手を元の位置に戻した。緩やかに弧を描く太い眉と鼻が、東アジア人らしくない顔に陰影を与えている。あいかわらず瞬きを繰り返し、緊張しているのがわかるけれど、そのまま一枚目を撮影する。そういえば、とフィルムホルダーを入れ替えてファインダーを覗きながらアンドレは言う。さっきそこの銀杏の木に、つがいのアオカケスがいたんだ。へえ、とジャックが少し背筋を伸ばして窓の外に顔を向ける。冬の光が彼の横顔を均一に照らし、そこで一枚撮影した。あ、と声をあげた。カメラの存在を一瞬だけ忘れた彼の頬が緩み、唇が開く。本当にいた、アオカケス。素早くフィルムを替えて一枚撮る。慣れてきたのか、表情をこわばらせることなく元の姿勢に戻ってカメラに向き合う。ファインダーを通して目が合い、そこで最後の一枚を撮影した。風が吹き、銀杏の木が大きく揺れる音がした。

背後を数台の車が通り過ぎてゆき静かになった。音楽と楽しそうな話し声がドアの向こうからかすかに聞こえてくる。ジャックがドアの前でしばらく躊躇していると、凍えるような風が重ね着した服を通して肌を刺した。ニューヨークに来て最初のニューイヤーズイヴのことを思い出していた。一緒に過ごす友人もおらず、家にも帰りたくなくて、タイムズスクエアのはずれにあるマクドナルドで、年が明けてしまうまで冷めたポテトでトレイに見えない8の字を描いてやり過ごしていた。あんな惨めな思いをするなら、誰かといたほうがましだ。ジャックはそう言い聞かせてドアベルに指を乗せた。

グリーンポイントにはこれまでも撮影で数回来ていた。ポーランド系移民が多く住み、ニューヨークの多くの地域がそうであるように、ここもまたくたびれた茶色い町だった。道路に面した一階の部屋、カーテンの向こうで人影が動いている。ニルスも誘ってみたものの、ルームメイトらとすでに約束があるという。撮影後しばらくして、プリントを渡す際に彼の部屋を再び訪ねた。デヴィッド・ボウイの『Bowie at the Beeb』を聴きながら、遅くまで酒を飲んだ。それからも時々彼の部屋で夜を過ごすようになっていた。もし遅くからでも行けそうだったら連絡する、と彼からはメールが来ていた。指を押し込んでベルを鳴らすとその中のひとつが枠の外に消え、間もなくギーが扉を開けた。寒い、と挨拶の代わりに白い息を吐いた。うっすらと広がった白い息の向こう、ギーが体でドアを支えて立っている。やあ、ジャックさん。ずいぶん遅いね、と言う彼に瓶ビールが数本入った袋を渡した。ちょうどワインしかなかったから良かったと彼が微笑み、袋から一本取り出してジャックに渡す。遅いよ、と言うソラヤの声に、まだ年は明けてないからね、とジャックは居間に入った。ソラヤの恋人や、他のクラスメイトも数名集まっていた。

ソファとテーブルしかない部屋はがらんとしていて、片隅に段ボール箱がいくつか積み重なっている。いずれルームメイトを見つけるらしいが、まだ生活感はほとんど感じられなかった。道路に面した窓ふたつには、カーテンではなく窓のサイズぴったりに切られた白い布がマスキングテープで貼られていて、ギーらしい几帳面さと、らしくないとも言える不完全さを垣間見たような気がした。来たる二〇〇五年に、そしてギーの引っ越しに。ソラヤの声に、みんながグラスやボトルを合わせる。ギーのグラスの赤ワインが重たく揺れる様子がなぜかジャックの印象に強く残った。その指に、指輪はもうない。十二月の初旬にギーはニコと暮らしていたアパートを出て、ここに引っ越した。セントラルパークでのことは結局話していない。でも、きっとニコが伝えたのだろう。十一月末、これまで見たことのないような疲弊した表情で彼がうちにやってきた、とソラヤが話していた。それからしばらく彼女の家に泊まっていったらしい。その後ニコからの連絡はないけれど、まだ安心できずにいた。例えば、今日突然ここに来たら……。少し痩せたギーの横顔に不安を覚え、急いでそれをビールで飲み下す。時計は十一時四十五分を指していた。ベルが性急に三度鳴らされ、ジャックはドアのほうに注意を向けた。開けに立ったギーの、やあ、という明るい声がした。入ってきたベンジャミンはすでにどこかで飲んできた様子で、機嫌の良さそうな赤ら顔に、どこで買ってきたのか紙パックの安い白ワインを脇に抱えている。なんという恐ろしいものを買ってきたのか、とギーが顔をしかめながらそれを受け取る。よお、とジャックを見るなり両腕を広げた。記事見たよ、と彼は嬉しそうにジャックをハグする。数日前に、ネットのローカルニュースサイトが『Strangers』を取り上げてくれたのだ。これで参加希望者が殺到するのでは……という目論見は外れ、二、三人ほどから問い合わせがあっただけだった。スターだね、と笑顔でベンジャミンが肩を叩く。何がいいって、と安ワインを呷って彼が言う。君がアートスクール出身じゃないってことだよ、とまるで自分のことのように誇らしげに言う。僕もまだまだ、何もできてないから……とジャックは曖昧に笑う。

結局ベンジャミンは持ってきた紙パックのワインをひとりで全部飲み切ろうとしていた。ダイブバーで年越しをしようと思っていたけれど、その場にリジーもいたから、トイレに行く振りをしてそのまま店を出たのだと呂律《ろれつ》の回らない調子で言っていた。一年前の今日は、ふたりであの場所で年を越したんだ。なんでだろうなあ、寂しい。今もバーに残っていればよかった、って後悔しかない。時々、寂しくなるんだ。俺って、中流の家庭、白人、こんな金髪でしょ。そしてそこそこの男前。そうだね、ジャックは笑う。そうなんだよ、ほんと。そう言って彼がジャックの肩を摑む。君の作品を見ると、自分には何があるんだろう、って落ち込むんだよなあ。俺は典型的なアメリカ人で、しかもストレート。別に君がマイノリティであることを羨んでいるわけじゃないよ。俺にはわからない、途方もない苦労があったんだろう。でも、俺も寂しい。それが、君がマイノリティとして感じているはずの寂しさとどれほど違うんだろう、なんて考えたりもするわけでさ。田舎からニューヨークに出てくれば、そんな寂しさともおさらばだと思ってたのに、そんなことなかった。そう言ってベンジャミンがジャックの肩から手を離す。リジーのことを話していたのではないのか。泥酔じゃない、とソラヤが呆れたように笑った。

ワインがなくなってしばらくするとベンジャミンは眠ってしまった。ジャックは立ち上がり、当分起きそうにないから先に帰る、とベンジャミンを手で示した。ひとりで大丈夫なの、とソラヤが止めたけれど、来るときも歩きだったから大丈夫、とジャックはジャケットを着てマフラーをしっかり首に巻きつけ帰り支度をした。洗い物をしていたギーがキッチンから顔を出す。じゃあ、とジャックが呟くと、ああ、また来年、とギーが弱々しい笑顔で応えた。今年。ジャックは訂正して外に出た。両手で顔をこすり、ポケットに手を突っ込んで歩きはじめる。ベッドフォード・アベニューに入ると道の両脇を人気のない公園とグラウンドに挟まれ、街灯も減って暗くなる。いつもなら夜はひとりでの歩行は避けていた場所だったけど、パーティー帰りのカップルや少人数のグループとすれ違い安心する。去年の夏は、このグラウンドでソラヤや彼女の友人らとチームを組んで、フットボール大会に出た。大会とはいっても近所の若者グループが自然発生的に始めたリーグが発展したもので、上手い下手関係なく、こっそり持ち込んだ酒を飲みながら気軽に楽しめるものだった。ギーも時々見にきていたけれど、参加することはなかった。今年の夏も遊べるだろうか、と考えていたジャックの頭を不安が覆う。その前に、卒業とその後のことを考えないといけないのだ。六月に卒業予定だったが、就職のあてもない。アメリカに来て四年が経とうとしていた。ベッドフォード・アベニュー駅に近づくと少しずつ人も増え、祭りの終わりのような、疲弊した静かな賑わいを見せていた。角で若者たちがタコスを食べている。ここのデリの奥にタコススタンドがあって、それがニューヨークいちのタコスだといつかベンジャミンが言っていた。そういえばパーティーでほとんど食べ物を口にしていなかったとジャックは気づいて、店内でフィッシュタコスをふたつ頼み、缶ビールも買って店を出た。メトロポリタン・アベニューを進みブルックリン＝クイーンズ高速道路のそばの小さな公園のベンチに腰掛ける。まわりには誰もいないけれど、時々遠くから笑い声や小さな打ち上げ花火の音が聞こえた。見回しても、花火は見えない。二〇〇五年。ジャックは呟いて、ビニール袋からタコスを取り出す。まだ、温かい。ライムを絞ると飛び散った果汁が目を刺し、何度も瞬きをした。茶色い紙袋に入れたままビールを開けて、一口飲んだところで携帯が震えた。ニルスからのメッセージで、ハッピーニューイヤー、再来週の小旅行楽しみにしてる、と簡素な文面のものだった。

Strangers Vol.1

また冬が始まった。アシスタント枠の空きが出ていたギャラリー宛のメール文面を再度確認し、ジャックは深呼吸をして送信ボタンを押す。ここ数か月、ギャラリーや美術系機関などポジションに空きが出たところを見つけては応募していたけれど、ほとんど面接にすら進めぬまま二〇〇五年も終わろうとしていた。職探しが難航しているのはギーも同じようで、ため息の数を日に日に増しているさまが毎週のように届くメールの文面からも想像できた。今回もダメだろう、とパソコンを閉じて、プリンテッド・マターに向かった。大学在籍中からインターンを始め、卒業後も定職が見つかるまで引き続き週三日のパートタイムとして雇ってもらっていた。しばらく前に十番街沿いにオープンした新店舗の書架は、すでに隙間なくぎっしり埋まっていた。透明アクリルとシルバーの金属板を組み合わせ、蛍光オレンジの天板を持つカウンターがオフィスとショップスペースを区切る特徴的なインテリアは、道ゆく人の目を引いた。入口脇のショーウインドウ上部には、ジョセフ・コスースのネオン作品が輝いている。前店舗が奥まった場所にあり薄暗い雰囲気だったのとは対照的に、新店舗はとにかくまばゆかった。それでも、本棚の前を行き来していると、時折古書店にいるかのような匂いがした。客足の少ない午後の時間帯に棚の整理をする。七〇年代の設立当初から残っている本もあれば、近年の理論書があったり、整理しながらゆっくりとタイトルを目と指でなぞるように確かめ、時には引っ張り出してページをめくる。飽きることのない作業だった。作家名がＡからＺへと並ぶ書架の整理を終えて、入口脇のジンコーナーの整理に取り掛かる。薄い本ばかりなので、半日でディスプレイ棚は乱れてしまう。こちらも毎日のように新しいタイトルが入荷する。アンドレの『Photographed』の新刊もでていた。不定期ながらも発行し続けていて、これで八冊目だった。彼はギャラリー巡りの帰りに、よく店に立ち寄ってくれた。今度ブルックリンでグループ展を企画しているんだ、と先日来た時に彼が言っていた。君の作品も出してもらいたいなと考えているんだけど、また連絡する。

　整理を終えたところでドアが開き、ＪＤとティム・ライアンが入ってきた。同世代のふたりながら、ぼさぼさの髪にくたびれたネルシャツ姿のＪＤと対照的に、ティムは細いストライプ柄のスーツにネクタイまで締めていて、並んでいるといかにもちぐはぐだった。ティムはよく知られたコレクターながら、毎週のようにプリンテッド・マターにもやってきてアーティストブックやジンの新刊を購入してゆく。高価な現代アート作品だけではなく、ジンというフォーマットで表現を行う作家たちの作品もコレクションする彼の姿勢に、ジャックは好感を持っていた。そのジンコレクションも膨大かつ充実したものらしい。いずれそれらを包括的にまとめて展示したいと先日ＪＤが言っていた。きっと、歴史的なものになるよ。

棚の前に立つジャックに気づいて、何かいいのが入ったかな、とティムが笑顔で声をかける。彼はいつも幸せそうだ。そんなことを言うジャックに、当たり前だよ金持ちなんだから、誰のどの作品を買おうかと毎日楽しいだろうよ、とギーが冗談交じりに言っていた。『Photographed』の新しいのが入っていると伝えると、それは先日購入したよ、ありがとう、と頷いた。ティムはさっと棚に目を通して、ずいぶんクィア作家のジンが増えてきたね、とＪＤに言う。いいことだ。ここ数年で作家も増えたから。エイズ危機に見舞われた八〇年代からニューヨークで活動していたＪＤは、同時代に活動していた作家仲間の多くを失いながらも、プリンテッド・マターでの業務のかたわら作品発表も続けていた。あっ、と今思い出したふうを装ってジャックは、僕も初めてのジンを作ったところで、と言った。君がアーティストだったとは知らなかった、いつも大人しいから、とティムが目を丸くした。この店のスタッフは原則全員アーティストだよ、とＪＤが笑う。見てもらえたら。もちろん。オフィススペースに入り、ＪＤにできたばかりの『Strangers Vol.1』を渡す。冊子といっても自宅のインクジェットプリンターで出力したものを綴じただけだ。こんな簡単に自分の本ができるのか、と感動したものの、見た目はいかにもチープだった。さっそくＪＤとティムが、絵本を覗き込む兄弟のように肩を寄せあい、ぺらぺらの表紙をめくる。何度もページを行ったり来たりしながら最後のページまで見た後、次来るとき十冊持ってきて、とJDが髭に覆われた口元を緩めた。入荷したら私にも一冊取り置きを、ティムが言った。

遅い時間にごめん、とラボに入ったジャックがパーシャに声をかけると、適当に音楽聴いてのんびりしてるから気にせずどうぞ、と彼が片手を上げた。ジャックはスタジオに入り、「使用中」のマグネットを扉につけて鍵をかけた。もっとも、二十一時を過ぎているので学生は誰もいない。卒業後も時々ラボ管理の手伝いをする代わりに、こうして使わせてもらっていた。
手袋を脱いで、顔に両手を当てる。冷たく固まった頬が解けるように熱を取り戻す。照明器具を設置した後、ポールを立てて白い背景紙をセットして、そこに丸椅子を置いた。ジャックはマフラーもジャケットも脱がないままに丸椅子に腰をかけ、ポラロイドをセットしたカメラに向き合う。右手に握ったケーブルレリーズを押し、シャッターが切られて部屋は一瞬真っ白な閃光に包まれた。できあがったポラを見て、カメラに本番用のフィルムをセットした。再び丸椅子に座ってシャッターを切る。先ほどと同じ姿で一ロール分撮影を終え、二ロール目はマフラーをほどきジャケットを脱いで、畳みもせずに足下に落とした。次のロールではセーターを脱いで、その次はシャツを脱ぐ。靴と靴下を脱ぎ、Tシャツと下着姿になる。そこでふとドアに近づいてノブを回してみる。鍵はかかっていた。Tシャツを脱いで、足元に脱ぎ捨てられた衣服の山に置く。ロールを交換して、黒いボクサーショーツを脱いで、それも下に落とした。体を少し震わせて両腕をさすり、深呼吸をして両手をだらりと下ろす。顔を上げて、カメラを見る。

十二本目のロールが終わった。ジャックは服も着ないままカメラに駆け寄ってロールを取り出して、他のロールとともにまとめて座椅子に立てた。そこから無作為に一本抜き取って、フィルムを一息に引き抜いて露光させた。フィルムはパトローネに巻き戻ろうとする。それを最後まで伸ばしきって、椅子に置く。茶色のネガがくるくると座面から垂れ落ちる。またひとつ、またひとつ、彼自身が撮影されたネガを露光させていった。半分まで引き抜いたり、少しだけ引き抜いたものもある。カールしたフィルムが丸椅子からいくつも垂れ下がり、まるでバロック音楽家のカツラみたいだった。最後の一本を露光させようと手に取り、少し考えてそれはそのままで丸椅子に戻した。そうしてスタジオの真ん中でオブジェのようになったフィルムの集合体を、リコーＧＲデジタルで何枚か撮影した。丸椅子の足元に無造作に置かれた衣服もフレーム内に収める。そうして何枚か撮影したあと、ふとカメラから顔を離して、くしゃみをふたつした。

慌てて服を着て機材を片付け、パーシャに挨拶をして階段を下りる。建物を出ようとドアに手をかけると向こう側からドアが勢いよく開いて、ジャックは慌てて後ずさる。ああ、ごめん、誰もいないだろうと思って、とレベッカが言った。こんな遅くまで、撮影？　ジャックは頷いた。扉を手で支えたまま彼女が腕時計に目を落とす。ご飯は食べた？　まだ。それなら駅のほうでご飯でも食べながら久しぶりに話そうか、と背中でドアを押さえながら、レベッカはジャックを外へと促した。

運ばれてきた料理を半分ほど食べたところで、『Strangers』シリーズは進んでる？とレベッカが聞いた。これまでで十八人。この一年、ほとんど進んでない。ひとつひとつの関係は刺激的で、それらが発展したりしなかったりすることも客観的に考えると興味深いのだけど。ジャックが言葉を止めてビールを飲み、うつむいて静かに息を吐く。疲れるのも事実だなあ、って気づいてしまって。あなたの個人的な体験、成長物語としてはいいかもしれないけれど、このままだと作品として弱い。珍しくレベッカが厳しい言葉を口にした。ニルスと一緒にいる君は無理しているように見えて、まるで『Strangers』の写真を見ているような気分だった……。ニルスと会わなくなったと伝えると、ギーがメールでそう書いてきたことを思い出した。僕らの関係は僕らふたりの問題で君には関係ない、と返事を書こうとしたけれどやめた。

わかってる。これからもうちょっとモデル探しに力を入れて、作品数を増やせたらと考えている。撮った写真をジンにまとめたんだ。ジャックは鞄から薄い冊子を取り出した。表紙にはアンドレと撮影した写真を置いた。タイトルは、『Strangers Vol.1』。Vol.1ということは続くんだね、とレベッカが嬉しそうに受け取ったジンを開く。これがあれば、きっとモデル集めにも役立つだろうと思って。ちゃんと考えているじゃない、彼女が安堵《あんど》のため息をついて窓の外に顔を向けた。視線を追うと、数日降ったり止んだりを繰り返していた雪が道路脇に白、黒、茶色の層になって積もっていた。山小屋のことを考えてるでしょう。ジャックが言うと、外をぼんやり眺めていたレベッカがはっとしたように顔をこちらに向けた。先生はいつも、この時期になるとぼんやりしてる。バレてた、と彼女が困ったように笑う。この冬はみんな忙しそうだけど、夏にでも遊びにおいで。雪のないキャッツキルもまたいいものだよ。そうだね、とジャックは曖昧に頷いて、あの雪景色を思い出す。

夜明けごろ、キッチンに誰かの気配を感じてソファに寝ていたジャックは身を起こした。テーブルには寝る前にみんなで飲んだカモミールティーのカップがいくつか置かれたままだった。暖炉の火はすでに消えていて、空気はしんとして冷たい。ニルスがキッチンで魔法瓶に飲み物を入れていた。注ぎ口から湯気が立ち、暖かな明かりに揺らいでいる。立ち上がったジャックに気づいて、おはよう、と微笑む。朝日を見にいこうと思って。まるで、タバコでも吸おうと思って、くらいの軽い調子でニルスが言った。昨日車を停めたあたりの木立の向こうに、崖下の川や山々を見渡せる場所があるらしい。昨日は暗いから気づかなかった。一緒に行く？　紅茶を入れた魔法瓶を締めながらニルスが言った。

寝間着の上にコートとマフラーを着込んで、外に出る。外気に触れた途端に、ニルスが寒い、やっぱり無理、と屋内に戻ろうとするのでその腕を摑んで引っ張りだす。いつもより大胆だね、と彼が嬉しそうに手袋をはめた。一列に並んだ針葉樹の向こうには柵もなく、断崖絶壁と言ってもいいほどの急勾配になっていた。少し明るくなってから出てきてよかった、とニルスが体を縮める。日の出前のほの暗い風景、崖下を流れる川を挟んだ向こう側の山々の稜線がオレンジ色に縁取られ、空は薄紫色に染まっていた。刻一刻と、その色が濃い赤紫に変わってゆく。息を吐くたびに、目の前が白くぼやける。間もなく稜線に燃えるような線が引かれて、それが伸びてゆくにつれて白い風景が橙色《だいだいいろ》に縁取られてゆく。谷底で漆黒の川がごうごうと音を立てている。隣でアメリカン・スピリットに火をつけて一服しているニルスがくるりと後ろを向く。車に入らない？　答えを待たずにタバコをくわえたまま彼が車のトランクからスクイージーを取り出してフロントガラスの雪を落とし、運転席に体を滑り込ませてエンジンを入れた。もう一服して、タバコの先を雪につけて消した。ジャックが助手席に座ると、コートのポケットから魔法瓶を取り出してカップに紅茶を注ぐ。カップを受け取ったジャックが口をつけようとすると、待って、と人差し指を振ってもう一方のポケットからフラスクを取り出した。温まるはず、と紅茶にブランデーを注ぐ。飲むと胸に広がる暖かさになつかしさを覚えた。まだ夜の気配を残すこちら側と対照的に、木立の向こうは空気までも暖色に染まっているようだった。幾筋かの線になって残った雪がわずかに赤い光を受けて輝きながらガラスを滑り落ちてゆく。ポケットに忍ばせた、買ったばかりのリコーGRで目の前の風景を撮って、隣で紅茶を飲むニルスの横顔を撮影した。雪景色を見ながら酒を飲むなんて夢のよう、こんなにたくさんの雪は初めてかも。どこ出身だっけ、とニルスが聞いた。沖縄、の離島。ああ、前もそう言ってた。雪のない島だね。ジャックは彼の手からカップを取って、紅茶をすする。アメリカン・スピリットの香りがうっすらと車内を満たしていた。あと数分で太陽は山々の稜線から離れ、朝焼けの色も薄まり、真っ白に輝きはじめるのだろう。ずっとこうしていたい。僕はやっぱり寒いのは苦手みたいだ、とニルスは首を振る。冬になるたびに、南部の暖かさが恋しくなる、と空になったカップに再び紅茶とブランデーを注いだ。

Stranger #27

門を開けて写真家を招き入れると、彼は物珍しそうに敷地内を見回しながら後をついてきた。チャールズが寮生活を送っているのは総合神学校で、塀の内側には外の雑踏から切り離された静かな庭園が広がっている。春はまだ遠く、薄曇りの空の下、落葉した木々が風にその細い枝を揺らしていた。こっちだよ、とジャックに声をかけ煉瓦造りの学生寮に入り、三階に上がる。廊下には誰もいないけれど、どこかしら人の気配を感じる。いつだってこの廊下は静かすぎて居心地が悪かった。部屋の扉を閉めて、チャールズは鍵をかける。脱ぐのは平気だから、なんでも指示どおりにするよ。クレイグスリストで彼の投稿をみつけて、自分から連絡をした。その際、ヌードでもなんでも大丈夫と伝えていた。おおらかな校風とはいえ、高齢の牧師や他の神学生には同性愛者であると公言するチャールズを快く思っていないものも多かった。彼らが写真を見たらどう反応するだろうと考えると愉快だった。最近サイトが更新されていなかったから、もうやめちゃったのかなと思っていた。部屋の中を見回すジャックに言った。ここしばらく撮影できてなくて……とジャックが言葉を濁した。恋、かな。チャールズの言葉に、ジャックは少し笑って首の後ろをかいた。さてどうしようか、と彼は腰に手を当てて部屋の様子を観察する。部屋の壁一面を覆っていた書棚はいつの間にかいっぱいになり、入りきらない本は足元に積み上げられている。デスクの上もプリントや資料で散らかっていた。写真立てに入れた、父と祖母と一緒に撮った卒業式の写真が倒れていたので直す。片付けたほうがいいだろうかと考えたけれど、掃除などはせず普段通りの状態で、とメールでジャックが書いていたのでそのままにしていた。床置きで本棚に立てかけられたデューラーのポスターを眺めて、一五〇〇年の自画像だね、と彼が振り返る。なんだか神聖な雰囲気があるなぁ。

その窓のそばに立ってもらっていいかな。ジャックがふたつ並んだ窓のうち右側の窓を示した。その向こうを覆うように立つ大木は校内唯一の常緑樹で、床に落ちた木漏れ日が揺れていた。その様子も写真に収めたい、と彼がその光に見とれるように言う。そこに立って、無理のない程度で脱いでもらって、服は足元にランダムにおいてもらえるかな。オーケー。チャールズはチェックのシャツとジーンズを脱ぎ、トランクスも脱いだ。手櫛で髪を直し、少し迷ってメガネを外してサイドテーブルに置いた。暖房の効いた部屋とはいえ、窓の側に立つと少し肌寒い。

カメラをセットしたジャックがチャールズの正面に立った。僕の肩を軽く抱いてもらって、その様子をまず撮りたいんだ、と彼が努めて明るい調子で言い、チャールズはその細い肩に手を回した。シャッターが切られる。君は着衣のまま？　うーん、とジャックがうつむく間に、一度シャッターが切られた。じゃあ、とシャツのボタンを外そうとする彼の両手首をそっと摑んで、ボタンから離させた。それからチャールズはボタンに手をかける。すべてのボタンをはずして両肩に手を入れ、シャツを背後にそっと落とした。ベルトに触れると、そっと手で制止された。シャッターが切られた。七枚目くらいだろう、彼の手が離れたのでベルトを外してファスナーを下ろすと、チノパンが膝の下まで落ちた。胸が合わさり、彼のゆっくりとした鼓動を肌の向こうに感じた。だらりと下ろされていた両腕がチャールズの背中に回される。そこで、ジャックが笑い声をあげた。何がおかしいの、とチャールズは体を離す。神々しいデューラーの自画像と目が合って。ああ、あのポスター。裏返そうか。いや、写真にも写り込んでいるからそのままで。わかった。もう一度彼の腰を両腕で抱き、先ほどよりも少し強く引き寄せる。小さな冷たい背中を撫で、そっと両手をボクサーショーツの下に潜り込ませ、シャッター音に手を止めた。ジャックは目を閉じてチャールズの胸に顔を埋めていた。かきあげていた前髪が落ち、ぼやけた視界を遮った。両手で下着を引き下ろした。かすかなため息を胸に感じた。髪をかきあげると、外で強い風が吹き木々が揺れる音がして、床に落ちた木漏れ日が大きく震えた。

背中をさ迷っていた彼の手が居場所を見つけたように止まった。しばらく抱き合っていたけど、ジャックはそのまま何の反応もみせなかった。少し強く抱く。固まったままの彼の体から温度が抜け落ちてゆくような感覚を覚え、忘れかけていた冷たい体を思い出す。いつからだろう、まるで異様なものを見るような目で自分を眺めていた。こちらから抱きついても、それに応えようとせず、ただ形式的に背中に手を回していた。まるで血の通っていない人形のようだった彼女は、ある日突然いなくなってしまった。こんなこと、なぜ思い出さないといけないのか。シャッターが切られた。ダメだった。感情の高ぶりを抑えきれずに、チャールズはジャックの裸の胸を押した。思ったよりも乱暴に押してしまったようで、彼がよろめいて床に尻餅をつき、チャールズを見上げている。シャッターが切られる。ごめん、ジャックが混乱した様子で言った。なぜ君が謝る、とチャールズが言うと、フィルムが巻き上げられる音が部屋に響いた。ずいぶん長いあいだその音は続いた。ふたりとも無言だった。ジャックが立ち上がりチノパンを引き上げ、ベルトを締めた。謝らなくていい、とメガネをかけてチャールズは再び呟いた。その代わり。彼の体の感覚を一刻も早く洗い落としたかったし、きっと写真を見るたびに彼女のことを思い出してしまうだろう。写真は使わないで、とチャールズは言った。驚いてこちらを見たジャックの瞳は怯えに揺れていた。撮影したフィルム三本、こっちに渡してくれないか。彼は躊躇していた。さあ！　チャールズの声に、カメラに入っていたものも含めたフィルムをジャックが手渡す。チャールズはシールされたフィルムロールを三つとも広げて露光させた。ああ、と小さな声が漏れた。すまないけど、帰ってくれないかな。チャールズの言葉にもジャックは身動きせず、床にまるで三つの竜巻が絡み合うように投げ出されたフィルムを眺めていた。さすがにやりすぎだったかもしれない。しかしもう後には引けなかった。なぜかジャックは床に散らばったフィルムに魅了されているように見続けている。そして、かすかに笑ったように見えた。笑った、チャールズは言った。ごめん、そういうつもりでは、このあいだ作った立体の……。帰ってくれないか、とチャールズはジャックの言葉を遮る。ここにいてほしくないんだ。

Stranger #28

夕方、五時少し前に写真家がやってきた。こんばんは、と階段を五階分上がってきた彼が少し上ずった声で答えた。その笑顔はどこかやつれて見える。エレベーターなくてごめん、と彼を部屋に招き入れた。赤く塗った壁に、黒いシーツが敷かれたダブルサイズのベッド、スタンドミラーとデスクトップパソコンが載ったデスク。ふたり掛けのソファはロンがくれたものだった。メイクはいつもバスルームでやってるから、と案内する。バスルームの壁は、胸の高さまで赤いタイルで覆われていた。赤が多い部屋だね、とジャックが笑う。元の住人の趣味だったらしい。寝室の赤はさすがに落ち着かないよ。写真映えしそうだ、と彼は鮮やか過ぎるほどのタイルを眺めている。撮影はまずここで、例えば君がメイクアップをして、ドラァグクイーンになってゆくさまを撮影するのはどうだろう？　わかった、いいよ。プレストンは頷く。先にシャワー浴びてもいいかな、あ、でもシャワー浴びているところを撮られるのは嫌だな。もちろん、撮らないからどうぞ。部屋のソファでのんびりしてて、とプレストンは着ていた白いTシャツを脱いでバスルームに入った。

シャワーの栓をひねって、鏡に向き合うと左胸がわずかに疼いた。軽くウェーブのかかった長い髪を後ろに回し、そこに彫られた三つ目のタトゥーを確認する。痛みは大方引いたけれど、まだ痒い。ひとつ目はニューヨークに出てきた時に左腕に入れた、天秤をモチーフにしたものだった。ふたつ目は二年前にロンと付き合いはじめた頃、平行する二本の太い直線をその上に彫ってもらった。ロンは少し嫌な顔をしていた。胸元には、より大胆にサソリの柄を数日前に彫ってもらった。湯気で鏡が曇り、ジーンズとブリーフを脱いでシャワーを浴びる。ユタから大学進学とともにニューヨークに来たというロンは、土地の保守的な風土を嫌悪していた。でも、少しでも自身の理解力の枠を超えるような出来事に遭遇すると心を閉ざした。バーやクラブにも行きたがらなかったし、行っても黙って酒を飲んでいることが多かった。部屋の壁も落ち着いた色に塗りなおせばいいのに、と何度も言っていた。友人に誘われてドラァグショーに出ることになった、とプレストンが伝えた時もわかりやすく表情を曇らせた。まるで君が嫌悪するアメリカの田舎そのものだ、というようなことを苛立ちに任せて口にした。少し後悔したけれど、どうすることもできない。関係が破綻しはじめていることは、ふたりとも気づいていた。別れて三か月ほど過ぎて、彼が『Strangers』に被写体として登場しているのを見た時は驚いた。彼なりに変わろうとしていたのかもしれない。それならば、自分も被写体になろう。彼の写真は、ふたりとも着衣のままで、表情も硬くつまらないものだった。それならば、もっと大胆になってやろう。復讐というほどではない、軽い遊びのつもりだった。シャワーを止めて、腰にタオルを巻いて曇った鏡を手で一拭きする。小さな吹き出物も化粧で隠せるだろう、ほとんど髯の生えない頬をさする。アジア人と付き合うのは初めて、とロンは言っていた。ある時プレストンの頬を撫でて、綺麗だと呟いた。ほぼ無意識のうちに口から出た言葉だったのだろう。ライスクイーンみたいなことを言うのはやめてくれと伝えると、少し驚いたようにしてその手を引き、ごめんと背中を向けた。

慎重にアイラインを引きながら視線を落とすと、バスタオルを腰に巻いただけの姿でバスタブの縁に腰掛けたジャックが鏡越しにプレストンを見上げた。拭った跡が鏡に虹のような弧を描き、いくつもの水滴が筋になって落ちている。タイ出身だったっけ。シャッターの合間に質問するジャックに、ああ、と短く答えた。彼は赤いタイルの壁に残った水滴を、線で繋ぐように指でなぞっている。生まれてすぐにアリゾナに引っ越したから、向こうの記憶はほとんどないよ。ニューヨークに来てからは、アリゾナにも全く帰っていない。家族とは疎遠で。僕も、と彼が言った。こっちに来てからは一度も島に帰っていない。どこ？　沖縄の小さな島で育ったんだ。へえ、家族仲悪いの。悪いわけではないけれど、あまり話もしない。僕がこういう作品を作っていることも知らないし、カミングアウトもしていない。する必要なんてない、とプレストンは思わず声をあげた。その声色は自分でも驚くほどに鋭いものだった。ジャックが少し驚いた顔をしたままシャッターが切られた。俺だって親には何も伝えてないしそんなの、改まって言葉にするようなことでもない。うん、まあ、いつかは、と僕は思ってるけど。彼が答えた。アメリカでも、アジア系の家庭だとセクシュアル・マイノリティに対する意識って違うのかな。さあ、両親に聞いたこともない。家族はアジア系ではないが、それは黙っていることにした。生まれてすぐに、白人である両親に引き取られた。ふたりのあいだには男児がいて、プレストンの五つ上だった。両親のいないところで彼にいじめられていた。いじめられていた、という事実は記憶しているのに、どのようなことをされたのか、その記憶はなぜかすっぽりと抜けていた。プレストンが高校生になると、いじめもぱったりなくなり嘘のように優しい兄に変わっていった。両親が介入したようにも見えなかったし、今でもその理由はわからない。幾分生きやすくなった。もっとも、彼に対して抱く不気味さは消えることはなかった。自分が同性愛者だと気づいたのも、彼のいじめが関係しているのかも、とある時ロンに言ったことがあった。そんな馬鹿げたことを、とロンはすぐに否定した。何をされたか思い出せない……と続けたけど、ロンはテーブルを離れて、がちゃがちゃと大きな音を立てながら洗い物を始めた。そんな兄も結婚し、今ではふたりの子どもとともに暮らしている。口紅を塗っていると、背後でシャッター音がして、フィルムが巻き上がる音がした。さて、メイクは終わり。君も服を着たら、と床に落ちていたジーンズをジャックめがけて投げた。

髪はこのままでいいかな、とプレストンは姿見の前に立って手櫛で整えた。あとは、ドレスか。クローゼットを開けて、ゴールドのスパンコールドレスを取り出してみる。ずいぶん華やかだね、とジャックが感嘆の声をあげた。きっと、赤い壁を背景に映えると思う。プレストンは黒いブラジャーをつけたあと、中にパッドを詰めて形を整えた。床に置いたドレスに両足を入れて引き上げ、後ろ留めてくれるかなとジャックに背中を見せる。慣れない手つきで彼がファスナーを上げて、小さなフックを何度かの失敗の後かちりと留めた。パールのピアスとラインストーンのネックレスをつければ完成だ。きれい、とジャックが呟いた。胸元にサソリがその刺々しい姿をさらけ出していた。

プレストンがソファに身を投げると、その隣にジャックも座った。ロンのソファだ。三本目のフィルム、一枚目が撮影される。ちょっと距離があるんじゃないかなあ、プレストンは言った。緊張しているのな、少年。ジャックが無言で体を寄せて、肩が触れた。その肩に腕を回す。髪の毛がジャックの胸に落ちた。回された手先を彼がぼんやりと眺めている。マニキュアも、ずいぶん綺麗に塗れるようになった。シャッターが切れたあと、ジャックが顔をこちらに向けた。彼の肩に置いていたプレストンの手が落ちる。そっと腰を抱くと、ふたりの額が触れた。フィルムはまだあと数枚分は残っているはずだった。胸のパッドが押しつぶされる。唇を重ねると、少し戸惑った後、ジャックが唇を開いた。

ゆっくり唇を離す。いつもこんな感じなの、とおどけて言うと彼が目を伏せた。何か言おうとした口元が震え、結ばれる。顔をあげたジャックが目を閉じて、体の芯を抜かれたように力なくうなだれて、あれ、と小さな声で言いながらプレストンに寄りかかってきた。暖かなその息が、裸の肩を掠《かす》めた。大丈夫？　ちょっと、力が抜けて……。しばらくそのままにしていると、彼が深呼吸のような長いため息をした。どうした、とそっとその背中を叩く。俺、やりすぎだった？　プレストンは聞く。いや、そうじゃなくて、今日は珍しく撮影が二本続いて。ひくり、とジャックの体が揺れた。笑ったらしい。何だろうね、急にごめん。彼が謝る。ほら、と彼の肩を摑んでその瞳を覗き込む。自分が何をしているのかわからなくなってしまって、とジャックが呟いた。誰かを傷つけていたのに、自分のことばかり考えていたのかもって気づいて。俺だって、と言いそうになってプレストンは口をつぐむ。今回の写真が公開されれば、ロンの目に入る可能性も高い。それが例えばキスしている写真だったら、自分はとんでもないビッチなのだろう。沈黙が続いた後、プレストンは口を開いた。無理してないよね？　ジャックが首を振る感触を肩に感じた。それならよかった。何があったか知らないけど、俺も無理はしていないし楽しんでいるから、安心して。そう言い、ジャックの華奢な肩を両手で摑んでそっと体を離す。ブサイクに撮ってたら許さないけど、俺が美しく写っていれば写真は使っていいよ。はは、とジャックが体を離してソファに背を投げた。ありがとう。でも、写真を見てから決めてほしいから、できあがり次第また連絡する。オッケー、ハニー。プレストンは彼をハグして、その背中を軽く叩いた。

仕事を終えてプリンテッド・マターを出る頃には雪がちらつきはじめていた。この冬は例年より雪が多い。家に着くまで待ってほしかった、とジャックはひとり首を振る。マフラーをしっかり巻いていると、ポケットの携帯が震えた。開くと、ギーからメッセージが来ていた。やっと就職先が今日決まった。ギャラリーアシスタント、安月給だけど。ギーが記した就職先は、先日ジャックも応募していたマルティン・R・ギャラリーだった。返事はもらえていなかった。冷たくなった手で、おめでとうと打てずにいると、また携帯電話が震えた。これからチェルシーで飲まないか、と再びギーからだった。少し考えた後、ＯＫと短い返事を送り携帯を握った手をコートのポケットに突っ込んだ。

お祝いだから。道路に面した窓側のテーブルについた後、努めて明るい調子で言って、ジャックはプロセッコをボトルで頼んだ。シャンパンじゃないのか、しかもイタリア産の安いスパークリングなんて何か意味でもあるのかな、とギーが笑う。ディレクターの彼はなかなか癖のある人間に見えるけど。そう、とギーが大げさにため息をついた。それが、懸念といえば懸念かな。マルティンはこれまでに数回、ジャックも目にしていた。チャーリー・ブラウンをガリガリにしてメガネをかけさせたような風貌で、落ち着きなく寝癖の髪のままよくギャラリー内をうろついていた。いつかのオープニングでは来た客と喧嘩していたし、朝のチェルシーで奇妙な恰好をしてランニングしているのも見かけたことがある。どれもこれも、彼にとってのパフォーマンスなのだろうけど、とギーが言う。十九歳の頃から老舗《しにせ》ギャラリーでアシスタントとして働きはじめた彼は、そこのオーナーの死後自分のアパートをギャラリーとして週末だけ開放した。二年前にチェルシーの路面にホワイトキューブのギャラリーをオープンさせ、そこでも挑戦的な展示を連発していたけれど、アパート時代のほうが良かったと言う人も多い。アパートには一度訪ねたことがある、とギーが言った。ベッドだったりキッチンだったり、生活感をぬぐいきれない空間と絶妙に合った立体作品や平面作品が置かれていて、すごく面白かったのを覚えている。その時にマルティンとも少し話して、挙動不審だけど話していることはとてもインテリジェントで、好感は持てたかな。でも、その下で働くとなると大変そうだ。ギーがプロセッコを飲む。うん、まあ悪くない。泡が一本の線になってグラスの底から湧き上がっていた。窓の向こうでは丸く大きな雪が落ち続けていた。ジャックは鞄からリコーGRデジタルを取り出して、プロセッコと暗い雪景色を写真に収めた。雪はうっすらと歩道に積もりはじめている。

ニルスを撮影したあの日も、初雪がブルックリンの景色を覆ってゆくのを暗くなるまで飽きもせず眺めながら、冷蔵庫にあるだけの酒を飲んだ。古いカントリー音楽のレコードを聴いた。それから少しずつ会う回数も増えた。リコーGRを購入したのも、もっと気軽にニルスのポートレイトを撮りたかったからだ。彼といる時間は心地よかったけれど、じきに会わなくなるだろうという予感はどこかにあった。しかし実際にそうなると話は別で、大いに動揺し無様《ぶざま》な真似をしてしまった。夜のイーストヴィレッジだった。年が明けてずいぶん経ったのに、街にはまだクリスマスのイルミネーションが残っていた。仕事も忙しくなってきたし、しばらく連絡はしないほうがいいと思う。というか、問題がある。ニルスの声に顔を上げた。ごめん、そういえば君の部屋にあった『路上』をこっそり持ち出した。返すつもりだったけど、忘れてた。ニルスが歩道のコンクリートを眺めながら、短い笑い声をあげる。歩こうか、少し。そう彼が言って、黙ったまま数ブロックを歩いた。さっき言ったことを覆すような発言を待っていたけれど、言葉は何も発せられなかった。気がつくと、地下鉄の駅に下りる階段の前にふたりで向き合い立っていた。じゃあ、と階段の前でニルスが腕を少し広げた。ジャックも重たい腕を持ち上げてハグをする。ニルスが頰に軽くキスをした。彼が顔を離した瞬間、その唇に自分の唇を重ねた。ニルスの唇は冬の外気でかさかさになっていた。彼が顔を離して少し眉をひそめたけれど、すぐにまたじゃあと言って地下へと消えた。ジャックはポケットに入ったリコーGRを握ったまま、取り出せずにいた。間もなく電車が到着したのだろう、人々が階段を上がってきた。出口の真ん中に突っ立っているジャックを怪訝そうに見ながら、横を通り抜けてゆく。Fの音を発するために下唇を嚙む。ふ……と唇のあいだをすり抜けた音は、階段を急ぎ足で上がってきた人に肩をぶつけられ、言葉になる前に情けなく消滅した。

かきん、と硬質の音に我に返る。ファック、とギーがテーブル上で倒れたグラスを慌てて拾い上げた。珍しくうろたえていて、きょろきょろと素早く顔を左右に動かしていた。手の中のグラスは空っぽだった。カメラに目をやると、ぷちぷちと発泡する水たまりにすっかり浸っていた。ジャックの視線を追ってカメラに気づいたギーがそれも拾い上げる。ぽたぽたと水滴が垂れ続けた。すぐに戻ってきたウェイトレスが手渡したクロスで、ギーがカメラを念入りに拭く。派手に濡れたようだ、とジャックはあまり深刻にならないように言った。メモリーカードの中にはここしばらくの記録が入っていた。ニルスの写真をまだ見る気が起きず、作品用の写真以外ほとんどのデータはパソコンには取り込んでいなかった。申し訳ない、私としたことがぼんやりして……壊れてたら弁償するから。ジャックはカメラを受け取って、電源ボタンを押す。反応はない。写真家の道具を壊してしまうなんて、とギーが頭を抱える。自分だって少し前までは写真家だったのに。作品としての写真を作ることは、やめた。使っていたハッセルブラッドも売ったよ。ギーは弱々しく笑う。もう一度電源を押してみる。レンズがせり出してきて、生きてる！とギーが背筋を伸ばして覗き込んだ。しかし飛び出したレンズはすぐに引っ込んでしまい、それから動かなくなった。電源ボタンを押してもなんの反応もない。取り出してみたメモリーカードはすっかり濡れていた。その様子を見ていたギーが椅子の上で顔を両手で覆ってうなだれる。データも飛んじゃったかも、そう言いながら、カメラが壊れたショックよりも彼の大げさな態度がおかしくて、ジャックは笑いを漏らした。いいよ、もう別に。よくない、よくない。いいんだって、それに、なんだか楽になったよ。吹っ切れた。ありがとうと言いたいくらい。それは、本心だった。ニルスがいなくなってからしばらく胸の奥底に沈んでいた重い石が消えていた。本当に？　ああ。それに、いい感じの作品にできそうだ。メモリーカード、記憶だね、が入ったまま水槽の底に沈めたデジタルカメラ。タイタニックみたいじゃない？　そう言うジャックに、ギーが苦笑して首を振る。自分はいつまでギーに対して怒っているのだろう。もう邪魔はしないというニコの言葉に嘘はなく、彼はあれ以来ジャックの前に姿を見せていない。ソラヤからはひとりでパリに引っ越したと聞いた。

　そういえばプリンテッド・マターが『Strangers』のジンを取り扱ってくれることになった。久しぶりに会ったのだし、ぎすぎすした雰囲気にはならないようジャックが話題を変える。JDとティム・ライアンも一冊ずつ予約してくれた。ティムに買ってもらえるのはすごくいいことだ。いずれ作品を買ってくれるかもしれないね。そうなるといいけれど。そうしてコレクターがついて、そしてギャラリーが見つかれば、アーティストビザ取得への道筋も少しずつ見えてくるかもね。そうギーが頷いて、思い出したようにそういえばグループ展の準備は順調？と聞いた。アンドレの企画していたグループ展の話が進み、グリーンポイントに小さいながら会場も見つけたという。参加作家は四人で、全員が有色人種のクィア。アンドレが言っていた。うん、まあうまく行きそう。それに合わせて、『Strangers』のジン第二弾も作っているところ。楽しみにしてる。ウェイトレスが新しいグラスを持ってきて、ギーは慎重にスパークリングワインを注いだ。

プロセッコと白ワインを一本ずつ空けたところで店を出た。同じ方向だからタクシーで帰ろうとギーが言った。少し酔っているようだ。動き出したタクシーは静かで、ジャックは窓の外を眺めていた。酔いに弛緩した体を背もたれに預け、手をシートの上に放り出していた。タクシーがウィリアムズバーグブリッジに入り、ジャックはマンハッタンの夜景を見ようと体をねじる。等間隔に配置されたオレンジ色の街灯の下を抜けるたびに車内はほの暗くなり、そしてまたオレンジ色に染まる。マンハッタンが後方へとゆっくり離れていく様子を見ていると、シートに放り出した手に乾いた肌の感触が重なり、ジャックは自分の手に乗せられたギーの手を見た。車内がオレンジ色に染まり、暗くなる。一年ほど前に同じ道をニルスとタクシーで通った。彼の友人宅での小さなパーティーに誘われて、そこでジャックがおとなしくしていたら早めに帰ろうと耳打ちをしてきて、タクシーで彼のアパートまで向かった。パーティーの雰囲気に馴染めず、慣れないウイスキーのロックばかり飲んでいた。ふわふわと川の上に浮かんでいるような心地だった。ちょうど今ジャックが座っている側にニルスがいて、外を眺めていた。体を傾けてシートに横たわる。彼は外を向いたまま、ジャックの肩のあたりを優しく二度ほど叩いて、そのまま手をそこに置いていていた。今僕らは大西洋上にいる、と仰向けのまま呟く。街灯が視界をオレンジ色に染め、暗くなる。ああ、そうだね。いつかイーストリバーが川ではなく海峡であると彼が教えてくれた……と思い出したところで我に返り、ジャックは重ねられた手をまじまじと眺めた。思い出された記憶は痛みを引き起こさなかったし、乾いた彼の手は冷たかった。なんだかおばあちゃんの手みたいだ。ジャックが言うと、ギーが短い笑い声をあげてその手を引いた。いつからか、彼は香水を使わなくなっていた。

ブルックリン＝クイーンズ高速道路そばの公園でタクシーが停まる。そういえば、とドアに手をかけてジャックはギーを見た。とても久しぶりに目を合わせたような気がした。言い忘れてたけど就職、おめでとう。ふっと安堵の表情を浮かべたギーが、ありがとう、と微笑んだ。お互いに、うまくいくといいね。彼の言葉に頷き、外に出てそっとドアを閉じた。窓の向こうで、白い手がかすかに振られ、タクシーはグリーンポイント方面に走っていった。高速道路のオレンジ色の光が公園の木々を暖かい色に染めていた。

Stranger #36

俺普段は絵描いてるんすけど、最近写真もやりだしたんすよね、だから興味持って連絡しました。冷たい麦茶の入ったグラスをテーブルに置いて、絃二郎は背伸びをした。今日のために毎日筋トレしてたら、張り切りすぎちゃって筋肉痛。まあそれは置いといて、ネットの記事見てたら、おっと同じ日本人が面白いことしてるじゃん、って。いい写真撮りますよね、今度教えてくださいよ。写真家は曖昧に笑い、麦茶に口をつけた。あれ、日本人、ですよね？　名前変だけど。かたり、とグラスをテーブルに置いて、国籍としては、とジャックが言った。日本にいた時から、そのあだ名だったんすか？　二年前くらい、ニューヨークに来てから、とジャックは答えた。大阪にいた頃には、Jと呼ばれていました……。大阪にいたんすか、なんでJ？　大阪は専門学校、留学準備するところで、Jというのはマイケル・J・フォックスから。友だちにつけられて。うけるうける。さすが関西人ですね、なんとなくわかりますよ似てますもんね。似てません。それで、その時の友人のひとりがニューヨークに出てきてて、一足先に帰国することになって、彼の住んでた部屋に入ることになったんです、クイーンズの。それで、その友人、堤って言うんですけど、堤がルームメイトの女性に僕のことをJ、J、とずっと伝えていたらしくって。彼女的にはアメリカ風の名前で呼ぶことをごく自然なことだと思っていたのか……。中国の人？　はい。彼らそういうアメリカ風のファーストネームつけがちですよね。すぐにその名にも慣れました、と紘二郎を遮るようにジャックが言葉を続けた。自分の名前が伝わらず、繰り返し言うことが億劫になってきた時期だったんで。ある時スターバックスで飲み物を頼んで、名前を聞かれた時に思わずジャック、と伝えたところすぐに通じたんです。こんなにも楽なのか、とそれ以来店で名前を聞かれるたびにそう答えていました。冗談めかしてクラスメイトにもそうやって自己紹介するうちに、ジャックという名前はすっかり定着して。意外と普通の話じゃないすか、紘二郎が笑った。もっと深い理由があるのかと思いましたよ。

それで、どうですか、撮影場所として。紘二郎は住んで三年になるスタジオアパートメントを見回した。半地下の部屋だった。道路側に窓がふたつあり、それが唯一の自然光の源となる。引っ越す前は暗いかと思ったけれど、意外と苦にはならない。カーテンを開けていると道ゆく人々の足元が見えるけれど、彼らがしゃがみこんで覗こうとさえしなければ、見られる心配もない。隠れ家っぽくて気に入っていた。窓の横の壁は一面が鏡になっていた。その窓側をアトリエとして、反対側を居住スペースとしていた。あ、プレステ2、とジャックが声をあげる。ああ、日本から持ってきて暇な時に遊んでんだよね。『ファイナルファンタジー』ばっかりだけど。僕もFF大好きです、再びジャックが声をあげた。今日一番声張った、やればできるじゃん。どのFFが一番好きですか？　『9』かなあ。ビビ、よかったですよねとジャックが言い、明かりは窓の近くがいいと思うけど……と、窓の側に置かれた絵の前で立ち止まった。外からの光を受けて埃がちらちらと舞っているのが見える。どおっすかねえ、俺の絵。紘二郎も近づいて彼に声をかける。ほとんど自画像で。イーゼルにかけられた一番最近の作品を見て、明るい色ですねとジャックが当たり障りのないことを言う。後期デ・クーニングっぽくないすか？　後期デ・クーニングってどんな感じでしたっけ。こんな感じ……とか、言わせるな、って。アートスクール通ってるんだよね、どこでしたっけ。アートスクールではないです、普通の大学。シティ・カレッジ。ああ、ハーレムの。遠いっすね。プアマンズ・ハーバードって呼ばれてるんでしょ。昔はそうだったらしいですね。紘二郎さんは？　俺はどこにも。独学でやってるから。語学学校に通っていたけれど、とっくに辞めた。そうですか、と呟いてジャックはカメラを取り出した。

あっ、メールでも書きましたが、俺顔出しNGなんで。カメラをセットアップしはじめた写真家に絃二郎は確かめる。そこは大丈夫だよね、それから脱ぐのもちょっと。もちろん、わかってます、私は被写体の意思を尊重します。今私って言いました？　すかさず突っ込むと写真家が頬を赤らめた。こんな歳だし、そろそろ大人っぽくしたほうがいいかな、って。いやいや、似合ってない。全然似合ってない。あと十年は板につかないと思う。まあいいや、それ以外は、指示に従うから。あ、そうだあの絵を背景に、ダイニングテーブルで向き合ってるってどう、俺がこっち側で、カメラに背を向けてて。いいんですか、自画像は写真に入っても。結構似てるのもありますが……。いいんだ、あっちのほうが本当の俺に近い。絃二郎が言うと、少し考えた後、わかりましたとジャックがカメラを移動させた。それでは、そこに座ってもらえますか。指示された通りダイニングの椅子に腰を下ろし、すぐに腰をひねってカメラの調整をする写真家に向き合う。そういえばジャック君、その顔立ちはもしかして沖縄出身？　顔を上げた彼が頷いた。やっぱり！　俺もなんだよね。いや、生まれも育ちも東京だけどさ、じいさんが沖縄出身で。苗字からなんとなくそうかなと思ってました。でしょ、花城。ハナシロゲンジロウ。東京じゃアイドルみたいってもてはやされたけど、こっちじゃ長くてなかなか伝わらない。ゲンとかジルとかでいいんじゃないですか、ジャックがカメラを調整しながら言う。適当適当。いや、俺の名前は俺の名前だから、曲げない。スタバでも何度でも言い直してやる。祖父は沖縄戦後の混乱期、無謀にも盗んだ小舟でまだ沖縄と同じくアメリカの占領下にあった奄美諸島を経由して本土に渡り、闇市でのし上がった、らしい。幼い頃に武勇伝をよく聞かされていたけれど、どこまで本当かはわからない。トビウオの群と一緒に波に乗って、海から飛び出したそれらを素手で捕まえて食べたなどと言う人だった。戦前、二十歳にもならない頃移民としてアメリカに渡った後、数年で日本行きの船に潜り込んで逃げるように戻ってきて、両親から勘当された。戦時中は山原《やんばる》の山奥に隠れてやり過ごした。そんな祖父がアメリカにいた時に出会った、たったひとりの親友の名前がゲンジロウだったらしい。息子が生まれてしばらく名前を決められずにいた両親に祖父が紘二郎を提案すると、ふたりとも気に入ったようですんなり決まった。お前はあいつの生まれ変わりだ。ふたりきりの時にはよく言っていた。晩年、記憶がおぼろげになって、よくゲンジロウの名を呼んだが、紘二郎がそばに来ても反応はなかった。

じゃあ、タイマーにセットしたので、あと数秒でシャッターが切られはじめます。ジャックが目の前に座った。俺はどうしてればいい、表情は？　表情も何も背中向けてるから……例えば首筋に手を当ててテーブルに寄りかかるとか。こうかな、とテーブルに寄りかかり、背後のカメラに意識を向ける。数回シャッター音がした後に、ジャック君は、彼女とかいたことあるの、と声をかけてみる。ない、ですね、とジャックが平坦な声で言った。俺もこっちきて恋人できたことないなあ。みんな、気が強いからさあ。彼がうつむいて、数枚の写真が無言のうちに撮られた。ロールが終わり、ジャックが立ち上がって手早くフィルムを入れ替える。それで、なんでニューヨークに来たの、と黙々と作業する写真家に声をかける。サイトに掲載しているステートメントにその辺りの経緯も書きました、と少し冷たい言葉が返ってくる。そりゃあ、そうだけどさあ。その、生きづらさって、こっち来て変わらなかったのかな、って。自分みたいなダメな性格だと、なかなか。そう卑下するのは良くないんじゃない。卑下から生まれる良きものもあると思います。前向きにひねくれてる。紘二郎は思わず笑う。俺は、東京も楽しかったよ。でも、こっちのほうがその何倍も楽しい。自由だよ。羨ましいです、僕もそうなりたくてこのプロジェクトを始めました。そして俺に出会った。そうですね。ああ、ジャック君はなんだか適当だなあ。気づかないかな、と絃二郎は外からの光を受ける自画像を手で示した。あれ、最近のものは全部裸なんだ。ジャックが自画像に近づいて確認する。ほとんどは抽象的すぎてわからないけれど、確かにいくつかはそうですね。そしてさ、俺がこういう作品を作ったり、そして君の作品にモデルとして参加する理由は、きっと君が『Strangers』を始めようと思った動機と近い、とは思わないかな。俺だって……わかった、俺、脱ぐよ。Tシャツくらいは。そんで、この中で一番俺っぽく描かれた自画像を写真に入れるといい。いいんですか？ああ、いいさ。こうして出会った日本人同士、何かの縁だ。そういうの、嫌かもしれません。じゃあ、遠い沖縄繋がりで！　でもちょっと待って、リラックスしよう、と絃二郎は冷蔵庫を開け取り出した瓶のサッポロを一口飲む。ジャックに差し出すと、ごくりごくりと二口ほど一気に飲んだ。間接キスだ、と絃二郎が言うと彼が首を振る。ほら、そんなことより見てよ俺の体、と絃二郎はTシャツを脱いで薄い胸を叩いた。どれだけ筋トレしても、走っても、脂肪が落ちて多少筋肉がついても、分厚くなることなくひょろ長いまま。一反木綿みたいでしょ。こんな体、見向きもされないよ、身長だってここじゃあ普通だし。そうかな、と少し照れた様子でジャックがうつむく。あれ？　俺はハードル高いよ。その前にもう一度確認なんですけど、募集のメッセージちゃんと読みましたか。もちろん。なら、いいんです。

絵の前に置いた椅子に座り、鏡に俺の顔映らないよね、と再度確認する。はい、映らないようにするので安心してください。撮影が始まり、視界の隅に鏡に立てかけられた自画像を見つけた。ニューヨークに来て初めて描いた自分は、今よりももっと細く、長い髪を金色に染めていた。鎖骨の浮き出た首元にシルバーのネックレスをつけていた。語学学校を卒業して大学に通っている、と家族には伝えていた。送られてきた学費は手をつけずにとってあるけど、ビザもうすぐ切れるしこんな違法バイト生活もどれだけ続くかわからない。いい具合に女の子見つけて結婚できればいいのだけれど、友だちといえば語学学校時代の外国人ばかり、大半は卒業後は帰国するというアジアからの留学生だった。あー、俺お先真っ暗だよ。動かないでください、とジャックが言う。はい、と答えると、やっぱりちょっとストップ、と彼がカメラのタイマーを止めてファインダーを覗いた。ああ、鏡にカメラが映り込んでいたので撮り直しますね。それ、いいじゃん。カメラの後ろにジャックがいて、それをそのまま撮影すれば。自画像を前にした俺を写真家が撮影している、って。それはちょっと。イメージの中にはカメラを入れたくないんです。あくまで、『Strangers』のイメージはファンタジーにしておきたいので。作り物の関係なのに？　作り物の関係だから、でしょうか。そう言って、紘二郎から一メートルほど離れたところにスツールをおいて腰掛け、腕を組んだ。これって、どういうシチュエーション？　僕にもわかりません、ジャックが笑った。恋人たちは絵画を前に何をするんでしょうか。さあ、『タイタニック』みたいに相手のヌード描くとか？　でも俺自分しか描かないし、ジャックは絵描けないんでしょ。それじゃあふたりでプレステ2で遊ぶとか、とジャックがまた立ち上がる。ちょっと、俺上半身裸よ？　それにふたりでFF？　まあいいんじゃないですか、たぶん画面は写真には入らないです。上半身裸で床に寝転んでコントローラー握って、僕はソファに。小学生の夏休みかよ、まあいいや了解、じゃあそうしよう。紘二郎は立ち上がってプレステ2の電源を入れた。セントラルヒーティングでもなかなか温まらず、夏以外は常に肌寒い部屋だった。冷たくなった肌に毛足の長いカーペットが心地よい。プレステ2には少し前に親に送ってもらった『FF12』のディスクが入っていた。勇ましいファンファーレ調のメロディーに続いてお馴染みのテーマ曲が流れだす。懐かしい、背後でジャックが呟いた。

撮影を終えて駅に向かって歩いていると、ジャックを呼ぶ声がした。振り向いた彼に、バーのテラス席でノースリーブのシャツを着た若い男が微笑みながら片手を上げた。西日に染まるその顔には見覚えがあった。記憶を巡らせ、すぐに思い当たったものの彼は一瞬のためらいを見逃さなかった。君のストレンジャー#2だよ、と彼がサングラスを外し、忘れたのかと大げさに肩をすくめる。忘れるわけないよ、フリアン。髪型が変わっていたのとサングラスのせいで……久しぶりだね。撮影の時は坊主頭だったのが、肩にかかるくらいの長髪になっていた。ああ、これ、とフリアンが手櫛で髪をとくと、オレンジ色に透けて風になびいた。テーブルに置かれた背の高いグラスには琥珀色のビールが半分ほど残っている。ジャックの視線に気づいて、今日は仕事も終わったから、とグラスを掲げた。一緒にどう？　ジャックは椅子に座り、ウェイターに同じものをと伝えた。つまみに、とフリアンがフレンチフライを頼む。撮影の時も、同じビール飲んだね。そうだった、と背伸びをしながらフリアンが言う。写真もありがとうね、恰好よく撮れててよかったよ。あと二十年くらいして幸せ太りしたおじさんになったら、額装して部屋に飾ろうかと思う。

ビールとフレンチフライが運ばれてきて乾杯をした後に、この夏はどうするのとジャックが聞くと、思いっきり遊ぶんだと彼が言った。実は、もうあのアパートには住んでいない。彼とはこの間別れて今はひとり暮らしをしている。それで、秋になったらブエノスアイレスに引っ越そうと思う。それはつまり、と驚くジャックに帰るよと彼が笑顔で言う。いや、行ったことない場所だから帰るではないか。家族は？　とりあえず俺だけ。仕事も辞めて、夏いっぱいニューヨークを満喫して、綺麗さっぱりこの街からいなくなるんだ。彼は形だけでも結婚しようと言ってくれたけど、実際に結婚なんてこの国じゃあいつまで経っても無理だろうし。一緒にブエノスアイレスに来るとまで宣言されたけど、そんなの無理。アメリカで生まれた彼には家族も何もかもこっちにあるんだから。君こそ、という言葉をジャックは飲み込む。その表情から、決心は揺らがないのだろうと理解した。彼が本当にブエノスアイレスまで追っかけてきたらウォン・カーウァイ的でドラマティックだけど、とフリアンが楽しそうに笑う。君は、もう卒業したの？　うん。チェルシーにある本屋でパートタイムの仕事をしてて、でもそれだけだと暮らせないから別の仕事も探している。ビザは大丈夫なの？　卒業して一年は仕事していいことになっている。そのあいだにフルタイムの就職が決まってうまくいけば就労ビザが下りるんだけど。フリアンの背後で信号が青に変わり、せっかちな車が一台、クラクションを鳴らした。それがこだまのように連鎖する。写真は続けてるみたいだね。クラクションが収まったところで機材の入ったバッグに目を向けてフリアンが言う。ああ、今日もさっきまで撮影だった。それに、再来週からグリーンポイントのギャラリーでグループ展があるんだ。小さなアーティスト主導の展覧会だけど。手にしたひときわ長いフライを空に掲げてジャックが言う。それはおめでとう。立派なアーティストじゃないか。アーティストビザを取ることは考えていない？

取りたいけれど、まだキャリアもコネクションもないから当分は無理だと思う。じゃあ、一年が過ぎて就労ビザが取れなければ日本に？　フリアンの質問に、戻らないといけない、とジャックは言って、冷めてしまったフレンチフライを口に押し込んだ。

Strangers Vol.2

クイーンズを抜けて、窓の外に流れるくすんだ茶色と灰色ばかりの景色が次第に緑色に変わってゆく。広くなった空を見上げるようにジャックが窓に頭をつけていると、何見ているの、と隣に座っていたアンドレが身を屈めて窓の外を見た。雲ひとつない空だった。なんだか『エターナル・サンシャイン』のジム・キャリーになった気分。ジャックが言うと、センチメンタル、とアンドレが姿勢を元に戻して笑う。通路を挟んで反対側の席にいるベンジャミンも笑いながら、あんな湿っぽい映画思い出すなんて、と言った。夏なんだからさ。

グループ展を観にきたティム・ライアンがアンドレの作品を購入し、納品時にみんなでモントークのサマーハウスに遊びに来るといいと言ってくれたそうで、参加作家を誘い彼の家を訪ねることになった。結局他の作家ふたりは都合がつかず、アンドレの提案でベンジャミンを誘うことになった。ベンジャミンは卒業後額装屋で働きはじめていて、展覧会をすることになったと伝えると額装はうちに任せろ、と言ってくれた。ボスに頼んでみる。額装代も馬鹿になららないだろうからね。確かに、作家たちにとってそれは悩みの種になっていた。ボスは若い頃ブラックパンサー党に少し関わっていて、フランツ・ファノンの熱心な読者だったらしい。へえ。それで、俺が面接で調子に乗って共産主義に興味があるって言ったら、人民寺院の思想にでも傾倒しているのか、って訝しがられて。慌てて否定したよ、俺は思想に興味があるだけで、というかスタイルで……ってね。言っちゃったの、それ。ジャックは笑う。でも、雇ってもらえることになった。彼は困ってる人には積極的に手を差し伸べている。去年のハリケーン・カトリーナの後は仕事を投げ出して現地にボランティアとして向かい、持ち金ほぼすべて寄付しちゃったっていうんだから。そう言ってベンジャミンは愉快そうに笑った。どんな些細なことでも、マイノリティ支援には積極的だから、夢見る若者たち、しかもなんらかのマイノリティである若者たちが困っているなら、きっと協力してくれる。ビール片手に軽い口調で言う彼にジャックは半信半疑だったが、最終的にすべての作品を半額で額装してくれた。

　モントークには前に一度来たことがある。ジャックが言うと運転席のティムがちらりとバックミラー越しに彼を見た。半年前の冬だったかな、大西洋を写真に撮りたくて。次の日風邪ひいてたな、と隣に座るベンジャミンが思い出したように笑った。それじゃあ今日は海の様子もその時とはだいぶ違って見えるだろう。ジャックは窓の外に目を向けた。車は海岸線と平行に進む道に入り、茂みのあいだから光を受けて揺れる海が見え隠れしていた。まっすぐ続く道、他に車は見当たらない。アンドレがカメラを取り出してサイドガラス越しに風景を撮影した。35ミリのフィルムカメラだった。自分にもリコーGRに変わる新しいスナップ用のカメラが必要だ。いや、久しぶりにＬＯＭＯを使おうか。あれ、ＬＯＭＯどこに仕舞ったっけ……とジャックが考えていると、さあ着いたよ、とティムがハンドルを左に切った。木々に囲まれた細い小道を進むと、林の中に佇む白いコンクリート造りのサマーハウスが現れる。海に向かって延びるような長方形の平家で、入り口側から海の様子を窺うことはできない。

ここで夏を過ごすようになって二十年になる。リビングに入り、三人を振り返ってティムは言った。両側の壁にいくつか写真作品がかけられていた。ピーター・フジャー、ライアン・マッギンレー、ロニ・ホーン、キャサリン・オピーなどのポートレイト作品が並ぶうち、一枚の写真の前でジャックは立ち止まる。メイプルソープによるモノクロ写真には、体にぴったりフィットするようなレザーのジャケットとパンツに身を包んだ男ふたりが、その服装といかにも不釣り合いな品の良い落ち着いたリビングルームでカメラに向き合っている。アームチェアーに腰掛けた若い男の両手両足は鎖で繋がれ、その反対側の端を椅子のそばに立つ髭の大男が握っている。これはいつ頃の作品？　ジャックが振り返って聞いた。一九七九年撮影、だったかな。撮影された男たちも、私と同じくらいの歳になっているだろうね、生きていれば。ティムがキッチンカウンターの向こうで言った。そう、とジャックは再び写真に見入る。『Strangers』でも、こういう写真が撮れるかなと思っていたんだけど。ＳＭ的な写真、てこと？　隣にきたアンドレが聞いた。写真を見たままジャックは頷く。一度、クレイグスリスト経由で参加希望の連絡はあったんだ。ＳＭに興味はあるかって一言添えられて。とりあえず、教えてくれるなら撮影してみたいって返信を送ってみたよ。勇気あるね、僕にはできない、と言うアンドレの穏やかな横顔をジャックは盗み見る。アンドレこそいつも自信を持って堂々と、誰でも撮影できるアーティストだと思っていた。反対に自分はいつまで経っても人を撮影することに自信が持てずにいた。無防備なだけだよ、とジャックは笑い、でもそれから音沙汰なしで、と付け加えた。ちょっと見てみたかったな、それも。ティムが笑う。少なくとも僕が撮影した男たちは、意外と保守的、というかみんな普通だった。普通、か。私からするとそれはとても尊いものだけれど。ティムが冷蔵庫からバドワイザーの瓶を取り出しながら言った。とりあえず、一本ずつどうぞ。

わずかに開いたレースカーテンの隙間から、光の線が床に引かれていた。アンドレがカーテンに手をかけ、開く。光の筋が一瞬で広がり、腕を伸ばしたままのアンドレの手足の長いシルエットが浮かび上がる。少しずつ目が慣れてきて、四人でビール片手に浜辺に出た。少し湿った潮風がTシャツを揺らす。太陽は一番高いところにあった。砂浜に並んで腰をおろし、ビールを飲んだ。そうそう、これが必要だったんだ俺には、とベンジャミンがビール瓶を海に向けて掲げながら言った。水色の空に、飛行機雲が斜めに延びている。あれは英語でなんと言うのかと左にいたティムに尋ねてみると、contrail、と返ってきた。へえ、と右にいたベンジャミンが言う。初めて知った。今までなんて呼んでいたの？　ジャックが聞くと、なんとも、ただ飛行機が水蒸気だかを残して飛んでるだけでしょとベンジャミンは返事をした。ジャックは彼が空をただ空として見ていることに妙に感心した。そういえば、とベンジャミンの向こうに座るアンドレが言った。子どもの頃、誰かにあれは天国への道なんだって言われた。彼のサングラスに映った飛行機雲が長くなってゆく。なんだか懐かしい言葉だ、とジャックが呟く。そんな歌があったような。ジム・ホワイトだろう、「The Road That Leads to Heaven」だったかな、とティムが言う。ああ、そうだ。いつかニルスが教えてくれた曲だった。あの綺麗な雲が見える？

まるで鳩のような形をした。強い風が吹いて今度は有名な映画俳優の顔になった。かつて愛した誰かを思い出させた。また強い風が吹いて今度はただの雲になった……。渋い歌知ってるんだね、とティムが微笑む。前に人に教えてもらった、とジャックが言うと、ベンジャミンが腕を伸ばして肩を抱くように軽くハグをした。さあ泳ごう、とアンドレが立ち上がってTシャツを脱ぎ、ベンジャミンもそれに続いた。ふたりとも、すでに下は水着だった。来ないの？と聞くアンドレに、水着持ってきてないから、とジャックは顔の前で手を振った。ティムは？　私はいつでも泳げるし日光浴のほうが好きだからと言って彼は、アイロンのかかった白いシャツのまま砂の上に仰向けになりサングラスをかけた。ふたりはビールを飲み干して、海へと駆け出していった。あんなふうに海を楽しめたらいいだろうな、とジャックはぼんやり考える。

かつて、まだこの家を買うずっと前、ヘルズキッチンに住んでいた頃かな。兄弟のようにはしゃぐベンジャミンとアンドレを見ているジャックの隣で、ティムが呟いた。チェルシーの埠頭で夏の午後をよく過ごしたよ。今では想像もできないだろうけど、あの頃川沿いには廃墟となった倉庫が並んでいて、そこは我々にとって天国のような場所だった。そこに行けば、息苦しさから解放される。そんな場所だった。そこでよく日光浴をしてたんだ。その廃墟については聞いたことがある、とジャックは言った。ゲイ男性の間では知られたクルージングスポットで、時々は床が抜けてことの最中に川に落ちて死んでしまう人もいたとか。確かにそういうこともあったよ。でも、セックスと死ばかりの場所でもなかった。そこで作品を作るアーティストもいれば、ただただ本を読みに来る人もいた。もちろん、時々は男たちと遊ぶこともあったけどね。懐かしいな。そう言って、ティムが体を起こした。ニューヨークで好きな場所は見つけた？　その質問の答えを探そうとジャックは思いを巡らせるけれど、眩い風景の前では何も思い浮かばない。どこだろう。海、は好きかなあ。招いてよかった、ティムが笑う。もっと早く、ニューヨークにもこうして海があることを知っていればよかった、とジャックは呟いた。こっちに来て最初の一、二年は街に馴染めなくて。外を歩いていると、ニューヨーカー失格の自分にみんなが蔑みの視線を投げてきているような気がしたりもした。どうかしてた。そんなことない、とティムは微笑む。君が二十年前のニューヨークにいて、埠頭の存在を知ったらどうしてただろうね。ちょっとはましな気分になって、解放感を得られたかな。いや、気が小さいから足を踏み入れなかったと思う。それなら、昔の私が連れてってあげるよ。はは、ありがとう。そう言ってジャックはぬるくなったビールを飲んだ。水滴のついた瓶の底が砂で覆われている。とにかく、あの街にいると息苦しくなることがあって。そんな時に、電車で郊外に出かけて風景を撮影するようになったんだ。そして、大西洋をみつけた。海を見ていると、不安が和らいだ。リラックスできた。子どもの頃、海のそばで育ったからかな。泳げないから、海は好きではなかったはずなのに。

グループ展、写真を作品として観ることができてよかった。ティムがちらりとジャックを見て言った。会場で『Strangers Vol.2』も買った。最近の写真は結構がんばってるね。脱いだり、フィジカルに君自身を相手に近づけていこうとする姿勢が見える。脱げばいいいってわけではないことにも気づいたけど、とジャックは言った。やってみないとそういう気づきもなかっただろう。ティムがサングラスを外し、微笑む。あのシリーズはまとまった数で観たい。個展として見せるべき作品だと思う。個展か、先は長いなあ。ジャックはそう言って穏やかな海を眺める。ふたりが見当たらないと思っていたら、しぶきを上げながら水中から飛び出してきた。どこにいても、継続して作ることだね、君が『Strangers』の後に何を見せてくれるのか楽しみだよ。今は何も思い浮かばない、とジャックがため息をつく。結果的にどこにいようと、自分の選択だということを忘れないで。東京に行くのなら、それも君の選択だ。そう言ってティムは サングラスをかけ直し、海のほうを向いた。そう思えるようになりたいな。ティムが腕を伸ばして、ジャックの肩を軽く叩いた。海、入ってみたら？　気持ちいいはずだ。いい気分転換になる。水着を持ってない、とジャックは繰り返す。甥のために去年買った水着があるから、それを使えばいい。ティムが立ち上がる。えっ、甥？　中学生でちょうど君と同じくらいの体型だから。中学生……。安心して、派手すぎて嫌だって甥は着てくれなかった、一度も使われていないものだ。そう言って彼はシャツやズボンについた砂を払い落とした。

真っ赤な生地に花柄プリントの水着に着替えて波打ち際に行くと、ベンジャミンが嬉しそうに両手で水しぶきをジャックにかけた。こっちへ。でも僕泳げないから。腕を取る彼の手を解《ほど》いて、慌ててTシャツを脱ぎ砂の上に投げた。さあ、と腰まで水に浸かったベンジャミンが手招きをする。海は泳ぐためだけにあるんじゃないよ、ただ浮いているだけでも楽しい。波が優しくジャックの体を揺らした。浜辺からは濃い藍色に見えた海は、入ってみると明るく透き通っていた。でも、どうやっても体が沈む、とジャックが彼のそばに移動する。水の中を歩く、ぎこちない感覚はずいぶん久しぶりだった。水は少し冷たいものの、太陽の光が背中を温めた。リラックスするんだ、と少し離れた場所で仰向けにゆっくり動いているアンドレが言う。できないんだって……。ほら、手伝ってあげよう、とベンジャミンが後ろに回る。体を倒して、俺が支えるから。言われるままに、ジャックは体を後ろに傾ける。彼の腕が肩と尻のあたりにあてがわれ、ふわりと体が浮き上がる。顔は上に向けて、足は少しばたばたさせるといい。彼の言葉通りにすると下半身が浮き、波の動きに合わせて体が揺れた。どう？　気持ちいいだろう。何かを思い出そうと目を細めながら、ジャックは何度か小さく首を縦に振った。子どもの頃、父親がこんなふうに僕を波に乗せてくれたような気がする。故郷の海もこんな感じなの？　どうかな。島の空はどんな色だっただろう。もっと濃い青だった気もするし、そうではなかったようにも思えた。飛行機雲は薄く引き伸ばされて、消えてしまいそうだ。

　浮いていると思う。ベンジャミンが言った。君のおかげでね。ジャックが返すとベンジャミンが手品の種明かしでもするかのように、その両手をあげた。俺は何もしてないよ。えっ、と途端に体が緊張し、バランスを崩して海水を飲み込んでしまった。げほげほ咳をしながら立ち上がり、言わないでよ、とジャックが泣き笑いのような表情で目をこする。アンドレが腹を折って笑っている。少しだけでも浮くことができたから、まあいいだろう。そうベンジャミンが言って三人で砂浜に上がり、仰向けに寝転んだ。生まれ育った島の海ではこんなことしなかったな、ジャックは言った。新しい体験。ああ、とだけベンジャミンが呟いた。濡れた体に、風が少し冷たい。飛行機雲の消えた空に、また新しく飛行機雲が引かれはじめていた。先ほどの歌の続きを思い出す。行間に書かれたことがたくさんあるから、その兆候を理解しようと必死になることだってできる。天国へと続く道の途中で。

Stranger #50

パーティーには行けないって言ったはずだよ。ダニエルは携帯電話を持ち替え、壁の時計を見た。写真家が来るまで、あと三十分ほど。でも……ケイトも会いたがっているし、ザッカリーもエズラも喜ぶはず。クレアが懇願する。また僕が悪者になるパターンかとダニエルはため息をそっと吐く。君なら大丈夫だ、僕がいなくても。できるだけ穏やかな声でクレアに言った。あなたの娘の誕生日なんだから！ 突然彼女は大きな声になり、携帯を耳から少し離す。しばらく沈黙していると、ごめん、とか細い声が受話器の向こうから聞こえた。でも、もう十年経ったんだから、あなたもそろそろ……。時間の問題じゃない。壁に掛けられたいくつかの写真が、差し込む夕日を受けてオレンジ色に染まっている。片手で少し斜めになってしまっていた額を調整する。ホセがダニエルの肩を抱いて、眩しそうにカメラのほうを向いている。これを撮影したのも、今みたいな夕暮れ時だった。プレゼントは届いた、きっとあの子も喜ぶと思う。クレアが明るい調子で言う。喜んでくれたら嬉しいよ。写真が撮られたのは一九九五年、カリフォルニア。広い海を見たい、できたら太平洋がいいと言うホセの希望を受けて、ＬＡで車を借りて海岸線沿いを北上した。まだホセは元気で、毎日海で泳ぎ、疲れたら海に日が落ちるのを眺めていた。ファイア・アイランドで充分じゃないかと考えていたダニエルも、霧深いサンフランシスコ周辺の幻想的な海岸線の風景に魅了された。夕暮れ時、あたりに立ち込める霧が夕日を受け、入江全体が金色に染まった。あれがホセとの最後の旅だった。僕からもあとでケイトに電話するから。うん、お願い。たまには帰ってきてね。その声はだいぶ落ち着いていた。ああ、そのうちにね。ダニエルの言葉に、ふふ、と携帯電話の向こう側で笑みが漏れた。そのうち、か。気長に待ってる。じゃあね。そう言ってクレアは電話を切った。

すっかり日が暮れた頃、写真家がやってきた。こんにちは、と手を差し出すと柔らかな手が重ねられた。引き受けてくれてありがとう。彼と目が合う。まだ気づいていないようだ。何か飲み物作ろうか、そうだな、夏だしクバ・リブレとかどうかな。その言葉にジャックが少し眉をひそめ、ああ、とその目を大きく開く。クバ・リブレの男！　覚えててくれたようでよかった。笑いながらバカルディの瓶を棚から取り出した。連絡待ってたのに、と肩をすくめて言うと、ジャックが照れを隠すように首を振りながら、恥ずかしくて……と言い訳をした。そんなことだろうと思ったよ。まあ、かっこつけて自分の連絡先だけ残して去った僕もどうかしてた、とダニエルは笑う。バカルディをコカ・コーラで割ってライムを絞ると、ふわりとその香りがキッチンに広がった。でも、どうやって僕を見つけたの、とジャックがグラスを受け取って聞いた。偶然だった。このあいだ仕事でグリーンポイントのクライアントを訪ね、用事を終えて駅に向かう途中小さなギャラリーを見つけてなんとなく覗いてみたら、君の写真があった。びっくりした。あんなシャイそうだった若者が、こんな大胆なプロジェクトをしているとは、って。ギャラリーで売っていたジンも両方買って、そこにあったアドレスにメールした。

本当は、とグラスに口をつけてジャックが言う。本当は、一度会った人はこのプロジェクトに参加できない決まりにしているんだけれど……あ、これ美味しい。ありがとう、それなら僕は参加資格がないね。グラスを手に取ると、からりと氷が揺れコーラの炭酸が弾けた。でも、君がこのプロジェクトを始めるきっかけを作ってくれた。だから、今回は特別。ジャックの言葉に、ダニエルは顔を上げる。どういうこと？　あの夜まで、僕は誰にも自分のセクシュアリティについて明かしていなくて。でも、君が声をかけてきてくれたおかげで、みんなにそれが知られることになった。もしかして悪いことしたかな。いや、逆だよ。ジャックの頬にかすかなえくぼができて、消えた。どうやらみんな感づいていたらしいけど、僕から何か言わない限りは触れないようにしていたみたい。僕は僕で、どうしても自分から言い出せずにいた。あの夜、とても自然な形でみんなに知ってもらえた。それなら安心だけど。ダニエルはクバ・リブレをひと口飲んだ。でもそれとこの作品がどう繋がるのかな？　あの夜のことは嬉しかったけど、当たり前ながら一度カムアウトすれば自由、ってわけではなくて。それで、見れば誰でも僕がどういう人間かわかるような作品を作りたいと考えるようになった。それに僕は写真を勉強している。その両方を組み合わせてみた。周到なカミングアウト計画だ、ダニエルは笑う。時々思ってたんだ。お礼を言いたい、連絡するべきかな、って。でもそのたびに恥ずかしくなってやめた。君にとってみれば、少しのあいだ酒を飲み交わしただけの男だし。少しの時間でも、酒を飲み交わして夏の到来を祝うほど尊いことはない、ダニエルがそう言ってグラスを掲げた。

ジャックが遠慮がちに部屋を見回し、壁に掛けられた写真を見つけて近づく。彼はホセ、僕のパートナーだった人。ジャックの後ろに立ち、彼が見ている写真をさしてダニエルは言った。その上の写真がケイト、僕の娘だ。ジャックが振り向いて、戸惑いを浮かべた瞳で彼を見た。結婚していたんだ、モントリオールに住んでいた頃。僕も妻だったクレアも二十二歳だった。

二年後ケイトが生まれて、それで幸せになれると思ったけど僕は変われなかった。塞ぎ込むことが多くなり、アルコールに溺れるようになって、仕事もクビになってしまった。そんな状態になって、もうこれ以上は無理だというところでクレアにカムアウトして、何度も話し合って離婚を決めた。二十六歳で僕はニューヨークにやってきて……ホセに出会った。ひとまわりほど年上だった。ホセは十年前に死んだよ。そうなんだ、とジャックはうつむく。これが、と別の写真を示す。家族みんなが写っている唯一の写真。十二年前のクリスマス、暖炉の前でダニエルとホセ、ケイト、クレアとザッカリー、エズラの全員が並んで写っていた。エズラは生まれたばかりで、ザッカリーの腕の中で目を閉じている。五歳になったケイトは片方の手をダニエルに、もう片方をクレアに握られている。僕の家族。ザッカリーはクレアの今のパートナーで、エズラはふたりの息子だ。登場人物多くて混乱してきた、とジャックが正直に言って笑う。だろうね。ふたりは結婚せず、一緒にケイトとエズラを育てている。結婚はこりごりと言っていたクレアは、僕よりも長い時間をザッカリーと過ごしている。ザッカリーも僕らが訪ねるたびに快く迎えてくれたのだけど、この十年モントリオールの家には戻っていない。仲が悪いわけではなくて、ホセがいなくなってからは、どうしても……。今でも電話では話すし、ケイトは去年ニューヨークに遊びにきてくれたよ。

ちょうど去年の今ごろだった。ケイトは一週間ほど滞在した。彼女の希望もあって美術館を巡り、電車で行った郊外の美術館ディア・ビーコンが一番気に入っていたようだ。長いあいだ、ロバート・スミッソンの《Map of Broken Glass（Atlantis）》の周りをぐるぐると回っていた。ガラスの破片が島の形に積み重ねられたもので、窓から入る午後の光を受けて、ガラスの断片があちらこちら輝くさまに魅了されている様子だった。ダニエルも彼女の歩幅に合わせてその横を歩いた。私、こっちの大学に進学したい。その時ケイトは言っていた。広い部屋に引っ越さないといけないかなと言うと、心配しないでパパの私生活は邪魔しないから、と彼女は笑った。それに、大学生にもなって親と一緒なんて嫌だ。それもそうか、と笑いながら、少しの寂しさをダニエルは覚えた。自分の子どもと一緒に暮らすことは、モントリオールを離れた時点でもうないとわかっていたはずだった。大きな断片にふたりの姿が反射して映り、すぐに見えなくなった。

　ホセがいなくなってからは、短い関係を持つことはあったけれど、あまり長続きしなくてね。まあいいか、なんて思っていたんだけど、ある日バーで飲んでいたらクバ・リブレを飲む青年を見つけた。僕も久しぶりに飲みたくなって、ついでに君に声をかけてみた。でも、とジャックがこちらを向いた。グラスの氷が鳴った。なぜ、クバ・リブレ？　ホセはキューバ出身なんだ。ダニエルが言うと、なんだ、とジャックが笑った。七〇年代に国を追われた若者のひとり。飲みに行くとホセは時々クバ・リブレを頼んだ。単純にキューバを懐かしんでいると思っていたけれど、違った。アメリカに来て初めて飲んだらしい。正確には、キューバにもクバ・リブレは存在している。でも、それは本来のクバ・リブレじゃないと彼は言った。クバ・リブレは、米西戦争後、アメリカ人将校のアイディアでコカ・コーラとバカルディを混ぜて作られたのが始まりらしい。キューバの自由万歳、とコカ・コーラで作られたカクテルで乾杯するなんて、いかにもアメリカ的だよね。でも、国交が途絶えてアメリカ産のコカ・コーラは入らなくなり、バカルディもキューバ国外に移転した。アメリカに来てコカ・コーラとバカルディのクバ・リブレを飲んで、味の違いに驚いたって。キューバのコーラは甘ったるいらしいね。それで初めて、アメリカに来たという実感を得たとホセは言っていた。これが自由の味か、と。途端に苦々しい表情になって、もしくはアメリカの味、と付け加えた。ダニエルの話に耳を傾けながら、ジャックはぼんやりとドリンクが半分ほど残ったグラスに目を落としている。

ごめん、湿っぽくなった。それで、撮影はどうしようか。汗をかいたグラスをテーブルに置いてダニエルは聞く。ベッドルームも見る？　ジャックは少し考えて、いや、ここでいいと思う、と言った。テーブルを囲むように座って、クバ・リブレを片手にただ語り合っているさまを撮影したい。笑ったりしながら。ずいぶん普通だね。うん、これまで結構がんばってみたりもしたけれど、もっと、なんと言うか、自分の身の丈にあった関係も描きたいなと思って。なるほど、わかった。もっと穏やかな様子で、ってことだね。ジャックが頷いて、少し迷ってから言う。それで、この写真も背景にぼかして写るように撮っても大丈夫かな……？　その提案について考えた。ぼかしているのなら、いいかな。そう言うとジャックがほっとしたように頬を緩めた。それと、矛盾しているかもしれないけど……写真にもきちんとフォーカスが合ったものも一枚撮ってくれないかな。公開はせずに、僕が個人的にそのプリントを買いたい。ジャックが頷いて、ダニエルはこの十年増えていない壁の写真を見上げた。

撮影を終える頃には十時になろうとしていた。ずいぶん引き止めてしまったみたいだ。ダニエルが声をかけると、とんでもない、こちらこそ遅くまでありがとう、と機材をバッグにしまいながらジャックが顔を上げた。五十枚目としてはいいイメージになったと思う。そして、シリーズを完結させるイメージとしても。終わるの？　驚いてダニエルが聞く。うん、もともと五十で終わりにしようと決めていた。それで、最後に現れたのが君で、象徴的な終わりかたになった。貢献できて嬉しいよ、祝杯でもあげたい気分だ。それなんだけど、とバッグを肩にかけてジャックが立ち上がる。一緒に行きたいバーがあるんだ、どうかな。積極的だねとダニエルは笑う。いいよ、行こう。

地下鉄で数駅ほどマンハッタンを南下して、ヴィレッジの細い路地に入ったジャックを追う。湿気をまとった生ぬるい風が、うっすら汗をかいた肌にまとわりつく。しばらく歩いて、深緑色に塗られた煉瓦造りの建物の前で彼が立ち止まった。それは歩いていたら素通りしそうな店構えだった。同じ色のドアの上部にNightingaleと小さく店名が書かれた四角いガラスがはめ込まれ、Openの札が下がっている。内側に黒いカーテンがかけられていて店内をうかがい知ることはできない。ジャックが扉を開くと、ドアにつけられたベルがちりんと慎ましい音を立てた。冷房の効いた店内では抑えた音でブラームスの間奏曲が流れている。客は他に誰もいなかった。カウンターでグラスを拭いていた女性が顔をあげる。その顔には見覚えがあった。

久しぶりだね、とジャックに声をかけ、後ろにいるダニエルを見た彼女は彼のことを記憶していたようで、あなたはクバ・リブレの男！と声をあげた。覚えていてくれたんだね。忘れるわけない、お似合いだったから。彼は忘れていたみたいだけどね。ダニエルが言うと、彼女がまあ、とジャックに顔を向ける。黒い瞳が暖色の照明を受け、濡れているように輝いた。彼の名前はダニエル、とジャックが言い、私はソラヤ、とカウンター越しに彼女が手を差し出し、握手をする。そして最後のストレンジャーでもある、ジャックの言葉に彼女が嬉しそうに両手を胸の前で合わせた。まるでぐるりと一周して円が完成したみたいだね。

ふたりがカウンター席に着くと、そういえば、とソラヤがジャックに言った。さっきまでギーがいたんだよ。きっとあなたが来たことを面白がっただろうなあと彼女がダニエルに言い、あの夜一緒にふたりの様子を外から眺めてたから、と付け加えた。え？とジャックが声をあげる。他のみんなと別の店に行ったのだと思ってた。私と一緒に早めに帰ったよ、あの頃は彼、いつも帰るの早かったでしょう。ふたりがうまくいくといいね、って笑い合いながら駅まで歩いた。だから新学期急に話しかけてきたのか、とジャックが呟く。そうだよ、当たり前でしょ。なんだかロマンスの芽を感じるね、ダニエルが言うと、ないない、とジャックはすぐに否定した。その様子をみてソラヤが笑った。そっか、ないか。さて、何を飲む？　クバ・リブレを、とジャックが言う。うちはワインバーなんだからと言いながら、慣れた手つきでソラヤはカクテルをふたり分作りはじめた。ペプシとハバナクラブ。君は飲まないのとダニエルが聞くと、仕事中だからねとソラヤがライムを切った。よく言うよ、とジャックが笑う。いつもこの時間になると真っ先に飲んでいるのに。最近は真面目に働くことにしているの。彼女が言い、ふたりの前にカクテルを置いた。乾杯をして、一口飲む。どう、革命の味は？　ソラヤが腕組みをして聞いた。おどけているものの、言葉の隅に棘《とげ》を感じたような気がした。グラスを口に運ぶ。ラムとライムが多めに入っていて、ペプシの甘さはさほど感じない。悪くない。

なぜクバ・リブレなの？　ソラヤの質問に、いつも飲んでいるわけではないけど、とダニエルは笑って、先ほどジャックにした説明を繰り返す。こうしてクバ・リブレを飲みながらホセについて繰り返し語っていると、少しずつ彼の気配が戻ってくるように感じていた。夏、Tシャツ越しの汗の匂いが好きだったし、日焼けして少しざらついた肌、短く刈り込んだ髪の毛の感触もまだ覚えている。カウンターに置いた手に視線を落とすと、そこに乗せられた彼の手の重みが蘇ってきたような気がしたけど、すぐにまた消えてしまう。キューバには行ったことは？　ジャックの質問に、私たちは渡航できないよとソラヤが口を挟む。僕はカナダ人だ、とダニエルは微笑む。ああ、ごめんなさい。気にしないで、モントリオール出身だよ。あら、とソラヤが目を輝かせて、何かフランス語で話した。ごめん、僕はフランス語がほとんどできない。あ、また……ごめん。ソラヤが苦笑いした。セリーヌ・ディオンがデビュー時にはまだ英語しゃべれなかったって言っていたのと一緒かな、ジャックが言う。セリーヌ・ディオンなんて聴くの。からかうようにソラヤが笑った。遠い昔に、ね……とジャックがクバ・リブレを飲んだ。目元が少し赤く、疲れているのか動きも緩慢だ。モントリオールには英語話者が住む地区があって、僕はそこの出身。クレアと住んでいたのもそこ。へえ、とジャックがあくびをかみ殺しながら相槌を打つ。眠そうだねとソラヤが言う。いや、大丈夫……冬は雪に包まれるんだろうね。ああ、冬はモンロワイヤルでクロスカントリーをしたりして。まだ幼かったケイトを連れて、家族三人で彼女を初めての雪遊びに連れていったこともあった。心配性のクレアによって全身を防寒具に包まれてもこもこになったケイトが、けらけら笑いながら雪の坂を転がって、あわてて追いかけた。ホセも冬のモントリオールに驚きを隠せないでいた。喉の奥が凍ってしまいそうだ、心臓が縮んでしまいそうだ、と言いながら楽しそうにしていたものの、じきに飽きたのか家にこもってばかりになった。その頃にはケイトもひとりで滑ることができるようになってて、モンロワイヤルに出かけようとみんなでホセを誘っても、重い腰をあげようとしなかった。僕にできるのは泳ぐことだけ、暖かい海をね。なんならキーウェストからハバナまでだって泳げるさ。ココア片手にどう答えていいのかわからない冗談を言う彼を置いて、僕たちは出かけた。窓の外を見ているだけでも飽きないと言うホセの瞳が、雪景色を受けて輝いていたことを今でも思い出す。

それと、キューバに行ったことはない。先ほどのジャックの質問に答えるように、ダニエルは言った。ホセはそもそも帰れない。そして、彼がいないなら僕も行く気にはなれなかったし。そう……。ソラヤがちらりと横を見て、表情を緩めた。頰杖をついたジャックがすっかり目を閉じて、こくりこくりと頭を揺らしていた。眠いなら寝なよ、起こしてあげるからとソラヤが彼の腕に優しく触れると、それに従うように片腕を伸ばしてカウンターに突っ伏した。疲れたみたいだね。本当に、そう言ってソラヤがカウンターを出て、ドアにかかっていたサインを裏返しClosedが表に向くようにした。ぱちん、と彼女が壁のスイッチを押すと外の小さな照明が消え、店内がしんと静かになった。いつの間にか音楽も終わっていた。

戻ってきたソラヤが空になったグラスを見て、もう一杯どうかと聞いた。クバ・リブレはもういいかな、とダニエルはビールを頼んだ。サーバーに向かうソラヤに、ふと思い出して声をかける。ところで、自由、だよ。何?とソラヤがビールを注ぎながら不思議そうにダニエルと注いでいるビールを交互に見る。Cuba Libre、キューバの革命じゃなくて、自由。革命を連想させるけど、革命とは関係ないはずだ。ああ、そうかとソラヤはカウンターにビールを置いた。それから自分の言い間違いに思いを巡らせるように腕を組んでうつむく。はらりと落ちた髪が女の顔半分を隠した。アメリカによってもたらされた自由か。革命によって失われた味、とも言えるかもね。似たようなことを両親から聞かされた気がする。ソラヤが顔を上げた。

出身はどこ？　ビールを一口飲んで、ダニエルは聞いてみた。私は生まれも育ちもアメリカだよ。両親がテヘランから引っ越してきた、革命の直後に。聖職者がどんどん権力を得てゆくなかで、これ以上仕事を続けることは危ういと判断して、ふたりはアメリカにやってきた。数年に一度は、両親と一緒に親戚を訪ねてテヘランや祖母と叔父一家が住む南部の町に行っていたけど、去年アフマディネジャドが大統領になって、今後は簡単に行き来ができなくなるかもしれない。何よりも、混乱している。知ってたつもりだったけど、やはり自分は恵まれた側の人間でしかない。母や私はアフマディネジャドを厄介なポピュリストだと見ているけど、祖母たちには違う考えがあるみたい。ソラヤは背後の壁に寄りかかる。またイランに行って、写真を撮りたい。君も写真を学んでいたの？　ええ。今は学生時代からいるこの店で働いている。写真は続けない？　ダニエルの質問にソラヤは弱々しく首を振った。どうかな……。少し迷った末に、子どもができたみたいで、とエプロンをしたお腹にそっと触れて微笑んだ。それは、おめでとう。ここも来週からシフトを昼の時間に変えてもらう予定。いずれは写真にまつわる仕事をしたいと思ってる。時々はイランにも帰って、たくさん写真を撮りたい。祖母や叔父も訪ねたい。そう言ってソラヤが壁から体を離し、カウンターに両手をついて、彼はこの先どうなるかな、と眠るジャックに視線を投げた。顔をすっかり腕に埋めて、肩が穏やかに上下している。想像してみて、ダニエルは言った。なに？とソラヤが不思議そうな顔を向ける。彼の未来が、どうなるか。ソラヤが片手を頬に当ててしばらく唸《うな》った後に、スツールを引っ張ってきてそれに腰を下ろした。

わかった、やってみる。まず、きっと良い未来だと思う。少なくともしばらくは。さっきギーが来た時に教えてくれた。ジャックにはまだ内緒らしいけれど……秋にグループ展の企画を任されたそうで、そこに彼の立体作品も入れたいんだって。もちろん作品ありきだよ、とギーは念を押すように言っていた。考えている展覧会テーマにも合っている、って。それはおめでたい、とダニエルは眠るジャックに空になったグラスを掲げる。もう一杯飲むよね、と彼の返事を待たずにソラヤは立ち上がり、新しいグラスにビールを注いだ。１６６４、ダニエルがビールサーバーのロゴを見ながら呟く。好きなビールだ。私も、とソラヤが嬉しそうに言う。パリにいた時はこればかり飲んでいた。seize cent soixante-quatre、得意げにウェイターに言うと、セーズで通じる、とそっけなく返された。今度はいつパリに行けるだろうか。行くとなったら家族もきっと一緒だろう。そのまま、イランも訪ねるかもしれない。それは、どのくらい遠い未来なのか。いつか行けたとして、その風景は同じままで残っているだろうか。

その考えを振り切るように、どうぞ、と空のグラスとビールが入ったものを取り替え、再びスツールに座る。ありがとうとダニエルが言い、続けてと促した。そうだね、そのグループ展に作品を出して、それがちょっとした評判になる。そして、オーナーがこう言う。オッケー、君の作品が気に入った。個展をやらないか？　そんな軽いものなの？　ダニエルが笑う。それで、個展が開催される。彼にとって初めての、しかもコマーシャルギャラリーでの個展。それはきっと、『Strangers』シリーズを一挙に見せるものになる。僕の写真もあるかなあ。それは、今日のあなた次第。オープニングにはストレンジャーたちがたくさん集まるでしょう。僕も。そう、あなたも。ストレンジャーたちが、他のストレンジャーたちに出会い、挨拶をする。その様子を想像して、ソラヤの頬が緩む。そして展示が始まって、最初は人の入りもいまいちで、盛り上がりに欠けるかもしれない。でも、名の知れた美術媒体が取り上げてくれる。アートフォーラムとか？　アートフォーラムとか。ニューヨークタイムズ？　いいね。それから……とソラヤは続きを考えながら、先ほどギーが言っていたことを思い出す。ヨーロッパに戻るかもしれない。労働ビザは取らないことにしたんだ。パリには行かないよ。ワルシャワとか、ウィーンとかかな……そこで、ギャラリストとして経験を積みたい。ニューヨークの美術界は、どうにも私には合わない。まだ半年しか働いていないくせに生意気だなって感じだよね。でも、おかしいってことはわかる。このバブルのような状況が続くはずないとみんな薄々感じているはずなのに、背を向けている。とにかく、ここにいたら私はダメになる。もちろんグループ展は成功させるし、ここにいる限りジャックの活動はサポートする。そう言う彼の表情に疲れは見えなかった。いつも曇りを見せていたグレーの瞳も澄んでみえた。これも自分から伝えるから、ギーは言った。

　まるで彼がその先失意のどん底に落とされるような顔をしているね。しばらく黙っているとダニエルが言い、ソラヤは瞬きをして焦点を彼に合わせる。ギーが、美術界の好景気は続かないだろうって言っていた。へえ……。そうだとしたら、どうなるの。そうなったら、ジャックもビザをうまく獲得できないかも。そんな、一、二年でビザって取れるものかな。ダニエルが腕を組む。僕も労働ビザ取得に苦労したし、永住権取得はさらに大変だった。可能性の話でしょう、とソラヤはため息をついて、ジャックに目を向ける。それか、一度日本に帰るかもしれないね。発せられた言葉が喉を乾かし、ソーダ水をコップに注いで飲む。どの街？　炭酸の刺激が落ち着いてから、東京かなあと言った。そこで、きっと最初は苦労するでしょう。東京には住んだことがないらしいね、好きになれそうな気がしないって。でも、彼には作品がある。それできっと実績を積んで……。全部うまくいく？とダニエルが遮るように言う。それはどうかな。いじわるしないで、とソラヤはお手上げだと両手を広げて天に向けた。私はだいぶ楽天的にできているみたいだから、今度はあなたの番。

もちろん。日本に帰るって可能性はいいね、僕はその物語を話そう。でも、彼が行くのは東京じゃない。沖縄だ。彼の故郷。そう。熱帯の国には行ったことがないからすべて想像だけど、そこは大目にみてほしい。亜熱帯、ソラヤは訂正する。私もジャックに何度も言われた。彼はきっと、米軍基地を抱える、寂れた街の一角に建つアパートに住みはじめる。元々は鮮やかなブルーの外壁を持ったコンクリート造りのアパートは、すっかり色あせて雨風に晒されてできたしみだらけ。沖縄ってそんなに大きくないんだよね、だからきっと、家族も車で一時間以内の場所に住んでいる。一番の都会……那覇だっけ、にも車で三十分以内。彼、離島出身だって言っていたよ。また訂正する。それじゃあ、家族は離島に住んでいるということでいいよ。彼が住む街には基地があって、田舎町特有の閉塞感と基地という存在がもたらす男性的な圧迫感が混ざり、彼にとって決して居心地がいいわけではない。フェンス越しに基地の風景を苦々しい思いで眺めながらも、そこにかつて暮らしたアメリカを見つけようとしている。できる限り家族のいる離島に帰ることは避けて、その街や那覇で写真を撮り続けている。街の風景や、人々のポートレイトを。そんな時に、ひとりの男に出会う。きっと、沖縄の人間ではない。モントリオールから来た、英語しか話せない男？　ソラヤはつい茶々を入れてしまう。そうかもね、と彼は微笑む。順調に関係を育んで、ジャックはある日男に生まれた島の話をしはじめるんだ。ビールを飲んで、続きを考えるようにダニエルは目を閉じた。

それは、島で一番好きな場所について、目を開いて彼が言う。帰るのは避けているけれど、彼にとっての原風景だ。それはこんな感じかな。さとうきび畑に挟まれた、ひび割れたアスファルトの道の先に林があって、近づくと波の音が聞こえはじめるんだ。頭上で松の枝葉が穏やかに鳴る森を抜けると視界が開け、低い茂みの真ん中を木でできた遊歩道が海まで延びている。向こうには背の高い椰子《やし》の木が並んでいる。朽ちかけた遊歩道は途中から砂に埋もれてしまっていて、歩くとぐいぐいと軽い音を立てている。ジャックは懐かしくなって、履いていた靴も靴下も脱ぎ捨てて、裸足《はだし》で歩き出す。男もそれにならう。砂はきっと太陽の熱を受けて暖かい。茂みの多くはタコノキで、あの赤い花を咲かせる植物、大きな花びらと、突き出した蕊柱《ずいちゅう》……。ハイビスカス？　そう、ハイビスカスもあるかもしれないね。ギリシャの神殿遺跡のように横一列に並んだ椰子の木の幹をそっと手で撫でれば、目の前にはエメラルドグリーンの海だ。足元には紫色の花が絨毯の模様のように敷きつめられていて、これはなんて花？と聞く男に、ヒルガオ、とジャックが答える。そしてあそこにある白い花はテッポウユリ。それらも間もなく途切れて白い砂と海と空だけになる。視界を遮るものは何もなくなる。乳白色の少し高い波が、まるで招き入れるように優しい音を立てている。それから長いあいだ並んで海を眺めたあと、帰ろうか、とジャックが言って回れ右をする。行ってみたい、と男が言う。いつか、ね。ジャックが眩しそうに彼を見ながら答える。それは、遠い未来、近い未来？　隣でまだ海を想像している男が聞く。いつか、と繰り返してジャックは寂しげに笑い、元来た道を戻っていく。

やたら彩度の高い海辺の風景をうまく思い描けないうちに、ソラヤはジャックの後ろ姿を見失ってしまう。海を背に少し歩いてみると、原色だらけの風景がだんだんと鮮やかさを抑えてゆく。そして、濃淡さまざまなグリーンとらくだ色の風景が広がる。そうだ、この色合いなら見覚えがある。木々は薄緑色の葉を風に揺らしていて、くすんだベージュ色をした石造りの町全体が熱を発していた。帰り道には小さな薔薇《ばら》園があって、老女が蕾《つぼみ》を摘んでいる。私に気づいて開きかけた薔薇《ばら》を一輪、シャツのポケットにさしてくれた。くらくらするような強い香りに、宙に浮いているような心地で家路についた。家のドアを開けるとちょうど外出しようとしていたらしい十七歳のいとこと鉢合わせたけど、彼は私が存在しないかのようなそぶりでどこかへ行ってしまった。その時、彼の横顔を盗み見たんだ。私がそれまでに観てきたどんなハリウッドスターよりも整った繊細な顔立ちで、すらりと伸びたその体は知っているどの男の子たちよりも華奢だった。それから毎日のようにその姿を追うけれど、アメリカから来た無遠慮な少女でしかない私の視線から逃げるように彼は外出ばかりしてた。時々目に入る、細い腕に浮きでた葉脈のような血管と細くても力強い骨がとても魅力的に見えた。テヘランにいる親戚は年に一度アメリカに来るような人たちで、外から見えない場所にアンテナを立ててＭＴＶを観ていた。毎日流れるマドンナに私はうんざりしていた。でも、祖母の家は違った。テレビもＣＤもなくて、あるのは古いカセットばかり。それも音楽ではなかった。簡素だったけど、静かな家の中は居心地がよかった。次に訪ねた時、彼はいなかった。祖母や叔父に聞いてもはぐらかされるばかり。それからずいぶん経ってからふと母に聞いたら、トルコに行ったらしいとそれだけ言われた。私もそれしか知らない、と。

ダメだね、未来のことって言ったのに。ソラヤは頭を振って、風景を打ち消した。本当は帰りたがっていたんだ彼は、とダニエルが言った。まだ若かった彼を追い出したのは家族だった。彼はずっと恐れていた。たとえ帰ることができたとしても、家族から二度目の拒絶を受けてしまうことを。それでも、わずかな希望は持っていたと思う。時間が解決してくれるはずだ、って。家族だから。ダニエルがいとこのことではなく、ホセのことを話しているのだとソラヤが理解するまでしばらくかかった。僕はその島の風景を見たかった、ふたりでね。そして、彼の島でも家族写真を撮りたかった。グラスが空になっていたので、ソラヤは腰を上げ、新しいグラスにビールを注いで彼の前に置く。ジャックは相変わらずすやすやと眠っている。去年、彼の国は長らく住んでいた男性同性愛者のイラン人難民に国外退去を命じた。男性は支援者たちの協力により第三国に出国することができたらしい。それについて彼と話したことはないし、きっと知らないだろう。君は『Strangers』を通しているべき場所をこの街に見つけたの？　声に出さずにソラヤは問いかける。ダニエルはぼんやりと、置かれたビールを眺めていた。ふと、いつか読んだ本の一節が頭に浮かんだ。One must have a home in order not to need it――故郷を持たなければならない、それを必要としなくなるため。誰だっけこれ、ツェラン？　ソラヤの言葉に、いや、ジャン・アメリーだ、と少し考えた後ダニエルが言った。ホセが読んでいた。ああ、そうだった。ソラヤは思い出す。引越し先が決まるまでうちに居候していた頃に、ギーが貸してくれた。ナチスによって故郷を失ったアメリーの壮絶なホロコースト体験、そして生存者としての葛藤が記された本、その一節だけがひときわ強く記憶に残っていた。この本をソラヤと共有したいと考えるほどには、あの頃のギーは参ってしまっていた。

ダニエルが腕時計に目を落とし、おっと、と声をあげた。ビールには口をつけていない。そろそろ僕は行くよ。今夜はあなたが彼を残していくんだね、ある種のリベンジなのかな。違うよ、ダニエルが笑って腕時計をはめたほうの手をあげて文字盤をこちらに向ける。もうすぐ十二時になる。日付が変われば娘の誕生日なんだ。毎年、この時間に電話するのが決まりで。そう言いながら、彼はなみなみ注がれたビールをジャックのところまで移動させた。もっと近い未来なら予想できるよ、彼がこのビールを飲んでくれるだろう。立ち上がったダニエルが空のグラスを手に取り、ビールの入ったグラスに乾杯するように当てた。夏に。グッバイ、ストレンジャー。

ちりん、とドアベルがいつもの音を立てて、それを合図にジャックが目を覚ました。ドアの黒いカーテンが揺れている。よく寝てたね。ソラヤが言うと、手の甲でまだ眠そうな目を擦った。そんなに長く？　彼は携帯電話を確認して、瞬きをしながら決まり悪そうに首の後ろをかいた。そして、夢を見ていた、と言う。未来についての夢？　そうだったような……。それは良い未来、悪い未来？　ジャックは不安げに眉をひそめて中空を見上げてから、諦めたようにソラヤと目を合わせた。忘れたよ。そう言ってカウンターに置かれたビールを持ち上げ、ごくりごくりと喉を鳴らして飲んだ。それから彼は、手に持ったそれを不思議そうに眺めて、ありがとうとソラヤに言う。ダニエルからだよ。お礼なら彼にして、次に会った時にでも。置いてかれちゃった、とジャックが楽しそうに笑い、しばらく前に閉じられた入口のドアを振り返った。静止したカーテンの向こうの街も、昼間の熱気を忘れたように涼しくなっている頃だ。娘さんの誕生日なんだって。静かな道を歩きながら彼は、モントリオールから届く声に耳を傾けているのだろう。さあ、とっくに閉店時間は過ぎているんだから、早く飲み干してちょうだい。

ソラヤはエプロンを脱ぎ、それをカウンターに置いた。少し大きくなりはじめたお腹に、ジャックはまだ気づいていない。そろそろ帰ろう。ジャックがカウンターに向き直り、再び持ち上げられたグラスの中で波が生まれた。

ミヤギフトシ

一九八一年、沖縄県生まれ。二〇〇五年、ニューヨーク市立大学卒業。現代美術作家としてのおもな個展に「How Many Nights」（ギャラリー小柳、二〇一七年）、「American Boyfriend: Bodies of Water」（京都市立芸術大学ギャラリー @KCUA、二〇一四年）など。二〇一二年にスタートしたプロジェクト「American Boyfriend」では、自身の記憶や体験に向き合いながら、国籍や人種、アイデンティティといった主題について、映像、オブジェ、写真など、多様な形態で作品を発表。本書がはじめての小説作品となる。

初出

「アメリカの風景」……「文藝」二〇一七年夏号
「暗闇を見る」…………「文藝」二〇一七年秋号
「ストレンジャー」……「文藝」二〇一八年秋号

ディスタント

2019年4月20日　初版印刷
2019年4月30日　初版発行

著者：ミヤギフトシ

発行者：小野寺優

発行所：株式会社河出書房新社
〒151-0051　東京都渋谷区千駄ヶ谷2-32-2
電話：03-3404-1201（営業）／03-3404-8611（編集）
http://www.kawade.co.jp/
組版：KAWADE DTP WORKS
印刷：株式会社暁印刷
製本：小泉製本株式会社

Printed in Japan
ISBN978-4-309-02796-8